Un Hiver à Wildsyde

Les Audacieuses, Livre 7

Par Emma V. Leech

Traduit de l'anglais par Lucie Reymbaut

Publié par Emma V. Leech.

Copyright (c) Emma V. Leech 2020

Illustration: Victoria Cooper

ISBN No.: 978-2-492133-87-9

Table des Matières

Membres du Club de Lecture des Demoiselles Surprenantes 1
Chapitre 1   2
Chapitre 2   12
Chapitre 3   24
Chapitre 4   33
Chapitre 5   43
Chapitre 6   54
Chapitre 7   68
Chapitre 8   80
Chapitre 9   92
Chapitre 10   104
Chapitre 11   117
Chapitre 12   132
Chapitre 13   140
Chapitre 14   154
Chapitre 15   165
Chapitre 16   174
Chapitre 17   194
Chapitre 18   205
Chapitre 19   227
Chapitre 20   237
Chapitre 21   253
Épilogue   271

Une Expérience Osée 278

 Chapitre 1 280

 Chapitre 2 292

Plus d'Emma ? 302

Quelques mots sur moi ! 303

Œuvres d'Emma V. Leech disponibles en français 305

 Mourir pour un Duc 306

Remerciements 308

Membres du Club de Lecture des Demoiselles Surprenantes

Prunella Adolphus, duchesse de Lorny — première Demoiselle Surprenante, elle est secrètement miss Terry, l'auteure de *La Sombre Histoire d'un Duc Maudit*.

Mrs Alice Hunt (née Dowding) — plus aussi timide qu'avant. Récemment mariée au frère de Matilda, le célèbre Nathaniel Hunt, propriétaire du *Hunter's*, l'établissement de jeux élitiste.

Lady Aashini Cavendish (Lucia de Feria) — une beauté venue d'ailleurs. Heureuse épouse de Silas Anson, le vicomte de Cavendish ; leur mariage a fait jaser l'aristocratie !

Mrs Kitty Baxter (née Connolly) — silencieuse et attentive… jusqu'à ce qu'elle ouvre la bouche. Elle s'est récemment enfuie pour se marier avec son amour d'enfance, Mr Luke Baxter.

Lady Harriet Saint-Clair (née Stanhope) — Comtesse de Saint-Clair — sérieuse, studieuse, intelligente. Protocolaire. Elle porte des lunettes. A enfin épousé le comte de Saint-Clair.

Bonnie Campbell — toujours trop franche, fait les quatre cents coups en compagnie de son époux, Jérôme Cadogan.

Ruth Stone — héritière et fille d'un riche marchand.

Minerva Butler — la cousine de Prue. Pas aussi vaine ni aussi frivole qu'on pourrait le croire à première vue. Rêve d'amour.

Jemima Fernside — mignonne et sans le sou.

Lady Héléna Adolphus — pleine de vie, autoritaire, surprenante.

Matilda Hunt — charmante blonde dont la réputation a été souillée par un scandale dont elle a injustement fait les frais.

Chapitre 1

29 octobre 1814. Londres.

Ruth essaya de ne pas le regarder. Elle fit vraiment de son mieux, mais c'était impossible. Après une lutte acharnée, elle capitula et son regard traversa le carrosse en direction de l'homme qu'elle avait rencontré à peine vingt minutes plus tôt. Un homme qu'elle venait tout juste de demander en mariage.

Quatre personnes pouvaient s'asseoir confortablement dans son carrosse luxueux. Mais à côté de Gordon Anderson, on aurait dit un jouet pour enfants. Sa silhouette massive faisait paraître minuscule tout ce qui se trouvait autour de lui, et il avait l'air quelque peu mal à l'aise sur la banquette confortable recouverte d'un luxueux velours brodé d'or. Sans doute se demandait-il s'il n'avait pas lui-même agi avec précipitation, mais après tout, ce marché lui rapportait cinquante mille livres. Sa situation avait été suffisamment désespérée pour qu'il vienne jusqu'à Londres chercher Bonnie et ses cinq mille livres, donc il devait être heureux de ce coup de la providence. Bien sûr, l'arrangement initial comprenait Bonnie, une Écossaise voluptueuse, certes indomptable, mais qui aurait fait une épouse ravissante avec laquelle il aurait au moins aimé partager les plaisirs de la chair. Ruth rougit en réalisant ce qu'il avait gagné à la place.

Elle ne se faisait pas d'illusions. Toutes ses amies étaient belles, certaines plus que d'autres, et il lui était impossible de ne pas avoir conscience de sa propre apparence en étant entourée de tant d'exemples de beauté. Elle n'était pas jalouse et n'éprouvait pas de rancœur envers elles… bon, elle était peut-être un tantinet envieuse, mais il s'agissait de ses amies, et chacune avait sa place dans le cœur de Ruth. De plus, elle savait qu'elle n'était pas dénuée de qualités. Elle n'était peut-être pas une beauté, mais elle était volontaire et plus que qualifiée pour rendre la vie de son époux agréable et bien organisée. Depuis l'âge de douze ans, c'était elle qui avait veillé au maintien de l'ordre dans la vaste demeure de son père, puisque, pour le dire gentiment, sa mère était une tête de linotte. Un château délabré dans les terres sauvages d'Écosse ne devrait pas lui faire peur.

Dans ce cas, pourquoi tremblait-elle ?

Oh, peut-être parce qu'elle venait d'accepter d'épouser *un parfait inconnu* !

Mr Anderson lui avait tout de même donné la permission de redécorer le château comme bon lui semblait. Il risquait peut-être de regretter cela en voyant la maison de son père. Fort heureusement, elle ne partageait pas les goûts de ses parents pour l'opulence et l'étalage des richesses. Elle serait également en charge de l'habitation et du personnel, sans interférence de la part d'Anderson. C'était là un bon début. S'ils pouvaient se montrer raisonnables, leur mariage plutôt inconventionnel avait peut-être de bonnes chances de réussite.

— Parlez-moi de Wildsyde, Mr Anderson. Comment est-ce ?

À son grand soulagement, sa voix n'avait pas tremblé — un miracle, car c'était le cas de tout le reste de son corps qui encaissait le choc de ce qu'elle venait d'accepter.

Une paire d'yeux couleur whisky assez troublants se posèrent sur elle et elle retint son souffle. Mon Dieu qu'il était magnifique. Peut-être était-il étrange de qualifier un homme de la sorte, mais il *était* magnifique, de la même façon que peut l'être un paysage sauvage et brut. Intransigeant, dangereux, à vous couper le souffle.

— Wildsyde est un ancien château plein de courants d'air à cette époque de l'année. Il y fait assez froid pour vous geler les feysses, dit-il en la regardant d'un air placide, sans la moindre curiosité ni le moindre intérêt. Alors, on a changé d'avis, miss ?

Ruth répondit rapidement, de peur de remettre son choix en question.

— Non.

Elle avait perdu bien trop de temps à réfléchir et à imaginer le genre de mari avec lequel elle finirait. Elle avait reçu des offres. Il y en avait eu presque toutes les semaines, compte tenu de la dot faramineuse qu'il y avait à empocher, mais aucune ne l'avait même vaguement tentée. Son père avait rejeté la plupart d'entre elles, pas assez illustres à son goût. En effet, son optimiste papa semblait croire qu'elle avait encore toutes les chances de finir avec un duc si elle y mettait du sien, mais au bout du compte, il se contenterait de n'importe quel titre au-dessus de celui de baron. De temps en temps, elle devait subir les demandes d'aristocrates désespérés qui étaient soit au bord de la ruine et à deux doigts de finir en prison, soit aux portes de la mort. Certaines propositions l'avaient fait frissonner, d'autres lui avaient simplement donné envie de pleurer.

Mais elle n'était pas une fragile petite demoiselle facilement manipulable. Son père avait compris depuis longtemps que sa fille avait une volonté de fer, et qu'il ne servait à rien de l'intimider ou de la cajoler pour la convaincre d'accepter une union qu'elle ne désirait pas. Au moins, elle avait choisi elle-même Gordon Anderson, pour le meilleur ou pour le pire, même si elle ne savait pas lequel des deux se produirait. *Le titre n'en vaut pas la peine,* lui avait dit Bonnie. *Il n'a pas un sou, le château est pratiquement une ruine, il se situe à des kilomètres de tout, et, pire encore, c'est une brute stupide qui a autant de sensibilité qu'un caillou ; il n'y a pas un seul os civilisé en lui.*

Toute la volonté de Ruth ne suffit pas à l'empêcher d'examiner ce corps. En effet, il n'avait pas l'air civilisé ; il était viril, puissant et si incroyablement masculin que sa respiration eut des ratés. Elle pouvait voir ses genoux nus, et la position disgracieuse qu'il avait adoptée avait relevé son kilt, laissant apercevoir quelques centimètres de cuisses musclées. Ruth regarda encore et encore ; de toute sa vie, elle n'avait jamais vu de peau masculine en dehors de celle des mains et du visage. Une petite voix souffla dans son cerveau embrumé qu'elle était observée. Elle devint écarlate en s'apercevant que c'était bel et bien le cas. Un sourire en coin sur les lèvres, Anderson lança :

— Croyez-vous être capable d'attendre que nous arrivions en Écosse ?

Ruth hoqueta de surprise devant son impudence, mais ne baissa pas les yeux. Peut-être y avait-il suffisamment de vrai dans sa réflexion pour qu'elle se sente honteuse, mais elle ne se laisserait pas intimider. Il fallait que cet homme comprenne qu'elle ne se laisserait pas manipuler, peu importe si la vue de son corps la rendait tremblante. Elle pouvait difficilement nier que le désir avait motivé sa demande en mariage. Oh, oui, il avait le titre de noblesse dont elle avait besoin pour satisfaire les envies de son père et leur permettre d'intégrer les rangs de l'aristocratie, et avait été suffisamment ruiné pour accepter sa demande. Ces critères avaient été importants, mais ne constituaient pas les seules raisons de son choix. Il lui avait suffi d'un coup d'œil pour décréter qu'elle le *voulait*.

Je veux qu'il soit mien, avait crié une voix dans sa tête. Peut-être l'aura un peu bestiale qui émanait de lui avait allumé en elle une mystérieuse part de sauvagerie ; dans tous les cas, cette partie d'elle était bel et bien éveillée à présent, elle réclamait son dû, et toutes les réflexions du monde et les peurs de Ruth n'y changeraient rien.

Le carrosse s'arrêta devant la demeure somptueuse de son père sur Upper Walpole Street et la jeune femme poussa un petit soupir de soulagement. Il fallait qu'elle s'échappe de cet espace confiné, et vite, avant qu'elle ne perde complètement la raison.

Mr Anderson descendit, puis lui tendit la main. Contrairement à la plupart des hommes de l'aristocratie, il ne portait pas de gants, et bien que cela fût le cas de Ruth, ce contact lui brûla la peau. La main de l'Écossais avait englouti la sienne ; c'était une main tannée par le soleil et endurcie par le travail, non celle d'un gentleman, malgré le titre dont il était héritier.

Garrick, le majordome, les accueillit avec un sourire chaleureux qui vacilla quelque peu lorsqu'il remarqua l'homme qui l'accompagnait.

— Garrick, mon père est-il à la maison ? demanda Ruth en rougissant et en évitant de croiser son regard.

Il ne ferait aucun commentaire, bien entendu. Garrick était un majordome hors pair et Ruth l'aimait énormément. Il n'était pas exagéré de dire qu'il allait lui manquer plus que ses parents. C'était un homme grand et fin, aux cheveux noirs bien peignés, aux yeux bleus pétillants et à l'air sûr de lui. Il avait été son allié pendant de nombreuses années. Il avait rapidement appris à se référer à Ruth et non à son idiote de mère — sauf si Ruth avait au préalable approuvé ce que la créature stupide avait demandé. Ce serait un réel déchirement pour la jeune femme de ne plus le voir, et d'après elle, le sentiment serait partagé. Même si son père adorait sa fille, il n'était jamais à la maison ; Garrick avait été présent depuis les douze ans de Ruth.

— Oui, miss Stone. Je crois qu'il est dans son bureau.

— Merci.

Ruth lui sourit en lui tendant ses gants et son chapeau.

Elle était parfaitement consciente que l'on ne remerciait jamais les domestiques au sein de la haute société, mais elle ne supportait pas ce manque de courtoisie, et tant pis si ce principe révélait sa basse condition. Si le personnel la méprisait lorsqu'elle se montrait reconnaissante de leurs efforts, ils étaient libres d'aller travailler dans une maison où on leur montrerait moins de respect.

Une fois Garrick sorti, elle regarda Mr Anderson et fit de son mieux pour ne pas scruter d'un air ébahi la scène sous ses yeux : un Highlander barbu à l'air sauvage au beau milieu du hall d'entrée pompeux et tape-à-l'œil de son père. Ruth savait que la maison était décorée avec vulgarité, et même si elle avait fait de son mieux pour brider les goûts affreux de son père, cela restait affreusement clinquant. Mr Anderson détonnait au beau milieu d'un tel décor et mettait en relief toutes les babioles et les ornements ridiculement coûteux ; c'était un peu comme voir un lion déambuler dans une salle de bal d'Almack.

Ce n'était pas son habitat naturel.

— Seigneur tout-puissant, murmura-t-il en contemplant la pièce d'un air éberlué.

— Oui, eh bien, déclara Ruth qui commençait à perdre patience car elle se sentait mal à l'aise… encore plus mal à l'aise. Peut-être, reprit-elle, serait-il mieux que vous m'attendiez ici pendant que je… je…

— Que vous annoncez la nouvelle ? suggéra-t-il d'un ton ironique.

— Oui.

Ruth ne voyait pas l'intérêt de prétendre le contraire. Même si son père allait être enchanté en entendant parler du comté, la vue de son nouveau gendre pourrait le faire hésiter. Elle devait le préparer.

— Il n'approuvera pas cette union ?

— Le comté lui plaira beaucoup, Mr Anderson, répondit Ruth en tâchant de conserver un ton protocolaire.

Elle avait l'habitude de traiter avec les associés de son père, et si elle s'arrangeait pour que l'affaire garde une tournure professionnelle, du moins pour l'instant, elle pourrait peut-être s'en sortir sans se pâmer ou devenir hystérique — ce qu'elle espérait fermement.

— Jusqu'à ce qu'il découvre que son gendre est aussi bien accueilli au sein de l'aristocratie anglaise qu'une bonne chaude-pisse ? demanda-t-il doucement.

Ruth ignora sa grossièreté ; elle était certaine, sans comprendre ses raisons, qu'il essayait de l'énerver. Il était évident qu'il avait besoin de son argent. La trouvait-il si laide qu'il voulait la faire changer d'avis ? C'était une possibilité qu'elle n'arrivait pas à écarter, aussi dégradante soit-elle.

— Peut-être n'êtes-vous pas bien accueilli, mais je m'en sortirai très bien, je n'en doute pas, dit-elle froidement. Une comtesse se doit d'être traitée avec respect, quel que soit son mari.

Ruth n'avait pas la moindre intention de laisser son père l'utiliser pour parvenir à ses fins. Elle avait accompli son devoir pour élever la condition sociale et le sort de sa famille, mais n'avait pas l'intention de devenir une martyre pour la cause.

Cela parut suffire à le faire taire, du moins pour le moment, et Ruth demanda à ce qu'on lui amène un repas — car un homme de son envergure devait probablement toujours avoir faim — puis partit chercher son père.

— Bon sang de bonsoir, murmura Mr George Stone en posant les yeux sur son futur gendre, même si Ruth l'avait prévenu pour éviter qu'il ne le dévisage bouche bée.

Elle donna un coup de coude à père, qui secoua la tête et effaça aussitôt sa mine déconfite. Il tendit la main en offrant un grand sourire à Mr Anderson. Un homme au sens pratique, son papa. Il ne lui avait pas fallu longtemps pour réaliser qu'avoir entre ses mains l'héritier d'un comté était une bien meilleure option que celle d'un marquis ou d'un duc imaginaire qui n'avait toujours pas pointé le bout de son nez. Oui, c'était un Écossais, ce qui était regrettable, mais le comté était vieux et illustre, à défaut d'apporter beaucoup de richesses. Cela n'avait pas d'importance. Mr Stone était immensément riche, et il voulait que son petit-fils soit du rang des nobles. Comte de Morven, cela irait très bien. Sauf que Ruth pouvait voir son père faire le calcul et se rendre compte que sa fille n'avait pas exagéré. Leur ticket d'entrée dans le monde des aristocrates ne serait pas pour cette génération-ci, du moins, pas sans effort. Il fallait que Ruth parvienne à dompter son mari, chose que son père semblait croire largement à sa portée.

Ruth n'étant pas stupide, elle n'avait pas acquiescé avec précipitation.

À présent, en regardant l'homme dont il était question, elle commençait à douter de ses chances de survivre à la nuit de noces. Si ce n'était pas l'attente qui la tuerait, ce serait probablement le choc. Enfin, une fois qu'elle l'aurait correctement jaugé, elle ne doutait pas de pouvoir le maîtriser, dans une certaine mesure. D'après son expérience — qui était, il fallait l'admettre, limitée surtout à vivre avec son père —, les hommes étaient satisfaits de leur vie de famille si leur maison était confortable et qu'ils étaient bien nourris, et cela, au moins, elle pouvait s'en assurer.

À son grand dam, son écervelée de mère jeta un coup d'œil à futur beau-fils et s'évanouit. Ruth regarda avec une expression impassible sa mère tomber dans un élégant bruissement de soie. Ni elle ni son père ne se précipitèrent pour la rattraper ; ils avaient bien trop l'habitude de sa routine. Mr Anderson aurait pu s'en charger si l'expression horrifiée sur le visage de sa mère n'avait pas été aussi flagrante avant que ses yeux ne se tournent vers le ciel et qu'elle tombe dans les pommes.

— Sonnez Mrs Grisham, papa, soupira-t-elle.

Elle attrapa un petit flacon de sels et l'agita sous le nez de ce parent qui la désespérait. Elle n'osa pas regarder Mr Anderson. Elle doutait que ce soit le genre de scène qui trouve grâce à ses yeux.

Une fois que l'on eut emmené sa mère s'allonger dans une pièce sombre, Ruth reporta son attention sur les deux hommes.

— Eh bien, Ruthie, filez, laissez-nous discuter des détails, charmante enfant, dit son père en se frottant les mains avec un air satisfait à la perspective des négociations à venir.

Ruth gratifia son père d'un regard sévère dont il avait l'habitude et qui fit s'évanouir le sourire de son visage.

— Non, papa, il s'agit de mon avenir. Je reste.

L'expression de Mr Stone s'assombrit. Ruth renchérit en croisant les bras :

— Laisseriez-vous votre secrétaire régler les détails d'une négociation importante ?

— Je ne suis pas votre fichu secrétaire, petite effrontée, rétorqua Mr Stone.

— Non, bien sûr que non, très cher, concéda Ruth avec un sourire placide. Mais vous n'êtes pas moi non plus.

Elle s'assit devant le bureau et leva la tête en direction de Mr Anderson.

— Asseyez-vous, Mr Anderson, dit-elle. Papa, pourquoi ne pas servir un peu de brandy ? Vous savez qu'un petit verre vous éclaircit toujours les idées.

Mr Anderson lui lança un long regard indéchiffrable, mais il s'assit comme elle le lui avait demandé tandis que son père servait deux généreux verres de brandy.

— Bon, dit-elle en souriant alors que les deux hommes s'installaient dans leur siège. Pouvons-nous commencer ?

Chapitre 2

*Aujourd'hui, je quitte mes amies pour
commencer une nouvelle vie dans les Highlands
d'Écosse. Lorsque nous atteindrons le château
de Wildsyde, je deviendrai Mrs Anderson.*

Oh, diantre. Qu'ai-je fait ?

— Extrait du journal de miss Ruth Stone.

30 octobre 1814. Londres.

— Il est aimable de votre part d'avoir bien voulu retarder notre voyage pour rendre visite à ma tante à Tunbridge Wells, Mr Anderson.

Ses yeux ambrés déconcertants se posèrent sur elle. Il ricana en levant un sourcil.

— Ce n'était pas *aiymable*, et vous le savez. Vous n'auriez pas arrêté de m'en rabâcher les oreilles si je n'avais pas accepté. Je n'suis pas bête au point de subir un voyage jusqu'en Écosse en compagnie d'une femme qui m'en veut.

Ruth fronça les sourcils, un peu irritée par sa réponse, bien qu'elle fût assez perspicace.

— J'imagine que c'est un argument valable. Le fait est que ma tante Ethel m'a fait comprendre à maintes reprises qu'elle était mécontente de mon statut de célibataire.

— Et à présent, vous voulez lui agiter votre victoire sous le nez, c'est cela ? demanda-t-il d'un ton un peu amusé.

— Aye[1], je veux dire, oui, c'est exactement cela, si vous voulez savoir.

Il haussa les épaules. Ruth les observa monter et descendre avec intérêt.

— Cela retardera notre voyage d'un jour, mais vous pouvez considérer que c'est un cadeau d'mariage. Je n'ai rien d'autre à vous offrir.

— C'est un très beau cadeau de mariage, déclara Ruth avec sincérité.

Elle était transportée de joie à l'idée de présenter ce magnifique spécimen de virilité à sa tante veuve. Cette femme avait donné beaucoup trop de conseils et s'était montrée bien trop exaspérée par l'incapacité de Ruth à trouver un mari. Ce faisant, elle avait accentué les craintes déjà présentes de Ruth : elle était trop grande, disgracieuse et masculine. Finalement, Ruth pouvait garder la tête haute.

— Même si… commença-t-elle avant de faire marche arrière et de refermer la bouche.

— Allez-y, dites-le.

Le grondement de sa voix était agréable par-dessus le bruit des roues.

— Eh bien, dit-elle en rassemblant son courage et en se penchant vers lui avec une expression pleine d'espoir. Croyez-vous que vous… pourriez-vous… ?

— Si vous me demandez de jouer les idiots énamourés, miss Stone, vous vous adressez à la mauvaise personne.

Ruth rougit.

---

[1] Ndt : Interjection très utilisée en Écosse, signifie « oui » ; « d'accord »

— Pas un idiot énamouré, Mr Anderson, répondit-elle d'une voix pincée. Ma tante n'est ni aveugle ni simple d'esprit et ne se laissera pas berner, mais si… si vous pouviez essayer de… de…

— D'être moins barbare ? suggéra-t-il.

— Croyez-vous pouvoir me laisser finir mes propres phrases ? demanda-t-elle, énervée, même s'il avait raison — quoiqu'elle l'aurait formulé différemment.

— Si vous arrêtez de tergiverser, aye.

Ruth soupira.

— Eh bien, *pouvez-vous* réussir à vous comporter de façon moins barbare ?

Mr Anderson la regarda avec une expression résignée.

— Combien de temps allons-nous rester là-bas ?

Ils arrivèrent chez tante Ethel à midi. De l'avis de Ruth, même si le détour avait retardé le voyage d'un mois entier, cela en aurait valu la peine.

Sa tante était une femme au visage disgracieux. Sa bouche était fine et éternellement étirée, formant une fine ligne et ses yeux protubérants risquaient présentement de jaillir de leurs orbites tant son étonnement était profond.

— Fiancés ? répéta la femme d'une voix faible en dévisageant Mr Anderson comme s'il venait de tomber du ciel.

Ruth ne pouvait pas l'en blâmer. C'était le genre de personnage censé tomber du ciel, après tout. Quand on le voyait, on pensait aussitôt à une divinité guerrière ou une ancienne déité.

Mr Anderson supporta l'examen minutieux de sa tante pendant environ cinq minutes — donc quatre minutes de plus que d'après l'accord de base que Ruth avait réussi à obtenir de lui — avant de s'éclipser, néanmoins poliment, en murmurant quelque chose à propos des chevaux. Ruth s'en moquait. Sa tante l'avait vu, elle avait pu constater qu'il n'était pas le fruit de son imagination — qui aurait pu imaginer un tel homme ? — et avait pu réagir de la manière appropriée, c'est-à-dire, rester sans voix.

— Eh bien, jamais je… déclara tante Ethel en attrapant un éventail et en l'agitant vigoureusement même si elle était enveloppée de plusieurs châles et couvertures. Bonté divine.

— Nous nous marierons en Écosse. Mr Anderson possède un château là-bas, ajouta Ruth qui s'amusait bien.

Surprise, elle jeta un regard paniqué autour d'elle lorsque tante Ethel lui attrapa vivement le poignet.

— Bien joué, Ruth.

Il y avait tant d'approbation dans son regard que Ruth fut complètement déboussolée. C'était la première fois que sa tante se montrait satisfaite d'elle. Peut-être la première fois que qui ce soit se montrait satisfait d'elle.

— … Bien joué, mon enfant.

— Oh, fit Ruth en clignant des yeux d'un air étonné. Eh bien, merci, répondit-elle sans savoir si les remerciements étaient de mise dans ces circonstances.

Après tout, c'était son argent qu'il épousait, pas *elle*. Elle n'avait pas caché ce détail. À quoi bon ?

— Oh, un tel homme, soupira Ethel en agitant l'éventail encore plus vite. Mon propre Alfred était lui aussi un sacré bonhomme, savez-vous, ajouta-t-elle, le regard perdu dans le vague. C'était un obstiné, une vraie tête de mule celui-là.

Elle cligna des yeux et poussa un petit soupir nostalgique.

— … Il fallait beaucoup de détermination pour le canaliser, je peux vous dire. Mon Dieu, les disputes que nous avons eues !

Un sourire béat éclaira le visage de sa tante en le modifiant drastiquement. Ruth se rendit compte qu'elle n'avait jamais imaginé sa tante autrement que dans la peau d'une veuve. Son mari était mort jeune, longtemps avant la naissance de Ruth, et ils n'étaient pas des parents proches. Maintenant, Ruth se demandait si le tempérament colérique de sa tante ne résultait pas du chagrin de sa perte, car en cet instant, il était évident qu'elle avait profondément adoré son époux.

Tante Ethel leva la tête, peut-être parce qu'elle sentait le regard scrutateur de Ruth posé sur elle.

— Vous êtes partie pour une valse endiablée avec celui-là, dit-elle d'un air joyeux. Vous aurez envie de l'étrangler une ou deux fois, croyez-moi. Oh, mais cela en vaudra la peine.

— Croyez-vous ? demanda Ruth en osant pour la première fois énoncer ses doutes à voix haute devant cette femme à laquelle elle n'aurait jamais imaginé se confier avant ce jour. Parce qu'il est affreusement… eh bien il est très…

— Oui, répondit Ethel avec un sourire narquois. Je m'en doute. Il n'a pas l'habitude d'avoir une femme derrière lui, ou d'écouter les conseils de qui que ce soit, et je doute qu'il ait l'intention de vous donner du mou, alors ce sera à vous de tirer, Ruth. Ne laissez rien passer. Vous êtes une vraie Stone, je peux vous dire que le nom nous va à merveille. Votre père a peut-être su trouver l'argent, mais il n'aurait pas été si loin sans votre grand-mère et moi pour le pousser, même s'il ne l'admettra jamais, ricana-t-elle. Prenez le temps de l'évaluer, mais si vous voulez mon avis, vous êtes largement apte à relever le défi.

Ruth sourit et soupira de soulagement en ressentant une soudaine vague d'affection pour sa tante, habituellement si belliqueuse. Elle se pencha et déposa un baiser sur la joue d' Ethel.

— Merci.

Ethel rit en secouant la tête.

— Oh, ne me remerciez pas. J'ai hâte de voir les étincelles voler, mais de loin. M'écrirez-vous pour me raconter comment cela se passe ?

Ruth sourit et hocha la tête.

— Vous pouvez compter sur moi, mais uniquement si je reçois des conseils tactiques en retour.

— Marché conclu, répondit sa tante en la gratifiant de ce sourire si rare.

Ils repartirent pour Londres cette nuit-là, et, en rétribution de la journée perdue à rendre visite à la tante de Ruth, ils partirent à l'aurore. Les arrêts durant le trajet furent brefs et rares, et davantage pour le bien-être des chevaux que pour celui de Ruth.

Mr Anderson n'était pas un bavard.

La plupart des réponses aux questions de Ruth recevaient des grognements qui semblaient soit affirmatifs, soit négatifs. Il n'avait probablement pas dit plus de dix mots de tout le trajet. Il était frustrant qu'il ne montre aucune curiosité ni aucun intérêt envers elle, mais Ruth ne se faisait pas d'illusions. Elle n'était pas une beauté sulfureuse ni une blonde fragile qui avait besoin d'être dorlotée. Mr Anderson n'éprouvait aucun désir envers elle et, en dehors des termes de leur contrat, s'en moquait éperdument. Bon, très bien. Ce n'était pas grave.

Elle aurait sa propre maison — un château, en fait —, elle aurait un personnel à diriger et de quoi l'occuper. Elle aurait sans doute des enfants très bientôt et… et cette pensée entraîna son imagination vers un tout autre horizon. Elle s'obligea à regarder par la fenêtre et non en direction des genoux de Mr Anderson.

Une fois encore, il était assis nonchalamment sur la banquette. Il avait les yeux fermés, les bras croisés sur le torse et malgré elle, elle s'arracha à la contemplation du paysage pour le regarder. Il était un paysage à lui tout seul, aussi étrange et impénétrable qu'une terre inconnue remplie de dangers. Un calme qu'elle imaginait trompeur avait pris place dans son corps puissant. Même le langage de ce nouveau monde était étranger à Ruth. *Il* lui était étranger, et comme tout nouvel endroit, séduisant et exotique en dépit des périls qu'il pouvait receler. Tout ce qu'il y avait de féminin en elle percevait la puissance de l'attirance qu'elle éprouvait pour lui, l'envie d'explorer, d'apprendre à connaître ces lieux étrangers. De les rendre siens.

Ses cheveux, un peu trop long pour la mode, avaient une couleur brun profond. Ils lui tombaient presque sur les épaules et l'on pouvait distinguer une ondulation dans les mèches. Ses cils étaient plus foncés ; ils étaient si longs et si épais que n'importe quelle femme en aurait pleuré de jalousie. Le contraste avec son visage si brutalement masculin et intransigeant était étonnant. Au moment du départ, il était rasé de près, mais, comme si son corps refusait la moindre tentative de domestication, on pouvait déjà apercevoir sa barbe. L'envie de le toucher s'intensifia. Elle voulait tendre la main et caresser cette joue, sentir les poils drus de ses favoris. Le désir était si soudain et si intense que Ruth ferma les poings, comme si elle pouvait contenir cette envie en la serrant dans ses paumes. Son regard descendit plus bas, sur les bras musclés croisés sur sa poitrine, sur le tissu écossais de son kilt, sur la peau de ses genoux. L'une de ses jambes était tendue, l'autre était pliée, son genou retombant contre la porte du carrosse. Une nouvelle fois, son kilt était remonté de quelques centimètres, et Ruth avait une belle vue sur le bas de ses cuisses.

Elle se demanda s'il l'avait fait exprès pour la perturber, et se sentit soudain mal à l'aise, comme si elle était observée. Elle jeta rapidement un coup d'œil à son visage pour s'assurer que ses yeux étaient toujours fermés, mais ne parvint pas à se débarrasser de l'impression qu'il était parfaitement au courant de son examen. L'air du carrosse était frais et Ruth prit une profonde inspiration pour remplir ses poumons tout en forçant son regard à se poser à nouveau sur le paysage. Elle ne le regarderait pas, ne se tourmenterait pas avec des scénarios imaginaires sur le genre d'homme qu'il était, le genre d'épouse qu'elle serait pour lui. Ce qui arriverait arriverait, et elle tâcherait de faire de son mieux dans tous les cas.

L'auberge de Dunstable était propre et nette, mais Ruth ne le remarqua pas. Elle était bien trop fatiguée des événements de ces derniers jours pour faire autre chose qu'avaler un peu de soupe dans l'intimité de sa chambre avant de plonger dans son lit. Une femme de chambre aux yeux écarquillés l'avait aidée à se déshabiller et à se préparer pour la nuit. Ruth l'avait détestée au premier regard et ne parvint pas à dissimuler ce sentiment, ce qui rendit la fille nerveuse et maladroite. Ce n'était pas la frustration devant son incompétence qui avait éveillé son animosité, non. À la grande honte de Ruth, elle avait ressenti une haine instantanée dès qu'ils avaient pénétré dans l'auberge. Elle était ravissante et fine ; Ruth avait eu l'impression d'être une parfaite idiote, à espérer que le magnifique homme qui l'accompagnait la regarderait un jour avec intérêt. Lorsque l'employée avait regardé Mr Anderson avec une expression identique à celle de Ruth, toutes ses incertitudes avaient refait surface. Lorsque le regard de la jeune fille était descendu sur les genoux de Mr Anderson, ce fut trop. Ruth avait toussé bruyamment, et exigé qu'elle prépare aussitôt sa chambre.

Sa propre bonne, Rachel, l'avait désertée juste après avoir appris ses fiançailles. Elle avait jeté un coup d'œil futur mari de Ruth et son visage avait pris la couleur du porridge. Ce choc, suivi de la mention du *Château de Wildsyde* en *Écosse* avait achevé l'affaire. Leur destination aurait tout aussi bien pu être la tour de Londres tant sa répulsion était évidente. Dans tous les cas, c'était trop pour la femme. Elle avait bien fait comprendre son opinion sur le fait de vivre dans un endroit aussi isolé au milieu de gens si grossiers. Sans avoir le temps de trouver une remplaçante, Ruth avait donc dit à Mr Anderson qu'elle pouvait tout à fait s'occuper d'elle-même seule et n'avait pas fait d'histoire. Si elle avait espéré un mot de reconnaissance pour ne pas retarder leur voyage en partant à la recherche d'une nouvelle femme de chambre, au moins par souci de bienséance, elle allait être déçue.

À présent, seule dans son lit à regarder le plafond dans l'obscurité, Ruth se sentait très loin de chez elle, même s'ils n'avaient voyagé qu'une journée. *Gardez la tête haute*, pensa-t-elle d'un ton sévère. *C'était votre idée, votre chance d'obtenir votre indépendance et la vie que vous vouliez. Personne n'a dit que cela serait facile.*

Vous pourriez changer d'avis, lui conseilla une autre voix, plus forte. Elle la fit taire. C'était impossible. Elle avait voyagé toute une journée dans un carrosse clos avec un homme sans personne pour veiller au respect des convenances. À présent, ils devaient se marier, ou c'en serait fini de la réputation de Ruth. C'est aussi bien, pensa-t-elle en soupirant. Elle tapa sur son oreiller bosselé dans l'espoir de s'installer confortablement. Il n'y aurait pas de retour en arrière, elle devrait s'accommoder de la situation. Elle se tourna de l'autre côté, obligea ses yeux à se fermer et s'endormit.

Les jours suivants ressemblèrent au premier. Mr Anderson était une présence gigantesque et silencieuse qui emplissait la majorité de l'espace disponible, à la fois dans le carrosse et dans l'esprit de Ruth. Lorsqu'ils franchirent la frontière de l'Écosse, Ruth n'en pouvait plus. Elle en avait assez des réponses monosyllabiques qui suivaient ses tentatives de discussion et décida qu'il était temps d'avoir une conversation, qu'il le veuille ou non. Une détermination furieuse s'empara d'elle et elle plongea la main dans son réticule pour en sortir de quoi écrire.

— Parlez-moi de votre personnel.

Elle regarda le battement de ses cils somptueux, puis ses pupilles couleur whisky se posèrent sur elle. Elle reprit :

— Combien sont-ils à travailler dans le château ?

Un lourd soupir retentit.

— Cinq.

Il bâilla et passa une main sur sa mâchoire. Le bruissement des poils de sa barbe exaspéra Ruth dont l'énervement monta d'un cran alors qu'elle attendait qu'il développe sa réponse. Ce qu'il ne fit pas.

— Seulement cinq ? répéta-t-elle en fronçant les sourcils. Une propriété de cette taille devrait plutôt…

Il la gratifia d'un regard énervé et dédaigneux.

— Avez-vous déjà oublié ? Je n'ai pas un sou, comme la petite furie vous l'a expliqué. Ce n'était pas un mensonge.

Ruth hocha la tête d'un air compréhensif.

— Parlez-moi d'eux, je vous prie.

Elle récolta un soupir irrité en guise de réponse.

— … Quels sont leurs noms et à quels postes travaillent-ils ? demanda-t-elle d'une voix hachée alors qu'elle tâchait de contenir sa frustration.

— Je vous les présenterai, dit-il. Vous les rencontrerez bien assez tôt.

Il s'étira avec un nouveau bâillement et leva les bras vers le plafond, étirant ses membres du mieux qu'il pouvait dans l'espace confiné. Ruth observa le spectacle, momentanément captivée par les muscles en mouvement sous ses vêtements. Elle s'aperçut de la lueur amusée qui brillait dans son regard. Elle serra les dents et lui lança un regard noir.

— Je désire connaitre leurs nom et profession avant d'arriver.

Elle soutint son regard et lorsqu'elle vit un sourcil se hausser légèrement, réalisa à quel point son ton avait été autoritaire. Il ferait mieux de s'y habituer, s'il persistait à l'ignorer. S'il cherchait à la tester, à voir jusqu'où elle irait pour se plier à sa volonté ou à jauger ses réactions face à un tel traitement, il allait comprendre qu'elle n'était pas une petite souris manipulable. Il avait gagné cinquante mille livres en la prenant pour épouse, mais il allait devoir les mériter.

Il l'observa longuement avant de répondre.

— Hilda MacLeod est intendante et cuisinièyre. Dougal Clugston gère le domaine. Il y a trois bonnes : Sheenagh Baillie, Flora Moffat, et Jessie Irwin.

Ruth hocha la tête.

— Je vais embaucher plus de personnel.

— C'est votre problèyme, répondit-il en croisant de nouveau les bras et en fermant les yeux.

Bon sang, il allait se rendormir.

— Comptez-vous inviter des gens au mariage ? Votre famille, peut-être ?

— Non.

— Pourquoi pas ?

Pas de réponse.

— Pourquoi pas, Mr Anderson ?

Silence.

— Eh bien, miss Stone, commença Ruth en adoptant un ton léger. Parce que ma famille est bruyante, ce sont de vrais moulins à paroles et je crains que vous ne puissiez pas placer un mot. Oh, Mr Anderson, poursuivit-elle en décidant qu'elle ferait tout aussi bien de jouer les deux rôles. Vous êtes si prévenant. Pensez-vous que nous devrions partir en lune de miel ?

Elle fit une pause et se racla la gorge pour essayer d'imiter son accent écossais :

— Non. Je serais bien trop occupé à dépenser le pactole, may vous pouvez dormir avec les bêytes pendant que je prépare le château pour vous.

Ruth eut l'impression de voir ses lèvres tressaillir, mais aucun autre signe n'indiqua qu'il l'avait entendue.

— Eh bien, Mr Anderson, dit-elle avec un lourd soupir en posant la main sur le cœur comme une jeune demoiselle en pâmoison. Quelle chance j'ai eue d'épouser un tel homme ! Aye, pour sûr, dit-elle en faisant une grosse voix et en hochant la tête. Vous êtes bel et bien chanceuse. Je suis le parangon des Écossais.

Ruth battit des cils en direction de l'homme immobile face à elle.

— Je suis si soulagée, dit-elle en adoptant un ton affecté. J'avais affreusement peur d'avoir accepté d'épouser une brute sans la moindre politesse.

Elle se figea lorsqu'un œil fauve apparu, brillant dans la pénombre de la fin d'après-midi. Elle sentit ses joues s'enflammer sous ce regard alors qu'elle attendait — mais quoi ? Un élan de colère ? D'amusement ? Pendant un moment atroce, elle se demanda s'il allait lui donner la fessée. Puis il grogna, ferma les yeux, et se rendormit.

Chapitre 3

Cher papa,

Nous prévoyons d'arriver au château de Wildsyde demain après-midi. Le voyage a été long et éreintant et je dois admettre que je serai bien contente lorsque je pourrai m'asseoir sur quelque chose d'immobile. Nombreuses étaient les routes très mal entretenues et j'ai l'impression que mes os se balancent et tressautent encore lorsque j'essaie de dormir la nuit. La météo, elle non plus, ne s'est pas montrée très clémente, mais le temps s'annonce meilleur demain. Peut-être le château sera-t-il baigné de soleil la première fois que je l'apercevrai ! Je vous écrirai davantage afin de vous le décrire en détail, comme vous me l'aviez demandé, une fois que je serai installée.

— Extrait d'une lettre de miss Ruth Stone, à son père, Mr George Stone.

6 novembre 1814. Château de Wildsyde, Écosse.

Gordy observait la femme anglaise à la dérobée, sous ses cils. Aujourd'hui, elle était restée silencieuse, le torrent de questions dont elle l'avait assailli depuis leur départ s'était tari. Elle avait également arrêté sa conversation ou elle imaginait elle-même ses réponses. Dommage. Il s'était beaucoup amusé d'entendre son accent anglais rigide essayer d'épouser les rondeurs et l'écrasement des syllabes du patois écossais. Il avait eu du mal à ne pas éclater de rire, mais il était bien déterminé à garder les choses formelles entre elle et lui. Avec un peu de chance, elle s'enfuirait vers Angleterre et l'idée qu'elle se faisait d'un monde civilisé d'ici Noël. La façon dont sa mère s'était pâmée à sa vue avait confirmé ses doutes : Ruth Stone était bien trop délicate pour survivre à Wildsyde, même s'il en avait envie — et il n'en avait pas envie.

Il ne souhaitait pas l'épouser. Pas plus qu'il n'avait voulu épouser Bonnie, ou n'importe quelle femme, créatures sournoises et trompeuses qu'elles étaient. Il ne doutait pas que celle-ci lui causerait des ennuis, mais il était prêt à encaisser les subterfuges, les mensonges et les tromperies dont elle ferait usage pour tenter de le séduire. Aucune femme n'avait encore réussi l'exploit et elle ne serait pas la première à avoir essayé. Mais cinquante mille livres ? Son cœur faisait encore des bonds à la pensée de cette fortune colossale. Il était riche ! Cela paraissait impossible, au mieux, improbable. Pourtant, il avait vu le contrat de mariage de ses propres yeux.

Il était excité en pensant à tout ce qu'il pourrait faire avec cet argent, tout ce qu'il pourrait créer, réparer, construire. Pour la première fois de sa vie, il serait en mesure de regarder ses locataires dans les yeux sans se sentir accablé de honte et de culpabilité. L'exode forcé des Highlands avait contraint de nombreuses familles à rejoindre la côte et à travailler dans les villages de pêcheurs autour de Wildsyde. Il n'avait rien pu faire et seules les terres fertiles autour du château les maintenaient à flot tandis qu'il dépensait chaque pièce pour réparer ce qui tombait en miettes sous ses yeux. Mais il n'y en avait jamais assez. Il avait beau se tuer à la tâche, il n'y avait jamais assez d'argent pour faire le travail correctement. Eh bien, plus maintenant. Il se demanda si Ruth avait la moindre idée de ce qu'elle avait fait en l'épousant. L'intérieur tape-à-l'œil et luxueux de sa demeure, l'ampleur de la fortune que son père avait dû amasser pour créer un tel décor l'avait estomaqué et laissé sans voix. Debout dans ce hall recouvert

de dorures et de fanfreluches, il avait vraiment eu l'impression
d'incarner le barbare qu'elle croyait sans doute qu'il était.

Et c'était *elle* qui lui avait demandé de l'épouser.

Il n'arrivait toujours pas à y croire. S'il l'avait croisée dans la
rue, il se serait attendu à ce qu'elle détourne la tête avec un air
dédaigneux, puis qu'elle rougisse avant de s'éloigner à toute allure,
comme beaucoup de ses semblables. Il avait eu de la chance
qu'elle fasse partie de l'autre catégorie, celles qui le regardaient
par-dessous les cils en s'imaginant s'essayer à la débauche avec ce
sauvage. Il ne se faisait aucune illusion sur l'opinion qu'elle devait
avoir de lui, élégante lady Anglaise qu'elle était, et sur ce qu'elle
attendait de lui : ce n'était certainement pas de la conversation
raffinée ou une compagnie pour l'escorter à l'opéra. Non. Il avait
très bien compris son regard. Eh bien, c'était un contrat équitable.
Il aurait son argent et paierait en nature, en accomplissant son
devoir d'époux jusqu'à ce qu'elle tombe enceinte. D'ici là, elle
devrait en avoir assez de lui et de ce qu'il pouvait lui offrir. Elle
n'attendait rien d'autre de sa part. Il le savait très bien.

Bien qu'il lui eût donné les commandes du personnel et du
château, il ne s'attendait pas à ce qu'elle y reste et n'y tenait pas.
Plus vite elle en aurait assez de vivre avec lui dans un endroit aussi
isolé et déciderait de retourner avec ses pairs, mieux cela serait. Il
serait tranquille. Il aurait accompli son devoir envers le titre qui
serait un jour sien et ils pourraient tous deux vivre leur vie comme
bon leur semblait. Il sourit intérieurement, enchanté de la façon
dont tout s'était déroulé. Eh bien, si elle voulait jouer à l'épouse en
attendant, grand bien lui fasse. Elle se rendrait vite compte de son
erreur. De plus, il avait ses propres affaires à régler, et en juger par
la curiosité qui brûlait dans les yeux de Ruth lorsqu'elle le
regardait, il s'en sortirait mieux qu'elle.

Il observa son expression intéressée alors qu'elle regardait le
paysage impitoyable défiler par la fenêtre. Au moins, c'était une
jolie jeune femme en pleine forme et pas une petite poupée fragile.
Il aimait sa haute taille et le fait qu'il ne soit pas obligé de se plier

en deux pour l'embrasser. Il aimait également les courbes amples de ses hanches et de ses seins. Généreux, doux, confortables. Oui, elle était bien faite, solide et voluptueuse. Il le fallait bien, si elle devait porter ses enfants. Il ressentit une bouffée de chaleur en imaginant coucher avec elle ; en imaginant lui montrer à quoi menait le regard brûlant qu'elle posait sur lui.

Cela n'avait pas été facile pour lui de garder ses distances pendant le voyage. Il ne fricotait jamais avec ses employées, ni quiconque pouvant se sentir son obligé ; mais ce principe l'obligeait à patienter une heure trente — les jours de beau temps — pour effectuer le trajet jusque Wick afin de trouver une partenaire consentante, et il avait peu de temps à consacrer à ce genre de frivolité. Mais à présent il avait une femme pour soulager ce genre de frustration. À portée de main, consentante, douce et chaude. Il laissa échapper une longue expiration en imaginant la chose. *Attention*, se dit-il. Seulement au lit. Il ne devait pas se montrer trop familier, trop aimable. Elle partirait. Elles finissaient toujours par partir.

Et pour son propre bien, il devrait faire en sorte que cela se produise rapidement.

L'Anglaise poussa une exclamation émerveillée, et Gordy leva la tête en observant le sourire se dessiner sur son visage. Elle se rapprocha de la vitre ; sa respiration forma un nuage de condensation sur le verre qu'elle effaça aussitôt d'un geste impatient. Il fronça les sourcils en s'interrogeant sur la raison de son émoi, quand le carrosse tourna légèrement, lui révélant ce qu'elle avait sous les yeux : Wildsyde. Il avait été tellement perdu dans ses pensées qu'il n'avait pas prêté attention au paysage familier et n'avait pas réalisé qu'ils étaient presque arrivés.

Mais le château était là, abîmé mais fier, tel un guerrier balafré et épuisé refusant d'abandonner le combat, prêt à se battre jusqu'à la mort. Une bouffée de quelque chose qui ressemblait à de la fierté monta en lui, il se sentit heureux et satisfait de son approbation. Il chassa aussitôt ce sentiment. Il n'avait pas besoin de son approbation, et n'en voulait pas. Elle ne resterait pas.

Ruth regardait par la fenêtre, ravie ; cela faisait des heures que la vue enchanteresse avait capturé son attention. Elle avait oublié sa bataille contre son mari entêté et n'était plus aussi déterminée à le faire sortir de son mutisme. Elle s'était souvenue de la citation de Marc-Aurèle : *soyez ferme comme la falaise sur laquelle sans cesse se brisent les vagues ; elle demeure immobile tandis que viennent mourir autour d'elle les bouillonnements du flot.* Elle avait compris, irritée, que c'était elle qui pour l'instant incarnait les vagues furieuses, et cela ne risquait pas de changer si elle continuait à s'agiter contre ce roc solide. Elle s'était tue en comprenant qu'il fallait qu'elle change de tactique puis avait remarqué le panorama ; cette colère avait alors laissé place à l'émerveillement devant la beauté dont elle était assaillie de toutes parts. Une terre inconnue, semblable à l'homme qui lui faisait face, dure, brute, sauvage et d'une beauté à couper le souffle. Le paysage était austère, les vastes plaines s'étendaient jusqu'à rencontrer les collines immuables. Le relief déchiqueté défilant sous ses yeux lui rappelait les fameuses vagues venant se fracasser contre les rochers ; c'était comme si une divinité terrestre les avait recouvertes de verdure et piégées dans le sol. Renversant.

Enfin, il apparut. Elle n'eut pas besoin que Mr Anderson lui indique qu'il s'agissait de Wildsyde. Le paysage avait offert si peu de preuves de vie qu'elle était étonnée de découvrir une habitation aussi profondément enfoncée dans la nature — encore moins un château. Il était à couper le souffle ; Ruth ressentit une émotion singulière à sa vue, à la fois douce et douloureuse. Il était fièrement dressé malgré les ravages que le temps lui avait infligés — car le temps ne l'avait effectivement pas épargné. Les arêtes, autrefois vives, étaient à présent douces, la pierre s'effritait par endroits et le lierre tournoyait le long des murs. Pourtant, de la bâtisse émanait une force certaine : elle se dressait fièrement, solitaire, sombre et furieuse contre le ciel rose tendre du soleil couchant. Elle sourit en imaginant que le château s'était délibérément détourné de cette magnifique scène, comme s'il eût craint de s'attendrir davantage en admirant ce ciel aux teintes pastel. Elle tomba aussitôt éperdument amoureuse de l'endroit et eut le sentiment d'être enfin chez elle.

Elle savait que c'était idiot, incompréhensible, mais cette envie qu'elle ressentait depuis aussi longtemps qu'elle se souvienne — celle d'avoir sa propre maison, de se sentir à sa place quelque part — s'évanouit : c'était ici. La plupart des gens ne s'imaginaient un château délabré dans les terres sauvages des Highlands lorsqu'ils visualisaient un foyer accueillant, mais la paix et la magnificence qui régnaient sur ce lieu résonnaient bien plus en Ruth que n'importe quelle adresse chic de Mayfair. Même si elle ne s'était jamais imaginé avec précision à quoi pourrait bien ressembler la demeure de ses rêves, elle réalisa que cet endroit représentait ce qu'elle avait toujours voulu. Elle était enfin chez elle.

Son épiphanie romantique fut de courte durée.

Il n'y avait personne pour accueillir le laird et sa future épouse — à moins de compter trois énormes chiens aux poils hirsutes qui arrivèrent à toute vitesse en aboyant et en bondissant, les griffes crissant sur les dalles épaisses de la cour ; leurs queues frétillantes martelèrent les jupons de Ruth et Mr Anderson murmura un mot bref qu'elle ne comprit pas.

Les trois molosses s'assirent aussi vite que si une corde leur avait tiré l'arrière-train vers le bas. Leurs yeux sombres, dans lesquels brillait une adoration absolue, étaient fixés sur leur maître. Le silence revenu, Ruth s'approcha prudemment pour caresser le chien le plus proche d'elle. Il souffla et enfonça son museau humide dans la paume de sa main avant de donner un petit coup de langue sur son gant. Elle sourit.

— Comment s'appellent-ils ?

Elle avait plaisir à voir l'affection que Gordon éprouvait envers les chiens. Il les caressa les uns après les autres, puis son regard se posa sur elle. Elle y lut de la méfiance, comme si révéler le nom des chiens risquait de donner à la jeune femme un quelconque pouvoir sur lui. Après un long silence, il désigna d'un mouvement de tête le chien aux côtés de Ruth.

— Minnie, dit-il. Morag, fit-il en pointant du doigt un chien qui lui ressemblait comme deux gouttes d'eau. Et voici Murdo, leur époux.

Ruth haussa les sourcils.

— Deux épouses ? murmura-t-elle d'une voix amusée. Quel courage, quand d'autres semblent frémir d'en avoir une seule !

Il ne releva pas le commentaire et s'éloigna à grands pas en criant à pleins poumons, si fort que Ruth fit un bond :

— Mrs MacLeod !

Les chiens se levèrent et le suivirent, mais Ruth refusa de les imiter. Elle n'avait pas l'intention de trottiner derrière lui comme un petit agneau docile. Elle s'assit sur l'une des énormes malles de voyage qui avaient été abandonnées sans cérémonie dans le hall par le cocher.

Des éclats de voix lointains lui parvinrent, puis s'amplifièrent progressivement. Un mot retentit, semblable à celui dont Mr Anderson avait gratifié les chiens, et fut suivi d'un silence tendu. Quelques minutes plus tard, Mr Anderson réapparut, une femme d'âge moyen assez corpulente à sa suite. Son air furibond était renforcé par les épais sourcils sombres qui surmontaient ses yeux bleus perçants. Ses cheveux, d'une couleur semblable à celle de ses sourcils, étaient tirés dans un chignon sévère. Elle jeta un coup d'œil à Ruth. L'étonnement se peignit sur son visage et elle poussa une exclamation choquée. Ruth n'avait pas la moindre idée de ce qu'elle venait de dire. La femme se tourna vers Mr Anderson, et ils reprirent la querelle qu'ils avaient commencée un peu plus tôt. Un mot, *sassenach,* qui, Ruth l'avait compris, servait à désigner les Anglais, fut répété à plusieurs reprises. Cela n'avait pas l'air d'être un compliment.

Elle supporta la scène sans broncher pendant quelques minutes, puis décida que c'était assez.

— Mrs MacLeod, dit-elle d'une voix forte et déterminée qui résonna dans le hall.

Mr Anderson et Mrs MacLeod la regardèrent, visiblement choqués par son interruption.

— Je vous remercie pour cet accueil chaleureux, déclara Ruth en affichant un sourire sarcastique et en croisant les bras. Comme Mr Anderson ne semble visiblement pas être en mesure de faire les présentations, je vous informe que je suis la future Mrs Anderson. Une fois que le mariage aura eu lieu, demain, la gestion de ce château et de son personnel me sera octroyée, je suggère donc que nous apprenions toutes les deux à travailler ensemble le plus vite possible. Je me contenterai d'une chambre d'amis pour l'instant, car je suppose que rien d'autre n'a été préparé. Vous pouvez m'envoyer du thé ainsi qu'une collation, et j'aimerais qu'un bain soit préparé le plus vite possible. Je tiens à rencontrer les cinq membres du personnel ici même dans exactement deux heures.

Mrs MacLeod la dévisagea bouche bée, comme s'il venait de lui pousser une seconde tête. Mr Anderson plissa légèrement les yeux ; apparemment, il ne s'était pas attendu à cette situation. Bien, pensa Ruth avec amertume. Elle avait une violente envie de pleurer, ses yeux picotaient, mais plutôt mourir que d'afficher la moindre faiblesse devant lui, ou de baisser les bras à la première difficulté. Elle était une Stone, comme sa tante lui avait si bien rappelé. Il était grand temps que Mr Anderson ait un aperçu de ce que cela voulait dire.

— Y a-t-il un problème, Mr Anderson ? demanda Ruth en levant le menton. Si c'est le cas, je suis tout à fait disposée à repartir à Londres avec mon argent.

Il la dévisagea avec une expression impassible.

— Non, pas de problème, miss Stone. Mrs MacLeod, vous venez de rencontrer votre nouvelle maîtresse. Je vous suggère de lui obéir.

Sans un autre mot ni un regard en arrière, il s'éloigna vivement, les chiens sur ses talons.

Ruth se tourna vers la femme qui la haïssait manifestement et était sûrement en train de la maudire. Eh bien, elle avait, semblait-il, une adversaire. Ainsi soit-il.

— Je suis prête à voir ma chambre, Mrs MacLeod.

Le visage de la femme n'était pas aussi difficile à lire que celui de son maître. Des éclairs de colère et de haine brillèrent dans ses yeux bleus.

— Une chambre d'amis, précisa-t-elle avec un léger sourire narquois.

Le sous-entendu était clair. D'après elle, Ruth ne ferait pas long feu.

Chapitre 4

Chère Ruth,

Il m'a paru important de vous écrire pour vous apprendre que Bonnie et Mr Cadogan sont retournés à Holbrooke et s'y sont mariés. Je ne me suis jamais sentie aussi soulagée. Je pense qu'ils seront heureux ensemble ; Bonnie est éperdument amoureuse de lui, et, si Mr Cadogan a un tant soit peu de bon sens, il se rendra très vite compte de la chance qu'il a.

À présent, très chère, c'est pour vous que je m'inquiète. Êtes-vous déjà mariée ? Je vous supplie de m'écrire pour me donner de vos nouvelles. Quel genre d'homme est ce Mr Anderson ? Est-il gentil avec vous ?

— Extrait d'une lettre de miss Matilda Hunt à miss Ruth Stone.

6 novembre 1814. Château de Wildsyde, Écosse.

Après un bain chaud, trois tasses de thé, et un bol de ragoût qui, il fallait l'admettre, se révéla délicieux, Ruth se sentit un peu plus apte à affronter la rencontre imminente avec le personnel. Sa chambre était simple et nette, il y faisait aussi froid qu'au pôle Nord ; un feu malingre crachotait de la fumée de temps à autre. Cependant, le lit était agréable ; certes, le tissu des draps était usé, mais ils étaient propres et avaient été raccommodés avec soin. Ruth ne choisit pas sa tenue au hasard : elle sélectionna une robe bleue unie sur laquelle Matilda l'avait un jour complimentée, disant qu'elle était magnifiquement coupée et qu'elle s'accordait à merveille avec la silhouette robuste de la jeune femme. Elle dégageait un air sérieux dans cette tenue : c'était le genre de robe qu'une femme déterminée devait porter lorsqu'elle faisait face à une rébellion. Même si elle tremblait au fond d'elle, il fallait qu'elle maintienne les apparences, car la situation lui paraissait critique. D'après son expérience, l'intendante était au cœur des choses : si elle se dressait contre la maîtresse et choisissait de lui rendre la vie difficile, le reste du personnel suivrait son exemple, qu'ils partagent son avis ou pas. Pour gagner le respect des employés dans de telles circonstances, Ruth savait qu'il lui fallait abandonner le moindre espoir d'une entente amicale, du moins pour le moment. Elle se battait pour gagner sa place ici : la guerre était déclarée.

Ce n'était pas la première fois qu'elle était confrontée à pareille situation. Fille d'un homme qui avait construit lui-même sa fortune, elle avait rencontré beaucoup d'employés qui la méprisaient et la traitaient sans le moindre respect. Ils avaient du mal à lui définir un statut, et lorsqu'elle essayait de se montrer gentille, cela ne faisait qu'empirer les choses. Cette fois, son héritage anglais ne jouait pas en sa faveur, et Mrs MacLeod ne paraissait pas être le genre de femme à se laisser attendrir par quelques jolis mots.

Ruth se tenait dans l'arène qu'elle avait choisie à six heures trente précises, comme convenu. Un seul des membres du personnel se présenta. Elle ne laissa rien paraître, refusant de montrer le moindre signe de faiblesse. Son mari laisserait-il le personnel la traiter ainsi après leur mariage ? C'était bien beau de donner son accord pour qu'elle gère les affaires domestiques, mais sans son appui, cette promesse ne valait rien. Ils suivraient tous les décisions du maître de maison. Elle savait qu'il ne l'avait épousée que pour récupérer sa fortune, mais ne comptait-il rien lui offrir en échange ? Elle prit une profonde inspiration et s'adressa à l'homme qui se tenait devant elle.

— Mr Clugston ?

—Aye, miss Stone. Ravi de faire votre connaissance, déclara-t-il en enlevant la casquette de son crâne et lui tendant la main.

Ruth la serra, soulagée de découvrir qu'il y avait au moins une personne qui ne montrait pas les dents devant elle. Mais cet homme était celui qui gérait les affaires de Mr Anderson, et il ne désirait sans doute pas froisser la poule avant d'avoir récupéré les œufs d'or. Cette prise de conscience était pour le moins désagréable, mais Ruth n'avait aucune raison de penser le contraire. Elle avait rencontré beaucoup d'hommes intéressés par sa fortune ; c'était inutile de se voiler la face — ce qui ne voulait pas dire que ce n'était pas vexant.

Mr Clugston était un homme d'une bonne quarantaine d'années qui paraissaient en excellente forme ; il avait les épaules larges et de lui se dégageait un air de vitalité. Son crâne entièrement chauve formait un contraste avec sa barbe fournie poivre et sel parfaitement entretenue. Sous ses sourcils broussailleux se trouvaient des yeux gris perspicaces qui semblaient également receler une pointe d'humour. Il paraissait avoir l'esprit vif, et Ruth avait besoin d'un tel homme.

— Depuis combien de temps êtes-vous au service de Mr Anderson ? demanda la jeune femme en faisant attention de conserver un ton neutre, à la fois plaisant et efficace.

Il fallait qu'il comprenne qu'elle avait le sens des affaire et la tête sur les épaules. Elle n'avait pas besoin qu'il l'apprécie, mais obtenir un allié serait un réel soulagement.

— Depuis qu'il est tout p'tit, acquiesça l'homme. J'ai vécu ici toute ma vie, et j'imagine que j'y mourrai aussi. Et, pour être honnête, je pensais également que le toit finirait par tomber sur ma tête, mais le sort en a-t-il peut-être décidé autrement ?

Il avait posé la question avec un petit air amusé. Ruth répondit en souriant.

— Lorsque je suis arrivée à Wildsyde, le château se dressait devant le soleil couchant, et je crois n'avoir jamais rien vu d'aussi magnifique de toute ma vie, répondit-elle.

Elle était désireuse de lui partager son envie de restaurer l'endroit, et non pas d'exiger des fêtes et des nouveaux vêtements alors que la bâtisse tombait en ruine.

— Mais je dois dire, poursuivit-elle, qu'il a grand besoin de rénovations, et ce serait pour moi un honneur d'aider à lui rendre sa superbe d'antan.

Il lui sembla voir une lueur d'approbation dans le regard de l'homme, mais avant qu'elle en soit certaine, le reste des employés arriva. Si elle avait caressé l'espoir, après la rencontre avec Mr Clugston, de s'être montrée trop pessimiste, il fut tué dans l'œuf.

Il y avait quatre femmes, Mrs MacLeod comprise. C'était elle qui avait mené le groupe, et à en juger par son air renfrogné et ses bras fermement croisés sur sa poitrine, son animosité était restée inchangée. Toutes les femmes arboraient des expressions indiquant une méfiance plus ou moins prononcée et une certaine agressivité.

Comme aucune d'entre elles ne semblait pressée de se présenter, elle se tourna vers Mr Clugston, la personne la moins hostile de la pièce.

— Voudriez-vous faire les présentations, Mr Clugston ?

— Euh… certainement, répondit-il. Mrs Jessie Irwin et miss Sheenagh Baillie sont des bonnes à tout faire, miss Flora Moffat s'occupe du linge.

Jessie lança un regard noir à Ruth, elle semblait tout aussi fâchée que Mrs MacLeod. Elle était un peu plus âgée que les autres, peut-être une trentaine d'années, et avait un visage rond qui s'accordait à sa silhouette. Flora était aussi fine qu'un haricot et semblait être la plus jeune d'entre elles ; Ruth lui donnait environ seize ans.

La future Mrs Anderson hocha la tête et afficha un sourire qu'elle espérait être plaisant en se tournant vers la troisième femme, celle qui affichait l'expression la plus haineuse. Sheenagh Baillie.

— Je suis ravie de vous rencontrer.

— Oh, aye, et que venez-vous faire ici ?

Sheenagh regarda Ruth de haut en bas avec un sourire narquois. Elle était indéniablement jolie, un dépit d'un rictus un peu amer sur le visage.

Malgré s'être plus ou moins préparée à ce genre de scénario, la question directe avait désarçonné Ruth qui dut faire un effort pour ne pas réagir. Ses années d'entraînement à ignorer les commentaires vils et odieux de la haute société se révélaient à présent très utiles : elle ne cligna même pas des yeux.

— Je suis la future épouse du laird, dit-elle d'un ton égal. Notre contrat de mariage stipule que je suis celle qui dirigera le personnel de ce château. Si je juge cela nécessaire, j'ai le droit de renvoyer ceux dont le travail laisse à désirer, et ils partiront sans lettre de recommandation.

Elle attendit quelques secondes, laissant les mots résonner dans l'air pour leur laisser le temps d'assimiler ce qu'elle venait de dire. Pas besoin d'être un génie pour comprendre qu'il y avait peu de travail disponible dans une contrée aussi isolée.

— Cependant, j'aimerais beaucoup que tout se passe bien entre nous. Il est dans notre intérêt à tous de rendre à Wildsyde sa gloire d'antan, et cela me tient à cœur. Je n'ai pas la moindre envie de semer le chaos et je suis disposée à faire les choses à votre façon si vous m'y aidez. Je ne pense pas être une femme déraisonnable, et je pense que vous serez d'accord. S'il y a un problème, j'aimerais que l'on me prévienne pour que nous puissions trouver une solution ensemble. Si vous faites votre travail comme il faut, vous n'entendrez aucun reproche de ma part.

À son grand désarroi, l'hostilité s'intensifia sur les visages. Sheenagh affichait carrément un air meurtrier.

— Argh, elle n'tiendra pas. Elle sera partie avant Noël, murmura la jeune femme juste assez fort pour que Ruth l'entende.

Ruth l'ignora. Bon, très bien.

— Sachez que j'ai l'habitude d'avoir sous mes ordres un nombre bien plus important d'employés, et ce, dans des demeures beaucoup plus vastes. Il n'y a aucun complot ni mesquinerie que je ne connaisse. Les infractions mineures qui ont eu lieu avant mon arrivée seront oubliées. Mais soyez assurés qu'à partir de ce jour, elles ne seront plus traitées avec autant de gentillesse.

Flora avait pris une teinte verdâtre, et Ruth se demanda quelle quantité de victuailles provenant du garde-manger était envoyée à la famille Moffat. Elle ne pouvait pas lui en vouloir, la vie semblait très dure ici. Il faudrait qu'elle vérifie leurs gages et leur situation ; peut-être pourrait-elle les aider. C'était une des choses qui pourrait leur faire constater que sa présence ici améliorerait leurs conditions, et pas l'inverse.

— J'ai besoin d'une femme de chambre, déclara-t-elle en regardant les trois femmes, même si son choix s'était déjà arrêté sur l'une d'entre elles. Sheenagh, ce sera vous. Je partirai me coucher tôt, ce soir, car la journée a été longue ; je n'aurais donc pas besoin de vos services. Vous me réveillerez à six heures. Je désire que vous m'apportiez une tasse de chocolat chaud et de l'eau chaude pour ma toilette. Ce sera tout pour le moment.

Ruth fit demi-tour en ignorant les regards incrédules sur les visages de tous. Ils penseraient ce qu'ils voudraient de ce choix, mais elle savait reconnaître les problèmes lorsqu'elle voyait, et il était toujours préférable de les garder en évidence. Elle repartit en direction de sa chambre sans se presser, la tête haute, sans aucune trace de doute ni de désarroi. Ce ne fut qu'après avoir fermé la porte qu'elle s'effondra sur le lit et autorisa les larmes à couler. Cette violente tempête de sanglots eut momentanément raison d'elle, mais elle se calma rapidement, révoltée de s'apitoyer sur son sort de la sorte.

— Vous êtes faite d'un bois plus solide que cela, Ruth Stone, se réprimanda-t-elle, avant de s'asperger le visage d'eau froide et de respirer profondément.

Son sang-froid retrouvé, elle s'approcha de la fenêtre et regarda longuement l'obscurité à travers le verre. Le spectacle étourdissant des centaines d'étoiles étincelant dans le ciel immense l'apaisa. Elle était au bon endroit, c'était sa maison, et s'il fallait qu'elle se batte pour l'obtenir, elle était prête. Elle resta longtemps près de la fenêtre, mais les courants d'air la firent frissonner et elle s'en éloigna.

— Faites de votre mieux dès le départ, murmura-t-elle.

Elle prit quelques secondes pour vérifier l'état de sa coiffure et de sa robe, s'assurant qu'elle n'était pas froissée, puisqu'elle venait d'agir comme une enfant hystérique en se jetant sur le lit pour pleurer.

C'est en gardant cette recommandation en tête qu'elle descendit les escaliers, en quête de son futur époux.

Elle le trouva dans une pièce qu'elle supposa être son bureau et réalisa qu'il fallait quelques secondes à sa respiration pour reprendre un rythme normal lorsqu'elle apercevait Gordon Anderson, ce qui l'irrita au plus haut point. Si elle voulait avoir la moindre chance de traiter avec lui, il fallait qu'elle surmonte l'émotion ridicule qui s'emparait d'elle chaque fois qu'elle voyait ses genoux, pour l'amour du ciel. Pour l'instant, c'était hors de ses capacités.

Il se tenait devant la cheminée, un pied sur le garde-feu, le regard fixé sur les flammes qui donnaient à son visage des teintes bronzes et dorées. Il n'était vêtu que de son kilt et de sa chemise dont il avait remonté les manches. Ruth ne savait plus quoi admirer en premier. Déjà, les genoux avaient bouleversé sa vie bien rangée, alors voir ses avant-bras nus, aux muscles saillants et parsemés de poils sombres… c'était suffisant pour qu'elle ressente une certaine indulgence envers sa mère. Mais la pâmoison était une tentation à laquelle elle résisterait, peu importe la difficulté du combat.

— Mr Anderson.

Elle fut satisfaite de le voir sursauter, il ne l'avait pas vue arriver. Cela faisait du bien de ne pas être celle que l'on prenait par surprise pour une fois.

— … Si cela ne vous dérange pas, j'aimerais savoir quand et où le mariage aura lieu.

Il la regarda pendant quelques instants, puis ses sourcils noirs se froncèrent.

— Demain après-midi, à l'église de Canisbay.

— Est-ce loin ?

— Moins d'une heure de route.

Ruth patienta avec l'espoir qu'il ajoute quelque chose ; peut-être voudrait-il lui demander si son installation s'était bien déroulée ? Idiote.

— Très bien. Bonne nuit, Mr Anderson.

Elle fit demi-tour et partit. Elle aurait aimé rester pour le forcer à parler avec elle, mais elle doutait avoir encore assez de patience et de bon sens après cette journée éreintante. Demain, elle deviendrait Mrs Anderson, pour le meilleur ou pour le pire. Elle pouvait simplement espérer que cela soit la première option, même si elle n'avait aucune raison de croire cela.

Gordy regarda miss Stone s'éloigner, la tête haute, digne comme une reine, avec une maîtrise impressionnante de ses émotions. Pendant un instant, il s'autorisa à envisager leur nuit de noces. Il comptait bien lui faire perdre ce sang-froid. Il fut surpris de la vague de désir qui lui remonta directement dans l'entre-jambes. Bon sang, cela faisait bien trop longtemps qu'il était seul.

— Arrêtez, espèce d'imbécile, murmura-t-il en regardant les flammes d'un air sombre.

Même si elle le désirait — et elle le désirait — il était probable qu'elle pique une crise à la seconde où il mettrait la main sur elle. Elle ne comprenait sans doute pas ce qu'impliquait une nuit de noces : comme toutes les autres *gentilles* filles, on l'avait gardée dans l'ignorance. Eh bien, il serait divertissant de l'éclairer sur le sujet, songea-t-il avec un sourire sinistre. Mais l'idée ne lui plaisait pas autant qu'elle aurait dû. Une légère inquiétude le traversa. Et si elle s'évanouissait ? Et si elle ne voulait pas de lui ou qu'elle changeait d'avis ? Eh bien, pourquoi devrait-il s'en soucier ? Il aurait son argent. C'était la seule chose qui comptait, même s'il avait également besoin d'un héritier. Il se mordit la lèvre, perturbée par la pensée d'essayer de concevoir un enfant avec une femme qui ne voulait pas de lui.

Bah, il s'inquiétait pour rien, elle voudrait de lui, c'était certain. Il avait vu son regard, le feu qui y brûlait. Elle le désirait, et il ferait en sorte que tous les deux prennent du bon temps. Il n'y avait pas de moyen plus sûr d'amadouer une femme : il suffisait de la satisfaire au lit. Bien sûr, cela marchait dans les deux sens, mais il ne l'autoriserait pas à avoir ce genre de pouvoir sur lui — ni aucun autre genre de pouvoir. Il regarda malgré lui le portrait de l'autre côté de la pièce. Il avait été peint avant sa naissance. Son père, sa mère et ses deux sœurs aînées. Le regard brillant de sa mère était fixé sur lui, accusateur. Ils étaient heureux avant sa naissance. Il était devenu la preuve vivante de la honte de sa mère.

C'était elle, la responsable, se dit-il en serrant les dents. Tout était de sa faute. Il n'avait pas demandé à naître, si ? C'était elle qui avait fait cela, pas lui. Il n'était que le pauvre bâtard qui en avait payé le prix.

Gordy leur tourna le dos. C'était ce que sa famille avait fait avec lui, très vite. Les femmes. Créatures trompeuses à deux visages, qui sourient devant vous avant de vous poignarder dans le dos ! Et voilà qu'il faisait ce qu'il s'était juré de ne jamais faire : se marier. Seigneur. Il avait l'impression d'avoir fait un pacte avec le diable. Mais cinquante mille livres… il poussa un long soupir. Eh bien, ce n'était pas son âme, qu'il vendait à ce prix-là, seulement son nom. Elle n'aurait rien de plus. Il n'y avait pas assez d'argent sur terre pour le convaincre de céder quoi que ce soit d'autre. Il s'assurerait qu'elle soit correctement nourrie et bien vêtue ; elle pouvait gérer le maintien du château si elle le souhaitait. Elle porterait ses fils, il ne lèverait jamais la main sur elle. C'était tout ce qu'il était prêt à donner. C'était tout ce qu'il *pouvait* donner. S'il avait de la chance, elle tomberait rapidement enceinte et pourrait retourner en Angleterre et le laisser en paix. Une fois qu'il aurait son aîné et son puîné, comme l'usage le demandait, elle pourrait vivre sa vie comme il lui plairait, elle pourrait même prendre des amants si elle le souhaitait, tant qu'elle restait discrète.

Mais d'ici là… elle serait à sa disposition. Son corps se raidit d'impatience. Demain. Demain, elle serait sa femme, et elle verrait bien qui prenait les décisions.

Chapitre 5

Mrs Anderson.

Mrs Ruth Anderson.

Cela fait tellement bizarre. M'habituerai-je un jour à porter ce nom ? Je ne dois jamais oublier qu'au fond, je suis une Stone. Hors de question de me laisser faire et d'être reléguée dans un coin sombre.

Essayez un peu de m'ignorer, Gordon Anderson.

Je serai le caillou dans votre chaussure.

— Extrait du journal de miss Ruth Stone.

7 novembre 1814. Château de Wildsyde, Écosse.

Ruth regarda à travers la fenêtre du carrosse. La mer scintillait à l'horizon, magnifique sous les rayons du soleil, semblable à une épaisse bande de soie aussi bleue qu'un saphir. L'astre solaire lui réchauffait également le visage à travers le verre, mais tout le reste de son corps était douloureusement froid. Ses orteils étaient si glacés qu'ils lui faisaient mal. Cela faisait bien longtemps que la brique chaude placée en dessous d'eux avait perdu tout soupçon de chaleur. Elle s'imagina dans la peau d'une princesse de conte de fées à l'histoire tragique, prisonnière de la glace. Comme elle, elle se sentait fragile et cassante, dehors comme dedans. Elle avait l'impression qu'au moindre faux pas, elle basculerait et se fracasserait en millions de petits morceaux tranchants.

Mrs Ruth Anderson.

Elle avait été réveillée à six heures par une Sheenagh maussade lui apportant du thé et de l'eau tiède. Ruth l'avait gratifié d'une leçon conséquente sur la façon de préparer le thé, puis lui avait rappelé qu'elle préférait le chocolat au petit déjeuner. Elle avait ensuite offert d'effectuer une démonstration si Sheenagh n'était pas certaine de savoir préparer correctement ces breuvages. Au moins, les *bannocks*[2] étaient chauds et savoureux. Malgré tous les défauts de Mrs Mcleod — et Ruth n'avait pas peur de lister chacun d'entre eux —, il fallait reconnaître que cette femme savait cuisiner. Sa toilette finie, Sheenagh l'avait aidée à s'habiller sans laisser libre cours à l'envie d'étrangler sa maîtresse avec ses bas, puis avait même coiffé ses cheveux d'une façon tout à fait acceptable. Ruth considérait donc qu'au moins cette partie de la matinée avait été un succès. C'était avant que les choses ne dégénèrent.

La cérémonie à l'église avait été brève et superficielle, et en dehors d'un *bonjour* grommelé par Gordon avant qu'ils ne quittent le château et des vœux de mariage, son mari n'avait pas prononcé un seul mot, le bougre.

Une colère chaude et inattendue jaillit en elle et la glace qui l'avait maintenue immobile depuis qu'ils avaient quitté la petite église fondit sur le champ. Il ne l'ignorerait pas. Et certainement pas aujourd'hui. Elle méritait de recevoir un peu d'attention le jour de son mariage ! Cela aurait peut-être été plus facile s'il n'avait pas eu l'air à ce point magnifique dans son tartan. Elle ne pouvait pas dire qu'il n'avait pas fait d'effort pour elle. En l'apercevant, elle avait eu le souffle coupé, tellement époustouflée qu'elle avait, pour une fois, été reconnaissante de son silence tant elle était terrifiée de bafouiller si jamais elle avait dû parler. Mais maintenant, sa beauté l'énervait, elle lui en voulait de ne pas être le moins du monde ému par sa présence et qu'il puisse l'ignorer si facilement. Eh bien, peut-être avait-il besoin qu'on lui rappelle qui il venait d'épouser.

---

[2] Ndt : Pain traditionnel écossais, préparé sans levain.

Ils étaient déjà à mi-chemin et elle se jura de ne pas le laisser garder le silence tout le reste du trajet, même s'il fallait pour cela le poignarder avec le petit couteau qui était enfoncé dans une des épaisses chaussettes qu'il portait. Non, elle n'avait pas recommencé à reluquer ses jambes. Pas trop. Elle se tourna vers son mari, assis face à elle, et le regarda sans sourciller.

— Devrais-je vous appeler Gordon ou Gordy ? demanda-t-elle.

Seule sa détermination l'aidait à maintenir un ton plaisant. Elle n'avait qu'une envie : l'étrangler.

Il lui jeta un coup d'œil puis haussa les épaules.

— Comme vous voulez.

— Vous n'avez aucune préférence ?

— Non.

— Vous en êtes sûr ? insista Ruth en bataillant pour ne pas révéler sa colère. Vous vous fichez de la manière dont je m'adresse à vous ?

— Oui, répondit-il sans se soucier de dissimuler sa propre irritation.

— Parfait, répondit Ruth en lui offrant un large sourire, bien qu'il ne la regardât pas. Eh bien, mon bichon d'amour, je crois qu'il est d'usage d'embrasser la mariée le jour de ses noces.

Il tourna vivement la tête, ses yeux whisky écarquillés. Elle s'interrogea sur la cause de son ébahissement : était-ce le sobriquet ridicule, ou sa demande d'être embrassée ? Elle se mordit la lèvre, prise d'une subite envie de rire ; mais elle craignait que ce soit le genre de rire hystérique qui précède les larmes, donc elle fit de son mieux pour le réprimer.

— Un baiser ? demanda-t-il en plissant les yeux.

Sa voix de ténor provoqua une étrange combinaison de chaud et froid sur la peau de Ruth qui frissonna. Il lui fallut quelques instants pour se rendre compte qu'elle ne respirait plus et elle s'obligea à prendre une goulée maladroite d'air glacé.

— Je sais qu'il ne s'agit pas d'un mariage d'amour, *mon chéri*, mais je ne vois aucune raison de ne pas manifester de marques d'affection. Notre but est commun. Vous souhaitez que le château retrouve sa splendeur et je désire vous y aider.

— Si vous désirez m'aider, laissez-moi régler mes affaires sans me déranger, et je ne suis pas *votre chéri*, ni aucun autre surnom ridicule dont vous voudriez m'affubler. Vous saviez quel genre d'homme j'étais avant de m'épouser, il est un peu tard pour regretter.

— Mon Dieu, ce que vous pouvez être dramatique ! répondit-elle avec un petit sourire. Je ne regrette rien, *mon cher*, mais vous êtes un peu déboussolé et c'est bien naturel. Je ne doute pas qu'il soit effrayant de vous retrouver marié après tant de temps, mais il n'y a pas besoin de prendre les choses tant à cœur, *mon tendre*, je veillerai à ce que tout se passe sans encombre. À présent, ajouta-t-elle en ignorant son expression incrédule et consternée, ce baiser ?

Elle savait qu'elle le poussait dans ses retranchements, mais il était hors de question qu'elle quitte ce carrosse sans un baiser. Il venait de l'épouser, bon sang. Était-ce trop demander ? D'accord, elle n'était pas une beauté renversante, mais elle n'était pas monstrueuse non plus !

Avant qu'elle ne puisse réfléchir davantage à la sagesse de sa demande, il s'était assis à côté d'elle. Ruth poussa un petit cri de panique lorsqu'il la souleva pour la poser sur ses genoux aussi facilement que si elle avait été une poupée de chiffon. Avant qu'elle n'ait le temps d'y réfléchir ou de reprendre ses esprits, une large main se plaqua contre sa nuque tandis que l'autre se posait sur sa taille et il colla sa bouche contre la sienne. Elle inspira vivement, surprise, et sentit sa langue s'enfoncer dans sa bouche, chaude et lascive, à la recherche de celle de Ruth qui ne put rien faire d'autre que s'accrocher ; les mains sur les épaules de Gordon, elle avait l'impression étrange qu'elle tomberait si elle lâchait prise. La caresse était séduisante, envoûtante, et elle ne put s'empêcher d'y répondre. Un peu intimidée, mais déterminée, elle frôla, d'abord timidement, puis plus franchement, celle de l'Écossais.

Lentement, comme un feu qui s'éveille, Ruth décrocha les doigts de son manteau et les glissa dans son cou, dans la chaleur dense de ses cheveux, et un désir chaud se réveilla en elle. Oui. Voilà. Voilà la raison qui lui avait fait perdre la tête et demander à un inconnu de l'épouser. Ce n'était désormais plus un étranger, se dit-elle, en dépit de l'obstination de ce dernier à vouloir le rester. Elle ne le laisserait pas faire. Apparemment, la détermination de Gordon faiblissait en sentant la jeune femme se presser contre lui. Un grognement bas et sauvage s'échappa de lui, et un frisson d'excitation parcourut l'échine de Ruth. C'était elle, qui avait provoqué ce grognement. Il l'avait peut-être émis malgré lui, mais c'était à cause d'elle. Une joie intense brûla en elle et elle l'embrassa avec plus de confiance, insatiable, puis le carrosse s'arrêta.

Il posa les mains sur les bras de Ruth et l'éloigna légèrement.

— Seigneur, dit-il, haletant.

Il la regarda pendant quelques instants, comme perdu, puis son expression s'endurcit.

— … Nous sommes arrivés. J'ai des affaires à régler, mais n'ayez crainte, femme, je satisferai vos besoins ce soir. Vous n'aurez pas à vous plaindre, *si* vous parvenez à patienter jusque-là.

Ruth ignora le ton narquois de sa remarque, préférant presser un instant de plus sa bouche contre celle de Gordon, puis elle se leva aussi élégamment que possible, c'est-à-dire, sans aucune grâce, puisque ses genoux semblaient hors d'état de fonctionner et menaçaient de céder à tout instant. Mais elle réussit néanmoins à relever la tête et à lui renvoyer un sourire froid.

— Il est dommage de gâcher tout l'après-midi à patienter, dit-elle en se demandant d'où lui venait ce culot et en priant pour qu'il pense que ses joues rouges étaient dues à l'air glacial. Mais si vous avez besoin de temps pour vous préparer avant de partager mon lit, je n'émettrai aucune objection, ô lumière de ma vie. Je sais que tout s'est passé très vite, vous êtes probablement nerveux. Rejoignez-moi lorsque vous aurez trouvé le courage.

Elle lui donna une tape rassurante sur la tête, comme s'il était un enfant — elle avait présentement l'impression de tapoter un tigre hargneux qui avait l'air prêt à lui faire la peau. *Parfait*, pensa-t-elle en descendant du carrosse. Elle ressentit une bouffée de satisfaction.

Essayez donc un peu de m'ignorer, idiot de tête de mule.

Gordy regarda sa femme sortir du carrosse et entrer dans le château dans un bruissement de jupons. On aurait dit une satanée impératrice, et pas l'épouse d'un laird vivant dans un château délabré dans le trou du cul du monde.

— Vous l'avez bien cherché, pauvre idiot, grogna-t-il la respiration saccadée. À quoi vous attendiez-vous en épousant une satanée Anglaise dans son genre ?

Il fallait admettre qu'il ne savait pas exactement de quel genre il s'agissait. La maudite créature le prenait toujours au dépourvu. Elle l'avait étonné pendant le voyage jusqu'en Écosse, et l'avait carrément époustouflé aujourd'hui. Il avait été à deux doigts de prendre ce qui était désormais légalement sien dans le carrosse, mais il s'était retenu. Il ne voulait pas la toucher, encore moins l'embrasser : elle risquait ensuite de croire qu'il avait envie d'elle, qu'il avait besoin d'elle. Il coucherait avec elle, c'était certain, mais il n'y avait aucune raison de lui laisser croire qu'il y avait quoi que ce soit d'affectueux entre eux. Il semblerait qu'elle ait parfaitement compris le message, et qu'elle ait décidé de lui envoyer le sien en retour.

Il ne la laisserait pas faire.

— Bichon d'amour, murmura-t-il.

Il poussa des jurons en descendant du véhicule. Il n'avait aucun doute qu'elle adorerait le voir accourir vers elle comme l'un de ses chiens pour quémander les quelques miettes d'affection qu'elle serait disposée à donner si elle était de bonne humeur. Plutôt mourir dans d'atroces souffrances.

— *Rejoignez-moi lorsque vous aurez trouvé le courage*, répéta-t-il en singeant son accent anglais.

Il avait envie de cogner quelque chose. Bon sang, elle allait payer pour cela.

Gordon partit à grands pas vers son bureau alors que ses chiens s'élançaient vers lui pour l'accueillir, puis partaient devant. Il claqua la porte derrière lui, s'approcha du bureau et posa les coudes sur ce dernier. Il prit une profonde inspiration qu'il expira lentement. Il fallait qu'il se calme. Il avait tendance à agir sans réfléchir lorsqu'il avait les nerfs à vif, et il ne pouvait pas se le permettre. Cette fille était rusée, plus qu'il ne l'aurait cru. Il s'était dit qu'il n'aurait aucun mal à la renvoyer vers la civilisation, il avait *cru* qu'il lui faudrait bondir hors de son chemin pour ne pas se faire bousculer tant elle aurait été pressée de fuir après avoir eu un aperçu de la vie avec lui à Wildsyde. Il n'en était plus si sûr, et cela le déstabilisait. Il avait aperçu plus d'une fois une volonté farouche dans ces yeux marrons. Il l'avait sous-estimée.

Eh bien, elle aussi, et pas qu'un peu. Laissons-la mijoter. Ce soir, elle payerait pour la petite scène qu'elle avait faite, et il savourerait chaque minute. Il la ferait se mettre à genoux et supplier pour qu'il couche avec elle, et une fois qu'il en aurait fini, il mettrait les choses au clair sur la suite de son séjour. Il grogna, satisfait à cette idée. Puis il se souvint de ces instants bien trop brefs dans le carrosse et une sensation de malaise s'empara de lui.

Elle avait exigé un baiser, et il avait bondi pour lui obéir. *Non*, bon sang. Pas pour lui *obéir* : pour lui donner une leçon. Il avait eu désespérément envie de l'embrasser, mais pas le petit baiser timide qu'elle avait sans doute espéré, non ; il avait été brûlant, impatient, il avait saisi la jeune femme sans ménagement en s'attendant à un cri et une gifle. Là aussi, il avait eu tort. Dès l'instant où il l'avait touchée, ce fut comme jeter un verre de whisky sur des braises brûlantes, et ils avaient tous les deux immédiatement flambé de désir. Un gémissement s'échappa des lèvres de Gordon au souvenir des courbes douces sous ses mains, des proportions généreuses d'une vraie femme et non pas celle d'une brindille qu'il aurait eu peur d'écraser s'il ne s'était pas montré extrêmement délicat. Miss Stone était faite pour un homme comme lui et, Dieu lui vienne en aide, elle ne serait pas la seule à mijoter tout l'après-midi.

Tout à coup, il s'interrogea sur les raisons de sa déclaration : pourquoi diable avait-il dit qu'il avait autre chose à faire ? Qui avait-il essayé de torturer au juste ? En cet instant, il avait l'impression d'être le seul à en pâtir. Son corps réclamait davantage, douloureux, impatient et frustré, son sang bouillonnait dans ses veines. Maudit soit-il, et maudite soit-elle aussi.

L'après-midi n'en finissait pas, comme son misérable époux l'avait sans doute espéré. Ruth tâcha néanmoins de s'occuper du mieux qu'elle put. Les premiers carrosses contenant ses vêtements et ses affaires arrivèrent en milieu de journée, et le personnel aux yeux écarquillés poussa des murmures et des jurons devant l'abondance de malles et de valises qui remplirent le hall. Et c'était loin d'être fini. Le père de Ruth avait veillé à ce qu'elle soit prête au cas où elle parviendrait à épouser un duc. Tout avait été fourni dans son trousseau, de la vaisselle en porcelaine aux lourds tapis en passant par des coffres remplis de tissus luxueux. Fidèle à elle-même, elle avait pris soin de répertorier et d'étiqueter méticuleusement ses affaires, il ne fut donc pas très difficile de trouver ce dont elle avait besoin pour préparer sa chambre.

Sa chambre, adjacente à celle du laird, et non pas la chambre d'amis qu'elle avait occupée la nuit précédente. Avant de partir, elle avait laissé des instructions demandant à ce que la pièce soit nettoyée et aérée, et à ce que la cheminée soit ramonée avant que le feu ne soit allumé. À son retour, Sheenagh et Flora l'avaient aidée à installer les nouveaux draps de lit, à poser les tapis, accrocher les tableaux et disposer ses propres affaires dans la pièce.

Une fois satisfaite, elle demanda à ce qu'on lui prépare un bain. Elle y versa des huiles luxueuses, petit plaisir qu'elle s'était accordé en vue de sa nuit de noces, puis resta longtemps dans l'eau. Elle se souvint de l'après-midi où elle les avait achetées, en compagnie de Bonnie et Minerva, qui l'avaient taquinée et fait rougir. À l'époque, elle doutait d'utiliser un jour ces emplettes frivoles, mais il avait été agréable d'en rire avec ses amies et de faire comme si tout ceci ferait un jour inévitablement partie de son futur. C'était Bonnie qui l'avait convaincue d'acheter une chemise de nuit indécente, démon qu'elle était.

À présent, assise devant sa coiffeuse à brosser ses cheveux épais et sombres, Ruth lui lança un regard perplexe. C'était le genre de choses que porterait une belle femme, une femme sûre de ses charmes et de ses talents. Son mari se moquerait-il d'elle si elle osait porter un vêtement aussi audacieux ? Peut-être rirait-il en disant qu'elle en faisait trop. *On ne peut pas faire d'une citrouille un carrosse*, dit une petite voix désagréable qui n'avait pas tout à fait tort.

Il vous a embrassée, se dit-elle avec un air provocateur en se souvenant de ce grognement de plaisir qui l'avait fait frissonner lorsqu'elle s'était pressée contre lui. Elle ne se faisait pas d'illusions quant à sa beauté, mais c'était un homme, et, d'après sa tante, les hommes avaient des besoins qui devaient être satisfaits. Il s'agissait simplement de l'un d'entre eux, comme un lit douillet ou un repas chaud. Elle ne s'attendait pas à ce qu'il tombe follement amoureux d'elle, mais peut-être qu'en lui montrant qu'elle pouvait lui rendre la vie plus agréable, il s'adoucirait et la laisserait y prendre part. Ruth prit quelques secondes pour adresser un remerciement silencieux à sa tante de lui avoir expliqué crûment ce que l'on attendait d'elle pour la nuit de noces — étrangement, cela l'avait rassurée. Sa propre mère avait simplement marmonné quelque chose sur un devoir à accomplir avant de fondre en larmes, ce qui n'avait pas été d'une grande aide.

— Oh, qu'avez-vous à perdre ? murmura-t-elle.

Elle attrapa le tissu transparent de la chemise de nuit et l'enfila. Un petit rire paniqué s'échappa de sa bouche lorsqu'elle songea à ce qu'elle s'apprêtait à perdre ce soir-là et elle attrapa la petite flasque de brandy qu'elle avait volé chez son père avant de partir. Elle prit plusieurs lampées, l'alcool lui brûla le fond de la gorge. Toussant et s'étranglant, elle s'agrippa à l'un des piliers du lit jusqu'à respirer normalement, puis lança un regard vers la flasque et sourit en sentant une vague de chaleur lui réchauffer l'estomac et le sang.

Autant se mettre à l'aise, son satané mari la ferait sûrement patienter jusqu'à minuit avant de daigner se montrer. Elle grimpa sur l'énorme lit avec cette pensée en tête et disposa les coussins volumineux à sa convenance puis s'allongea en soupirant. Elle sirota de petites gorgées de brandy en faisant de son mieux pour ne pas penser à ce qui allait arriver. Si elle y pensait, elle paniquerait, et elle refusait de laisser ce fichu Gordon Anderson la voir ainsi. Elle ricana en se souvenant que Bonnie avait l'habitude de l'appeler comme cela, avant de se rappeler les autres choses horribles qu'elle avait racontées à son sujet.

— C'est une brute ignorante qui dévore les enfants au petit déjeuner, qui sent la porcherie, et qui est aussi attirante qu'une fièvre typhoïde, répéta Ruth à voix haute avant d'éclater de rire.

Elle se couvrit la bouche : elle s'était montrée bien plus bruyante que prévu. Avec un soupir de regret, elle referma la flasque et la rangea dans sa table de nuit. Il serait sûrement plus sage de ne pas être complètement ivre pour sa nuit de noces ; cela aurait été compréhensible, mais pas raisonnable.

Il faisait chaud dans la pièce maintenant, le feu impressionnant qu'elle avait demandé avait réussi à réchauffer toute la pièce. Les épais rideaux étaient suffisamment lourds pour bloquer les courants d'air qui venaient de la fenêtre ; le brandy et la chaleur, combinés aux émotions de ces derniers jours eurent raison d'elle. Somnolente, Ruth soupira et s'étira. Un bras au-dessus de la tête, elle enfonça son visage dans l'oreiller duveteux. Il était sûrement préférable qu'elle fasse un petit somme maintenant, pendant qu'elle le pouvait. Après tout, il était à peine huit heures et ce bon vieux Gordy n'avait sûrement pas encore dîné. Elle ne s'était pas donné la peine de le rejoindre : elle doutait qu'il en ait envie, et souhaitait conserver son énergie. De plus, elle était bien trop anxieuse pour manger.

À moitié endormie, elle se demanda si ce maudit homme comptait la faire attendre jusqu'aux petites heures du jour, avant de sombrer dans le sommeil.

Chapitre 6

7 novembre 1814. Château de Wildsyde, Écosse.

Gordy regardait la porte qui connectait sa chambre à celle de
sa femme. Il avait mangé son dîner avec la grâce de la bête qu'elle
imaginait certainement en lui, s'était lavé et préparé pour la nuit, et
maintenant, il attendait, assis sur le lit : il était bien trop tôt pour
qu'il se présente à Ruth. Plutôt mourir que de la laisser croire qu'il
était aussi excité qu'un enfant qui piaffait d'impatience, même si la
description était plutôt appropriée. Pour la dixième fois en dix
minutes, il marcha vers sa porte, tendit la main vers la poignée
avant de pousser un juron et de reculer.

Il continua ce manège une demi-heure supplémentaire puis
décida qu'il en avait marre de se comporter comme un crétin. S'il
avait envie de coucher avec sa femme, il irait quand bon lui
semble, bon sang, et elle pourrait croire ce qu'elle voudrait ; cela
n'en ferait pas la vérité.

Gordy ouvrit la porte et entra sans se faire prier — en brute
mal élevée qu'il était — et regarda autour de lui. La pièce était
accueillante et chaleureuse, très différente de la dernière fois qu'il
l'avait vue. Ce qu'il ne voyait pas, c'était sa femme. Il s'était à

moitié attendu à la voir s'évanouir à sa vue, malgré les preuves qu'elle lui avait données indiquant qu'elle était faite d'un bois plus solide que sa mère. S'il avait espéré une telle réaction, il allait être déçu. Bon sang, elle n'était même pas là ! Il poussa un juron. Si cette misérable essayait de l'humilier…

Il se figea en entendant un doux soupir venir de l'énorme lit. Les rideaux du baldaquin étaient à moitié fermés et lui cachaient partiellement la vue. Il s'approcha doucement d'un pas hésitant, et cessa de respirer. La maudite femme était une sorcière, il n'y avait pas de doute. La première fois qu'il avait posé les yeux sur elle, il aurait juré qu'elle n'était qu'une petite demoiselle anglaise n'ayant pour qualité que sa fortune. Bon, d'accord, il avait remarqué sa silhouette plaisante, mais comment faire autrement ? Après tout, c'était un homme.

Ruth n'était pas une beauté, et ce fait l'avait soulagé. La dernière chose dont il avait besoin était une créature somptueuse qui ne serait que source d'ennuis et qui ferait tourner la tête de tous les hommes de la région. Peut-être n'avait-il pas été emballé à l'idée de se marier, mais il ne voulait certainement finir par devenir la risée de tous les voisins, sans le moindre héritier légitime.

Mais à présent, il se demandait s'il n'avait pas été ensorcelé. Elle avait utilisé la magie ; soit pour dissimuler sa beauté lors de leur rencontre, soit pour la souligner ce soir, il n'était pas sûr. Peut-être s'était-il trompé ? En tout cas, quelque chose avait changé, car la vision qu'il avait sous les yeux resterait gravée dans sa mémoire jusqu'à sa mort.

Seigneur, elle était ravissante.

Son corps endormi était étendu avec abandon, un bras au-dessus de sa tête. Elle ressemblait à une déesse perdue qui se serait assoupie dans le monde des mortels. Ses cheveux noirs formaient une couronne autour de son visage, sa peau parfaite était délicatement rosée, comme le ciel qui les avait accueillis le jour de leur arrivée, quelques instants avant de disparaître à l'horizon. Le tissu de cette chemise de nuit absolument indécente était si délicat qu'il se demandait s'il allait oser le toucher, il craignait qu'il ne reste accroché à ses mains rugueuses. Il pouvait voir, en dessous de l'ourlet, ses pieds délicatement courbés et ses jolies chevilles. Un sentiment étrange qui n'était pas le bienvenu monta dans sa poitrine tandis qu'il regardait sa femme dormir, à la fois trop tendre et trop féroce pour mettre un nom dessus. Il le chassa furieusement et secoua le lit en espérant la réveiller.

Elle poussa un soupir lascif et s'étira, mais n'ouvrit pas les yeux.

— Femme.

Même à ses propres oreilles, sa voix avait semblé rude. Pendant quelques secondes, il regretta de n'avoir pas dit son nom, mais il ne l'avait encore jamais prononcé et une bouffée d'entêtement l'empêchait de le faire à présent.

Ses paupières s'ouvrirent et elle se figea en le dévisageant, clignant des yeux tandis qu'elle sortait de sa torpeur. Une rougeur monta le long de sa nuque, le joli rose qui tintait ses joues flamboya d'une couleur plus sombre, mais elle ne fit pas mine de reculer et ne tenta pas de se couvrir. Elle lui rendit son regard intense, provocatrice malgré sa gêne, montrant une fois de plus cette volonté de fer.

Gordy la contempla en refusant d'admettre qu'elle venait encore de le déstabiliser et qu'il n'était pas certain de la meilleure manière d'aborder les choses. Déflorer les vierges n'était pas une chose dont il avait l'expérience, du moins, pas depuis qu'il avait atteint l'âge adulte et compris qu'il valait mieux s'en abstenir. Il détourna les yeux, pas parce qu'elle avait gagné ce combat de regard, mais parce qu'aucun homme sur terre n'aurait pu résister à l'envie de contempler le reste de son corps.

Il savoura ce qu'il voyait, ce regard s'attarda sur l'ombre entre ses jambes, et sur l'endroit où ses tétons apparaissaient.

Bon sang.

Incapable de se contenter de la regarder, il tendit la main, toucha sa cheville et entendit Ruth pousser une petite exclamation. Il leva de nouveau les yeux vers son visage en étudiant son expression tout en faisant remonter sa main le long de sa jambe. Il prit son temps, regarda ses lèvres s'entrouvrir et son souffle s'accélérer alors qu'il atteignait son genou. Il lui fallut un moment pour réaliser qu'elle le contemplait aussi intensément que lui-même ; il était trop tard pour façonner une expression impassible sur son visage lorsqu'elle ouvrit les jambes pour lui.

Sa manière de respirer en disait assez long, mais il était trop absorbé par la trajectoire de sa main pour y prêter attention. Cette invitation flagrante avait réduit à néant tout désir de feindre l'indifférence. Son cerveau avait fondu, il n'était plus qu'instinct, une chose brute et sauvage.

Gordy attrapa le bas de sa chemise et la releva d'un coup sec, la dénudant jusqu'à la taille. Elle poussa un petit cri choqué, mais ne protesta pas et ne fit pas mine de se couvrir : elle se contenta de le regarder comme une biche prise par surprise dans une clairière. Sa bouche était sèche, il déglutit et ravala son envie de sourire. Il refusa d'autoriser l'exclamation triomphante qui résonnait dans sa tête à franchir ses lèvres.

Mienne.

Avec l'impression d'être dans un rêve, il posa la main sur sa peau douce comme de la soie pour reprendre ce qu'il avait commencé, et la remonta vers l'intérieur de sa cuisse. Elle respirait rapidement, sa poitrine se soulevait et s'abaissait de plus en plus vite à mesure qu'il approchait de ses boucles douces. Il fit glisser sa main d'avant en arrière contre les poils soyeux, descendant un peu plus bas à chaque passage, effleurant à peine son sexe et se délectant des sons étouffés qu'elle émettait chaque fois qu'il touchait sa peau délicate.

— Je continue ? demanda-t-il d'une voix anormalement rauque, mais il n'y pouvait rien. Il arrivait à peine à respirer.

Elle acquiesça d'un signe de tête bref, mais sans équivoque. Ce n'était pas une petite violette fragile, sa femme, il remerciait le ciel pour cela. Il doutait d'avoir la patience d'amadouer une épouse récalcitrante dans des circonstances normales, et ce soir, sa retenue ne tenait qu'à un fil. Il voulait se jeter sur elle et la prendre, jouir avec toute la férocité qu'il bridait en ce moment même, mais même lui avait des limites. Il avait peut-être l'intention d'être un mari distant et indifférent, mais il ne serait pas cruel, encore moins envers une vierge lors de sa nuit de noces. De plus, s'il voulait rester maître du jeu, il avait tout intérêt à lui montrer ce qu'il pouvait lui offrir — et ce qu'il pouvait donc lui refuser s'il en avait envie.

Il la caressa donc avec soin, l'incitant à se laisser aller, à sombrer dans le plaisir et à s'abandonner à lui. La tâche n'était pas très dure, et bientôt, elle se cambrait pour aller à son contact, exigeant davantage tandis que ses yeux se fermaient et que sa respiration devenait rauque et saccadée. La sienne n'était pas beaucoup plus calme lorsqu'il glissa un doigt à l'intérieur d'elle. Oh, seigneur. Il s'imagina s'enfoncer dans sa fente humide et chaude et son corps réagit avec un désir si douloureux que sa main trembla. *Dépêchez-vous, dépêchez-vous*, implora-t-il en faisant des mouvements plus rapides : il fallait qu'elle franchise la frontière avant qu'il ne perde les dernières miettes de raisons qui lui restaient.

— Laissez-vous aller, l'intima-t-il en remarquant que les sourcils de Ruth étaient froncés.

Pour l'amour du ciel, ajouta-t-il en silence en jurant alors qu'elle laissait échapper des gémissements sous ses caresses. Il glissa un deuxième doigt en elle, menaçant de pleurer de frustration lorsqu'elle haleta en s'agrippant aux draps.

— Oui, oui, comme cela, *ma douce*, jubila-t-il, trop désespéré pour faire attention à ne pas utiliser de mots tendres, à ne pas feindre l'indifférence. L'adjectif affectueux qui s'était échappé de ses lèvres ne voulait rien dire, il avait simplement besoin qu'elle soit prête à l'accueillir. S'il lui faisait trop mal à la première fois, elle ne serait pas si enthousiaste à la seconde, et cela contrarierait ses plans.

Dieu merci, cela fonctionna, et il ne put retenir une exclamation triomphante lorsqu'elle se cambra et cria sans la moindre pudeur, une main accrochée au poignet de Gordon, le tenant contre elle tandis qu'elle jouissait. Bon sang, elle était magnifique quand elle s'abandonnait. Disparue, la petite Anglaise polie. Il l'avait domptée, transformée en cette créature délicieuse et libertine.

Il rit doucement lorsqu'elle revint ; elle osa à peine croiser son regard en réalisant ce qu'elle venait de faire. *Aye, femme*, pensa-t-il avec satisfaction. *Vous n'oublierez pas cela de sitôt.* Lui non plus, ne l'oublierait pas : il s'en souviendrait jusqu'à son dernier souffle, mais il ne voulait pas y penser. Il avait d'autres choses en tête, comme par exemple, se débarrasser le plus vite possible de ses vêtements. Sa chemise atterrit sur le sol, suivi de son kilt, et il se délecta un instant du regard brûlant que Ruth posa sur lui.

— Me trouvez-vous à la hauteur de vos attentes, femme ?

Il avait posé cette question d'un ton plus moqueur et plus dur qu'il ne l'avait voulu.

Il constata avec surprise qu'en dépit d'une peau déjà écarlate, elle pouvait rougir davantage, un mélange de gêne et de plaisir sur son visage.

Un autre homme aurait pu plastronner devant le regard admiratif que lui lançait sa femme. Gordy remua, mal à l'aise.

— Seigneur, dit Ruth.

Le mot avait été à peine murmuré.

— Vous êtes encore plus gigantesque sans vos vêtements, poursuivit-elle, impressionnée.

— Aye, comme un taureau de concours ?

L'amertume de sa réponse les surprit tous les deux.

Elle croisa son regard, il vit sa confusion.

— Vous êtes magnifique, dit-elle avec une sincérité manifeste.

Gordy se figea. Une sensation de chaleur remonta le long de sa nuque.

— Je ne suis pas une femme, se moqua-t-il.

Il était déstabilisé par la solennité de ces mots qu'il ne savait pas comment interpréter.

— J'en suis consciente, rétorqua-t-elle sèchement.

Il fronça les sourcils lorsqu'elle poursuivit avec un petit rire :

— Le paysage que l'on peut voir de cette fenêtre est magnifique, lui aussi. Dur, froid et impitoyable, mais magnifique.

Gordy la contempla, troublé par ce compliment et cette comparaison. Il décida qu'il ferait mieux d'ignorer les deux et grimpa sur le lit.

— Enlevez cela, dit-il en faisant un signe de tête vers la chemise de nuit et en tâchant de se rappeler que tout ceci n'était que la réalisation de leur contrat.

Elle lui avait donné de l'argent, il lui offrirait la nuit dont elle avait rêvé, et un marmot à ramener avec elle. Il refusait de réfléchir au statut que cela lui donnait, mais c'était clair depuis le début et ils le savaient tous les deux. Inutile de prétendre le contraire.

Elle posa les yeux sur sa chemise de nuit qui était désormais froissée. Il vit une lueur de vulnérabilité traverser son regard.

— Vous ne l'aimez pas.

En entendant le ton résigné de la jeune femme, il eut réellement le sentiment d'incarner à la perfection le rôle du bâtard qu'il était.

— Je l'aime bien, dit-il d'un ton impatient. Je préfère simplement ce qu'il y a dessous.

— Oh !

Le visage de Ruth s'éclaira aussitôt, bien plus qu'il n'aurait dû suite à sa réponse laconique, et l'impression d'être une brute s'accentua. Peut-être cela ne le tuerait-il pas d'être un peu plus aimable, juste ce soir.

— Vous êtes très jolie.

Le compliment avait été dit à contrecœur, mais il était sincère. À la vue du plaisir qui s'alluma dans son regard, il eut des remords. Seigneur, elle avait l'air un peu plus que jolie, elle lui coupait littéralement le souffle, mais plutôt s'arracher la langue que de lui avouer cela.

Il la regarda tandis qu'elle s'asseyait et passait sa chemise de nuit par-dessus sa tête. Elle se cacha derrière le tissu pendant quelques instants, en le regardant avec cette même lueur anxieuse qu'il avait aperçue plus tôt. Puis elle leva le menton et il retrouva la volonté d'acier qu'il avait déjà remarqué. Elle jeta le tissu froissé sur le sol et s'allongea en le regardant avec quelque chose qui ressemblait à de la provocation, comme si elle le mettait au défi de trouver quelque chose à redire.

Gordy était incapable de trouver le moindre défaut. Ses membres étaient longs et ses courbes pleines. Sa poitrine était généreuse et son corps voluptueux l'attirait avec tant de force qu'elle aurait pu être une sirène l'appelant vers des eaux dangereuses tant il peinait à résister à son chant. L'impatience et le désir montaient en lui, il ne put retenir un petit juron en l'admirant.

— Pardonnez-moi si… si je ne suis pas à votre goût, dit-elle précipitamment d'un ton saccadé. Je ferai de mon mieux pour vous plaire.

Gordy lui lança un regard étonné ; l'excitation presque insoutenable qu'il ressentait l'empêcha de comprendre ce qu'elle venait de dire pendant plusieurs secondes.

— Pas à mon goût ? répéta-t-il en fronçant les sourcils avant de pousser un petit rire et de grimper au-dessus d'elle. Vous êtes à mon goût, dit-il en empoignant un de ses généreux seins.

Incapable d'empêcher un gémissement de sortir de sa bouche, il baissa la tête et prit le mamelon dans sa bouche, le suçant avec force. Elle sursauta, haleta et il releva la tête. Elle pouvait certainement remarquer le désir brûlant et l'espièglerie dans ses yeux fauves à présent.

— J'aime beaucoup ces deux-là.

Il ne lui laissa pas le temps de répondre et se concentra sur son propre plaisir, pressant et embrassant sa délicieuse poitrine tout en s'installant entre ses jambes. Il glissa son membre contre son sexe avec un grognement de plaisir intense. Seigneur, elle était parfaite : douce, accueillante et suffisamment solide pour lui.

Incapable de se réfréner plus longtemps, il la pénétra, doucement, au début, puis lui asséna un puissant coup de reins qui la fit crier et s'accrocher à ses épaules.

— Voilà, c'est tout.

Il était étonné de réussir à parler alors que la vague de plaisir qui l'avait submergé lui avait volé la moindre parcelle de raison qui lui restait.

— C'est tout, cela va passer.

Il reporta son attention sur ses seins, ce qui n'était pas vraiment difficile même si son corps tremblait de l'envie de bouger, du désir urgent d'obtenir plus, plus, de s'emparer de tout ce qu'elle pouvait lui offrir. Il sentit Ruth s'apaiser, et il plongea à nouveau en elle, lentement cette fois, puis de plus en plus vite à mesure qu'il se laissait entrainer par la montée de l'orgasme. Il chercha sa bouche, voulant goûter à tous les plaisirs, et se délecta de ses baisers généreux comme un homme mourant de faim à qui l'on proposait du pain. La chaleur des mains de Ruth descendant le long de sa colonne vertébrale le fit frissonner. Elle releva les jambes et les enroula autour de sa taille en inclinant légèrement les hanches. Bon sang, il n'allait pas tenir très longtemps. Il remerciait le manque d'expérience de la jeune femme ; heureusement pour sa fierté, elle serait incapable d'évaluer sa performance. Le plaisir atteignit son paroxysme et traversa Gordy qui poussa un cri de joie guttural : il déversa sa semence en elle, involontairement secoué de spasmes tant son orgasme était puissant.

Par tous les diables, fut sa dernière pensée cohérente, puis il s'effondra sur elle et s'endormit.

Ruth observait le plafond, toujours haletante et sans être tout à fait sûr de ce qu'elle devait faire. Tous les sentiments confus et désarmants qui l'avaient assaillie la première fois qu'elle avait posé les yeux sur son époux devenaient clairs à présent. Cette tension, cette impatience dans son bas-ventre, la frustration qui s'emparait d'elle et cette contraction insistante entre ses cuisses, voilà la raison de tout cela. Cette envie primitive de revendiquer, de prendre et de donner aussi venait de là. La joie qu'il lui avait procurée allait au-delà de tout ce qu'elle avait cru possible. Juste après avoir joui, elle s'était sentie horrifiée, honteuse de l'abandon sauvage dont elle avait fait preuve, mais ensuite elle avait vu l'expression de son visage. Il avait aimé la voir ainsi. Il avait aimé son corps aussi — en tout cas, il avait pris du plaisir avec elle. Grand Dieu, c'était un euphémisme gigantesque. Un peu comme l'homme en question.

Elle se déplaça, écrasée sur le matelas par le poids de son époux. Ce n'était pas très confortable — elle arrivait à peine respirer — mais ce n'était pas désagréable non plus. Il était toujours en elle, tout en étant profondément endormi. Tout le corps de la jeune femme fourmillait de sensations — enfin, les parties qui n'étaient pas écrasées. La tête de Gordon reposait à côté de la sienne sur l'oreiller, elle sentait sa respiration dans son cou. Ruth tourna la tête et l'observa. Elle remarqua en souriant qu'il avait fait l'effort de se raser pour elle. Son regard parcourut son visage séduisant en notant la courbe de ses cils noirs et la mèche de cheveux épais qui était tombée devant ses yeux. Au moins, elle avait les bras libres. Elle éloigna la mèche de son visage, lui caressa la joue et sentit une vague de tendresse monter en elle lorsqu'il remua un peu et poussa un lourd soupir.

Cette grosse brute entêtée n'en était pas du tout une, il n'était pas non plus un démon, juste un homme avec ses soucis, sans doute. Il était évident qu'il ne voulait pas qu'elle fasse partie de sa vie et qu'il repousserait chacune des tentatives qu'elle ferait pour se rapprocher de lui. Il avait mauvais caractère, se montrait déraisonnable et buté, ce qui ne la dérangeait pas, parce qu'elle aussi, possédait ces mêmes traits lorsque la situation l'exigeait. Eh bien, c'était son mari, c'était sa maison, et elle comptait bien les garder tous les deux, que cela plaise à Gordon ou non.

Elle se rendit compte qu'elle avait continué à le caresser pendant que son esprit partait à la dérive. Les mains sur ses épaules puissantes et ses bras, elle réalisa qu'il dégageait une chaleur incroyable, il était bien plus chaud qu'elle. Elle sentit le désir reprendre vie au creux de son ventre tandis qu'elle continuait son exploration, se délectant de lui, de sa chaleur, de ses muscles et de son physique viril. Elle resserra son corps autour de lui et gémit de frustration. En reposant la tête sur l'oreiller, elle se figea : ses extraordinaires yeux whisky étaient fixés sur elle. Il n'avait pas du tout l'air endormi.

Il poussa un petit grognement mi-amusé, mi-étonné, puis elle sentit sa bouche se poser dans son cou. Il l'embrassa et mordit doucement la peau, puis elle sentit ses dents jouer avec son oreille et elle frissonna, ronronnant presque tandis que les mains chaudes de Gordon retournaient sur ses seins. Il se mit à les pétrir et les caresser et le cœur de Ruth s'emballa à nouveau. Elle le sentit bouger en elle et s'arrêta momentanément de respirer ; elle pencha la tête en arrière et poussa un gémissement de contentement.

— Encore ? demanda-t-il, d'un ton à la fois bourru et doux.

— Oh, oui, dit-elle en s'enroulant une fois de plus autour de lui. Oui, je vous en prie.

Il rit légèrement et se redressa sur ses coudes en l'observant avec une expression indéchiffrable.

— L'attente en valait-elle la peine ?

Ruth ne put s'empêcher d'éclater de rire. Quel misérable !

— Certainement. Cependant, je voudrais vous rappeler que c'est vous, qui avez souffert de l'attente, pas moi. Nous pouvons nous adonner à cette activité quand vous voulez, en ce qui me concerne.

Il émit un son qu'elle eut du mal à interpréter et qui semblait un peu désespéré et mécontent. Elle l'ignora et l'embrassa en mettant les mains sur son visage et en l'attirant vers elle avec insistance. Non pas qu'il eût besoin d'encouragement. Sa bouche était chaude et impatiente, s'emparant de tout ce qu'elle pouvait lui donner, vorace, insatiable ; Ruth sentit à nouveau naître la sensation enivrante qu'il avait éveillée en elle un peu plus tôt.

— Oh, soupira-t-elle.

Elle s'agrippa à son corps, elle voulait qu'il soit plus proche, qu'il s'enfonce plus profondément en elle.

— Encore, je vous en prie… encore.

Il poussa un grognement brut qui lui donna la chair de poule avant d'accélérer le rythme, ses va-et-vient se firent plus rapides, plus violents.

— Oui ! cria-t-elle en enfonçant ses doigts dans ses épaules tandis qu'un flash lumineux jaillissait derrière ses paupières.

Le plaisir était intense, il la traversait de part en part, la taquinant en lui promettant davantage. Elle fut incapable de réprimer ses cris, ses gémissements et ses exclamations de joie jusqu'à ce qu'elle atteigne le sommet d'une hauteur vertigineuse et se sente balayée dans l'immensité. C'était comme voler, comme un feu d'artifice éclatant sur un ciel de velours noir, la brûlant pendant un long moment scintillant, avant la descente. Lui aussi, chutait ; elle serra son mari qu'elle sentit frissonner, les cris qu'il poussait couvraient ceux de Ruth et continuèrent à résonner dans ses oreilles bien après que la chambre soit redevenue silencieuse.

Cette fois, il s'éloigna d'elle et s'effondra sur le dos. Sa large poitrine se soulevait et descendait rapidement tandis qu'il cherchait à reprendre son souffle. Il couvrit ses yeux de son avant-bras.

— Seigneur tout-puissant, murmura-t-il avec émotion.

Ruth avait du mal à retrouver ses esprits, mais elle sourit. Elle savait qu'elle l'avait surpris. Bon sang, elle s'était surprise elle-même. Lui aussi, l'avait surprise. Elle n'avait pas su à quoi s'attendre, surtout après la façon froide et moqueuse qu'il avait eue de dire qu'il *satisferait ses besoins*, et qu'elle *n'aurait pas à se plaindre*. Elle s'était attendue à ce qu'il soit beaucoup plus froid à son égard, mais elle s'était trompée. Après le choc initial de le voir la regarder d'air furieux, il l'avait traitée avec douceur, presque avec tendresse. Il avait dit qu'elle était très jolie. Elle retourna le compliment dans sa tête, l'examinant sous tous les angles, juste au cas où il y aurait eu un sous-entendu possible auquel elle n'avait pas pensé, indiquant que cela n'était qu'une plaisanterie. Rien ne lui vint à l'esprit. Très jolie. Elle rangea soigneusement ce souvenir dans son cœur avec le désir de l'y garder en sécurité, caché de tous, pour pouvoir le ressortir et s'en émerveiller lorsqu'elle serait seule, comme le *billet doux*[3] d'un amant. C'était peut-être ridicule, mais personne ne lui avait jamais fait un tel compliment, elle n'aurait jamais cru entendre cela de la bouche d'un Écossais bourru qui l'avait trimballée jusque dans les Highlands et qui ne lui avait quasiment pas adressé la parole depuis.

Son souffle s'étant apaisé, Ruth comprit qu'il allait s'endormir à tout instant. Avant que son courage ne s'évanouisse, elle profita de l'état léthargique de son mari et se rapprocha de lui ; elle se blottit sur le flanc de ce corps imposant et posa la tête sur son épaule. Il se raidit quelques secondes, mais soupira et ne protesta pas. Ruth savait qu'il était simplement trop endormi pour faire

---

[3] En français dans le texte original.

autrement ; elle n'était pas bête au point de croire qu'il était le genre d'homme à aimer les étreintes. Tout de même, lorsque le bras qu'il avait jeté contre ses yeux descendit et se posa sur sa taille, un sourire de triomphe s'installa néanmoins sur son visage. Elle était enchantée de sa nuit de noces, et l'espoir qu'elle entretenait d'avoir enfin trouvé le foyer qu'elle avait toujours cherché s'accrut énormément.

Avec un petit soupir satisfait, Ruth ferma les yeux, posa la main sur le torse de Gordon et s'endormit au rythme régulier des battements de son cœur.

Chapitre 7

Quoi que vous fassiez, restez ferme. Ne le laissez pas vous ignorer. Ne fuyez pas les confrontations, mais ne les provoquez pas non plus. Donnez-lui des raisons d'apprécier votre présence. Complimentez-le sur les choses que trouvez admirables chez lui. Il n'y a rien de plus efficace pour qu'un homme baisse sa garde que de flatter son ego… cela, et l'amener dans son lit.

Maintenant que j'y pense… conduisez-le dans votre chambre quoi qu'il arrive : s'il est trop fatigué pour se battre, cela vous rendra la vie plus facile.

— Extrait d'une lettre de Mrs Ethel Stephens à Mrs Ruth Anderson.

8 novembre 1814. Château de Wildsyde, Écosse.

Ruth s'étira de tout son long en bâillant et en soupirant. Un sourire se dessina sur son visage au souvenir de la nuit précédente. Son corps lui faisait mal ; elle sentait des endroits auxquels elle n'avait jamais vraiment prêté attention auparavant. Une fois tout à fait réveillée, elle se rendit compte qu'elle était endolorie, chose qu'elle n'avait pas remarquée la veille. Oh, c'était sans doute normal la première fois. Elle s'habituerait.

Elle faillit éclater de rire. L'idée même de *s'habituer* à une telle chose était inimaginable. Ruth se tourna sur le côté pour étreindre l'homme qui avait étonnamment rendu sa nuit merveilleuse et poussa une exclamation mécontente en découvrant la place vide.

— Bon sang, fit-elle, irritée.

Oh, très bien. Elle n'était pas surprise qu'il ne veuille pas se montrer plus intime que nécessaire avec elle ; de plus, il avait sans doute beaucoup à faire. N'empêche qu'il aurait pu lui dire qu'il partait… Peut-être avait-il voulu la laisser se reposer, pensa-t-elle — c'était plus un espoir qu'une croyance. Elle descendit du lit en marmonnant et en grimaçant quelque peu puis enfila sa robe et alla tirer les rideaux épais. À sa grande surprise, il faisait grand jour dehors. Grand Dieu, elle avait dormi pendant des heures ! Elle ne pouvait pas blâmer Sheenagh de ne pas l'avoir réveillée ; c'était elle qui lui avait demandé de ne pas le faire ; de plus, si Gordy ne s'était pas échappé de la pièce, elle n'aurait sûrement pas aimé être interrompue par la jeune femme.

Gordy. Eh bien, c'était son mari à présent, et lorsqu'elle ne l'appelait pas mon bichon d'amour, elle pouvait bien utiliser ce diminutif.

Elle sonna la cloche en espérant que Sheenagh ne la fasse pas attendre trop longtemps pour lui apporter l'eau chaude et le petit déjeuner. Elle s'installa devant sa coiffeuse avec une plume et du papier. Il y avait énormément de travail à faire dans le château, et comme elle avait à peine visité les lieux, il y avait probablement beaucoup d'autres problèmes dont elle n'était pas encore au fait.

Il fallait bien commencer quelque part. Ruth entama la liste, elle noircit une feuille complète et le bon tiers d'une autre avant de réaliser qu'une heure entière avait dû passer et qu'il n'y avait toujours aucun de signe de Sheenagh.

Elle n'était pas vraiment étonnée. Ruth savait bien que les employés n'approuvaient pas sa présence ; sans aller jusqu'à désobéir à un ordre direct, ils n'accourraient certainement pas pour répondre à ses demandes.

— Très bien, murmura-t-elle.

Elle resserra sa robe de chambre et enfila des pantoufles.

Elle ne voyait aucune raison de sonner à nouveau la cloche. Mrs MacLeod était aussi à l'aise dans sa cuisine qu'un bigorneau dans un coquillage, et tout aussi réticente à en sortir. Elle avait certainement entendu cette maudite cloche, en supposant que ce ne soit le cas de personne d'autre. Ils attendaient donc probablement la réaction de Ruth.

Elle descendit les escaliers sans se presser en affichant une expression sereine même si, au fond, elle bouillonnait. Elle ouvrit la porte de la cuisine et fut assaillie par l'atmosphère chaude et humide transportant des effluves de bacon, si doux que son estomac se tordit d'impatience. Elle se rappela soudainement qu'elle n'avait pas dîné la veille, trop nerveuse pour avaler une bouchée : maintenant, elle avait une faim de loup.

— Ah, Sheenagh, vous êtes ici, dit-elle d'une voix mesurée en apercevant la jeune femme.

Elle était assise à la table de la cuisine et épluchait des pommes de terre. Elle leva les yeux vers Ruth avec un air renfrogné.

— Ne me prenez pas pour une idiote, je sais très bien que vous avez tous entendu la cloche. J'attendais dans ma chambre que vous veniez m'apporter l'eau chaude et mon petit déjeuner. Je n'ai rien eu de tout cela.

Silence.

Ruth prit une profonde inspiration.

— Je pense que nous sommes tous partis du mauvais pied. Je sais que vous ne voulez pas de moi ici. J'imagine que la dernière chose à laquelle vous vous attendiez était que le laird prenne une épouse anglaise. Je comprends. Je comprends réellement. Mais je compte faire de Wildsyde ma maison. Je voudrais transformer ce château en un endroit confortable et accueillant ; un lieu où il est agréable de vivre et travailler.

Elle s'interrompit pour regarder les quatre visages hargneux. Aucune expression ne s'était adoucie. Elle essaya de ne pas se laisser décourager et poursuivit :

— Il y a beaucoup de travail à faire, à la fois à l'intérieur et à l'extérieur du château ; pour accomplir tout cela, j'ai besoin de votre aide. Je vous en prie. Je suis sûre que si nous travaillons tous ensemble…

— Flora, z'avez entendu la nouvelle à propos de Willy MacTavish ?

— Aye, Sheenagh, répondit Flora en jetant un coup d'œil anxieux aux autres femmes. Pour sûr. Savez-vous que le pauvre Willy est mort, Mrs MacLeod ?

Ruth sentit ses joues s'embraser. Elles poursuivaient leur conversation en ignorant complètement la tirade de Ruth. En faisant comme si elle n'était pas là.

Très bien.

Ruth se tourna vers Mrs MacLeod.

— Qui s'occupe des cochons ? demanda-t-elle d'une voix suffisamment forte pour faire cesser toute conversation.

— Hein ?

Mrs MacLeod fronça le nez, déboussolée par le changement soudain de sujet.

— Les cochons, Mrs MacLeod, répéta Ruth calmement. J'imagine qu'on élève des cochons au château ?

— Aye…, confirma la femme qui n'avait pas l'air très au courant.

— Qui s'en charge ?

— Oh, c'est l'vieux Jock.

— Le vieux Jock, parfait, répondit Ruth avec un grand sourire. Merci, Mrs MacLeod.

Elle se tourna vers Sheenagh. Elle sentait le regard soupçonneux de Jessy sur elle, et savait que Flora épiait la scène depuis l'arrière-cuisine, les yeux ronds comme des soucoupes.

— Sheenagh, vous pouvez partir et travailler avec Jock, dit-elle.

Elle fit demi-tour et se dirigea vers la porte.

— Quoi ? s'exclama la jeune fille en laissant tomber la pomme de terre qui s'écrasa avec un gros splach dans la marmite.

Ruth se retourna et haussa un sourcil.

— Les cochons, Sheenagh. Vous pouvez aller travailler avec les cochons ; sinon, ajouta-t-elle avec un petit sourire, vous pouvez aller travailler pour quelqu'un d'autre. Ceci est valable pour chacune d'entre vous.

Ruth fit volte-face, sortit de la cuisine et remonta les escaliers vers sa chambre. Son estomac protesta, elle avait terriblement faim, mais plutôt mourir que de gâcher sa sortie théâtrale en demandant une assiette de ce bacon qui lui mettait l'eau à la bouche. De plus, si elle ne se trompait pas, son petit déjeuner n'allait pas tarder à arriver.

Comme prévu, vingt minutes après s'être de nouveau installée devant sa liste, Sheenagh pénétra dans la pièce avec un plateau sur lequel se trouvaient du thé, et, le seigneur soit loué, une assiette d'œufs et de bacon. La fille avait un air furieux, mais Ruth s'en moquait. Elle savoura sa victoire. Les œufs et le bacon étaient incroyablement savoureux. Elle s'assit et ne laissa pas une miette de son festin, elle prit même le soin de racler le gras avec un morceau de pain pendant que Sheenagh partait et revenait avec une cruche d'eau chaude fumante.

— Vous pouvez préparer ma robe verte, Sheenagh, celle avec un bord rose, dit Ruth en se servant une seconde tasse de thé.

— Aye, m'dame, répondit Sheenagh.

On aurait dit un ours furibond, mais elle s'exécuta sans se plaindre.

Ruth dissimula son sourire.

Elle passa le reste de la journée à faire l'inventaire des réparations à faire dans le château. Elle constata avec désarroi les trous dans la toiture, l'infestation de souris, les cheminées bouchées et les fenêtres au verre brisé. Certaines des pièces avaient été fermées et laissées à l'abandon tant leur état était délabré — y faire le ménage n'aurait rien changé, et il n'y avait pas de fonds pour payer les réparations. Même la cuisine, si propre que l'on aurait pu manger sur le sol, semblait dater du siècle dernier.

Quand arriva l'heure du dîner, Ruth avait une liste interminable de choses ayant besoin d'être réparées ou remplacées ainsi qu'une migraine d'une ampleur semblable à celle de la tâche qui s'annonçait. Le fait qu'elle doive s'occuper de tant de problèmes avec l'aide un personnel récalcitrant composé de seulement cinq personnes lui donnait la nausée. Gordy n'était pas revenu de la journée, ce qui n'améliorait pas son humeur. Il était absent au dîner, et lorsqu'elle ravala sa fierté pour demander aux domestiques où il se trouvait, elle fut gratifiée d'un haussement d'épaules et d'un « Je n'sais pas, m'dame ». Cette réponse avait été prononcée avec un petit sourire narquois ; le personnel savait pertinemment que Gordon ne désirait pas plus qu'eux la présence de Ruth.

À onze heures du soir, Ruth dut se rendre à l'évidence. Gordy était parti. Il n'était pas parti pour de bon, d'après elle. Il n'allait pas déserter son château au moment même où il recevait l'argent nécessaire pour le retaper. Non, il la laissait délibérément seule, elle serait idiote de croire autre chose. Le fait qu'il l'abandonne le lendemain de leur mariage montrait clairement au personnel qu'elle n'était pas la bienvenue ici et réduisait à néant le moindre progrès qu'elle avait vu faire ce matin-là en menaçant Sheenagh d'aller travailler à la porcherie. À présent, ils savaient que le laird les sauverait des décisions qu'elle prendrait, et elle comprit que tout ce qu'elle comptait achever au château lui prendrait dix fois plus de temps et beaucoup plus d'énergie qu'elle n'en possédait en ce moment même.

Il existait encore la possibilité qu'il revienne le lendemain et leur fasse la morale, se rassura-t-elle. Elle priait pour que son découragement soit simplement dû à la fatigue ; tout finirait par s'arranger.

Trois jours plus tard, il n'y avait plus de doute. Gordy n'était toujours pas de retour, les domestiques riaient presque ouvertement devant elle : Ruth était seule, abandonnée par son mari et méprisée par ceux qui étaient censés la respecter. Tous les espoirs qui étaient nés lors de sa nuit de noces s'étaient éteints, et elle avait le plus grand mal à faire bonne figure et à prétendre que tout allait bien devant le personnel. Il lui était également impossible de mettre en pratique le moindre conseil que sa tante avait pu lui donner, puisque son fichu mari n'était pas là. L'humiliation fut à son comble lorsqu'elle réalisa que la merveilleuse nuit qu'ils avaient partagée n'avait clairement rien eu de spécial pour lui. Ce qu'elle avait cru être une connexion d'une intensité extraordinaire n'était visiblement rien de la sorte. Peut-être était-il comme cela avec toutes les femmes qu'il emmenait au lit ? La fureur et le désespoir bataillaient pour avoir la première place dans son cœur, mais elle lutta contre les deux. Eh bien, son mari l'avait abandonnée à son sort, et alors ? S'il croyait que cela suffirait à la faire repartir en Angleterre, il se mettait le doigt dans l'œil. Elle avait simplement besoin d'un peu de temps pour changer de stratégie.

Il lui fallait des renforts : un personnel qui la respecterait et qui remettrait à leur place les employés ingrats et belliqueux qui travaillaient présentement au château. Il lui avait fallu de nombreuses années et beaucoup de migraines avant de réussir à assembler un tel personnel pour les nombreuses propriétés de son père. Ruth n'avait tout simplement ni le temps ni l'énergie de se battre à la fois contre le mépris que le personnel écossais éprouvait envers elle pour son manque de noblesse — sans parler de sa nationalité anglaise —, et contre la méfiance de son mari en même temps. Non, elle avait besoin d'aide, et cet aide prendrait la forme d'un personnel compétent. Heureusement, elle savait exactement où chercher.

Gordy contempla la pile de factures qu'il avait payées ces deux dernières semaines. Le montant était ahurissant. Pourtant, lorsqu'il avait vérifié avec la banque, la somme astronomique que sa femme lui avait apportée était bien là. Le total de ce qu'il avait dû débourser pour payer tout cela représentait une goutte d'eau de cet océan considérable. Même maintenant, avec les charrettes remplies d'outils et de matériaux en chemin vers le château, accompagnées d'une armée d'hommes du coin prêt à travailler pour lui. Il avait passé la première semaine à informer ses métayers de sa bonne fortune et de son besoin d'hommes valides. Comme la plupart des travaux qu'il avait en tête concernaient l'amélioration des habitations des habitants, ils lui avaient presque arraché la main tant ils étaient pressés de commencer. Puis il était parti à Wick pour commander des matériaux, avant de prendre la direction de Fort William, une ville bien plus grande. L'argent jaillissait de lui comme de l'eau, si vite qu'il en avait la nausée et qu'il se sentait anxieux même en sachant qu'il pouvait dépenser cinquante fois cette somme sans entamer sérieusement sa fortune. Il avait bien trop l'habitude de se montrer frugal, de faire durer chaque pièce le plus longtemps possible, et même un peu plus longtemps encore. Bien qu'aucun de ses achats ne soit frivole, il ressentait tout de même une étrange sensation dans le creux de son estomac chaque fois qu'on lui présentait une nouvelle facture.

Le seul luxe qu'il s'était octroyé était une chambre d'un peu meilleure qualité que d'habitude — même s'il dormait rarement en ville. Ce n'était pas la chambre la plus confortable, mais elle comprenait un lit décent, un bon repas, et, pour sa première nuit en ville, une bouteille de vin. Ce vin l'avait mis mal à l'aise et il s'était contenté d'un alcool bon marché après cela. À son grand désarroi, il n'était pas parvenu à profiter du millésime de qualité. Pas alors que c'était sa femme qui lui avait payé, et qu'il l'avait abandonnée sans un mot.

Peu importe le nombre de fois où il avait essayé de se convaincre que c'était la meilleure chose à faire, il était rongé par la culpabilité. C'était cruel, et il le savait. Mais il valait mieux être cruel maintenant, pour débarrasser sa femme du moindre espoir romantique que cette nuit de noces avait pu éveiller en elle. Malgré lui, le souvenir de cette nuit le hantait, sa douceur parcourait ses veines comme un poisson insidieux, l'incitant à en vouloir plus. Admettons-le, il ne l'avait pas simplement abandonnée : il avait fui. Il s'était complètement trompé sur le danger qu'elle représentait ; mais il lui apparaissait maintenant avec une telle évidence qu'il se demandait comment il avait pu faire pour ne pas s'en apercevoir. Pourquoi n'avait-il pas compris au premier regard l'ampleur de la volonté qui brûlait en elle, la nature passionnée de cette femme qui n'accepterait pas qu'on lui dise non, qui ne baisserait pas les bras sans se battre.

Il aurait épousé Bonnie en sachant pertinemment que sa vie n'aurait pas été très agréable. Cela aurait été un miracle qu'ils survivent les six premiers mois, mais il s'était accommodé à cette idée. Bonnie n'avait pas plus envie de devenir sa femme que lui de devenir son mari. Elle n'aurait jamais espéré de romance. Seigneur, elle lui aurait probablement envoyé un coup de genou dans les parties s'il avait osé proposer une vraie cérémonie de mariage. Elle l'aurait supporté pour concevoir l'enfant qu'elle voulait, mais en dehors de cela, ils auraient vécu comme des étrangers, et cela lui aurait tout à fait convenu.

Ce n'était pas ce que Ruth désirait. Oh, elle disait vouloir l'aider à restaurer le château, et il la croyait, mais elle souhaitait bien plus que cela. Elle voulait un mari dans tous les sens du terme, un père pour ses enfants, un homme à aimer et qui l'aimerait, et cet homme n'était pas lui. Il n'accepterait jamais cela, elle finirait par comprendre qu'elle s'était trompée et partirait à la recherche d'un partenaire qui lui conviendrait mieux. C'était ce que les femmes faisaient. Elles vous faisaient croire qu'elles vous aimaient puis vous abandonnaient. Il le savait très bien, et il ne serait pas l'idiot qui s'enticherait d'une femme qui se moquerait de lui.

Il marmonna un juron, empila grossièrement les factures et les fourra dans son sac avant de se verser un verre de whisky. Il l'avala d'un trait, puis se servit un deuxième verre. C'était devenu une espèce d'habitude : il buvait copieusement avant d'aller au lit avec l'espoir vain que les pensées de sa femme ne viendraient pas le hanter. Il se demanda ce qu'elle était en train de faire. Était-elle allongée sur son lit, seule ? Pensait-elle à lui, pleurant par sa faute ? Non, elle était sûrement en train de réfléchir à une vengeance. En partant, il s'était dit que le château serait probablement désert à son retour. Pourtant, plus il s'éloignait, plus il y voyait clair. Il n'y avait aucune chance qu'elle baisse les bras aussi facilement. Il était plus probable qu'elle prépare ses armes, prête à en découdre dès l'instant où il franchirait le seuil. Eh bien, qu'il en soit ainsi. Il était prêt à se battre. Si elle voulait crier et lui jeter des choses, grand bien lui fasse. Il pouvait gérer la colère, elle avait bercé son enfance, et il savait très bien comment répondre à une attaque de ce genre.

En revanche, il ignorait comment se débarrasser du souvenir de sa femme s'abandonnant en dessous de lui, consentante et insatiable. La première fois, il s'était montré aussi doux qu'il avait pu. Enfin, ce n'était pas comme s'il avait eu le temps d'être quoi que ce soit d'autre, songea-t-il, honteux. Tout avait été fini beaucoup trop vite. Par contre, la seconde fois, la seconde fois il avait eu un avant-goût de la nature passionnée de Ruth, un bref aperçu de ce à quoi pourrait ressembler leur vie conjugale. Il la soupçonnait d'avoir un tempérament semblable au sien ; il pourrait se laisser aller, l'aimer aussi farouchement qu'il le désirerait et elle en redemanderait. Cette pensée faisait crier son corps d'impatience. *Arrêtez, espèce d'idiot*, se dit-il. *Ce n'est qu'une femme.* S'il voulait obtenir ce genre de faveur, il pouvait toujours payer pour l'obtenir. *Ce n'est pas la même chose* murmura une voix pleine de pitié dans sa tête. *Ce n'est pas la même chose. Elle avait envie de vous.* Il ricana et secoua la tête. Oh, aye, elle en avait envie. Elle avait envie de le mettre à ses pieds, et une fois que cela serait fait, elle aurait atteint son but et se lasserait.

Il descendit un autre verre de whisky et se resservit. Il regarda le liquide doré comme s'il pouvait y voir quelques réponses. Ce n'était pas comme s'il pouvait rester éternellement loin du château. C'était une bonne chose d'envoyer des hommes et du matériel, mais il fallait quelqu'un pour superviser le travail. Clugston était un brave homme et il saurait entamer le chantier, mais Gordy avait besoin d'être là et de veiller à ce que tout soit fait correctement. Il sentit ses entrailles se contracter. Le désir de rentrer chez lui était enchevêtré avec celui de coucher à nouveau avec Ruth. Il avait beau se dire que c'était normal, qu'il était un homme vigoureux et qu'il avait à sa disposition une femme au corps plantureux prête à réchauffer son lit, il n'arrivait pas à se débarrasser d'un terrible soupçon.

Il voulait rentrer pour *elle.*

Il jeta un coup d'œil autour de lui en entendant un petit soupir mélancolique et aperçut Murdo lui lançant un regard expressif depuis la pile de couvertures grises entassées devant la cheminée, entouré de ses femelles, allongées à ses côtés. Gordy avait sous les yeux l'image même du bonheur conjugal.

— Vous devez me révéler votre secret, Murdo, murmura-t-il avant de ricaner et de secoua la tête.

Non, il ne voulait pas la recette du bonheur conjugal. Il n'était pas un chien, dommage, et il doutait que les tactiques de Murdo lui soit d'une grande aide. Il poussa un grognement, passa une main lasse sur son visage et prit une décision.

Une autre semaine.

Une vague de soulagement l'envahit à la possibilité de retarder son retour. S'il restait éloigné plus longtemps, il n'affronterait ni Ruth ni les doutes affreux qu'il entretenait. Une absence de trois semaines devrait suffire à faire réfléchir sa femme et à remettre les choses en perspective pour lui… pour tous les deux. Gordy jeta un coup d'œil à la bouteille de whisky et se demanda si son foie allait supporter une autre semaine de ce traitement. Eh bien, il n'aurait pas le choix.

<h1 style="text-align:center">Chapitre 8</h1>

Cher Garrick,

J'espère que le personnel et vous-même vous portez à merveille et que mon père ne se montre pas trop exigeant ; quant à ma chère maman… eh bien, je suppose qu'il n'y a rien à espérer à ce sujet.

Je m'adresse à vous, qui êtes sans aucun doute le meilleur majordome de toute l'Angleterre — oui, je vous brosse dans le sens du poil pour une bonne raison — car j'ai désespérément besoin de votre aide. Il me faut du personnel. En vérité, je serais même heureuse de n'avoir qu'une seule personne prête à suivre mes directives sans rechigner. Je ne sais plus quoi faire. Envoyez-moi de l'aide, Garrick, je vous en supplie.

— Extrait d'une lettre de Mrs Ruth Anderson à Mr Archibald Garrick, majordome de Mr George Stone, Upper Walpole Street.

18 novembre 1814. Château de Wildsyde, Écosse.

Ruth contempla la pile de lettres qui jonchaient le bureau, en attente de réponses. Étant donné que son mari l'avait abandonnée, elle n'avait eu aucun scrupule à réquisitionner son bureau. Il y avait des dizaines de lettres des Demoiselles Surprenantes, et elle ne se sentait capable de répondre à aucune d'entre elles. Ce n'était pas très aimable de sa part, elle le savait : toutes ses amies s'inquiétaient pour elle et la suppliaient de les rassurer, voulant s'assurer que Ruth était heureuse. Comment pouvait-elle admettre qu'elle venait peut-être de faire la plus grosse erreur de sa vie en refusant d'écouter leurs conseils et de prendre le temps de réfléchir avant de prendre cette décision ? Elle n'allait pas leur raconter à quel point elle était comblée alors qu'elle n'avait jamais été aussi malheureuse. Tout ce qu'elle avait réussi à faire, c'était envoyer un petit message à Matilda destiné à l'ensemble du groupe lorsque ses remords avaient atteint un sommet insupportable. Elle avait écrit qu'elle allait bien et n'avait rien raconté de sa vie. Cela ne les empêcherait pas de s'inquiéter, mais elle espérait qu'elles se sentent quelque peu rassurées. Ruth n'avait pas su quoi faire d'autre.

Elle sentait toute l'énergie avec laquelle elle avait fait face aux défis qui s'étaient dressés devant elle être drainée petit à petit face à l'animosité du personnel et devant l'ampleur de la tâche qui lui incombait. Il fallait une volonté considérable à Ruth pour affronter les employés et les obliger à faire les tâches les plus infimes dans un laps de temps raisonnable ; elle n'avait aucun espoir d'entreprendre des projets plus importants. Son avenir semblait lui échapper et elle n'avait toujours pas reçu de réponse de Garrick, et ignorait s'il avait réussi à lui trouver du personnel.

Ruth mit sa tête entre ses mains et gémit. Elle sursauta en entendant le tintement du métal et le grondement de roues de carrosse qui semblait s'approcher du château. Elle avait déjà eu plusieurs faux espoirs ; il semblait que son mari, où qu'il soit, dépensait allègrement son argent. Elle ne pouvait pas lui reprocher d'avoir envoyé des matériaux, des poulets et des moutons bien gras ni quoi que ce soit d'autre qui était arrivé au château ces derniers temps. Apparemment, une véritable armée d'hommes était également en chemin. Jusque-là, Gordy n'avait jamais fait partie des convois, qui étaient accueillis efficacement par le redoutable Mr Clugston. Ce gentleman s'était tenu éloigné de Ruth autant que possible dans l'espoir de ne pas se retrouver au beau milieu de la guerre qui régnait entre elle et son mari. Ruth ne comptait pas lui demander de prendre parti, mais cela, le pauvre homme ne pouvait pas le deviner.

N'ayant visiblement pas retenu la leçon, Ruth se précipita vers la porte d'entrée en espérant apercevoir cette fois la silhouette massive de son mari. Elle ne savait pas comment réagir, elle se sentait violemment partagée entre l'envie de le poignarder avec son propre couteau et celle de se jeter à son cou — cela variait en fonction de son niveau de détresse. Aujourd'hui, c'était le meurtre qui l'attirait davantage, et elle faillit presque courir vers la porte. Dans tous les cas, il faudrait dix bonnes minutes avant qu'un des maudits employés se décide à remuer pour aller l'ouvrir.

Elle traversait le hall d'entrée quand elle entendit des coups contre la porte. Son cœur sombra. Jamais Gordy ne frapperait. Bon, d'autres matériaux. Elle ravala sa déception, ouvrit la porte et fit un bond.

— Garrick ! s'exclama-t-elle en se demandant si sa solitude lui avait tant pesé qu'elle se mettait à voir des choses, en l'occurrence, son fidèle majordome.

— Bonjour, Mrs Anderson, dit-il en lui offrant un sourire chaleureux et un regard pétillant.

À son grand désarroi, Ruth sentit sa gorge se serrer. Voir un visage amical après tant de temps — et pas n'importe quel visage, elle savait qu'elle pouvait compter sur lui plus que tout — la bouleversa.

— Oh, Garrick.

Un sanglot s'échappa de sa bouche et elle la couvrit de sa main pour le retenir. Tout en sachant que c'était inadmissible, elle fondit en larmes.

— Oh, miss, dit Garrick dont le visage se décomposa.

La détresse évidente de la jeune femme lui fit momentanément oublier qu'elle était mariée.

À la grande surprise de Ruth, elle se sentit férocement étreinte pendant un bref instant. Il déclara en se redressant, d'un ton à la fois affectueux, sévère et compréhensif :

— Allons, Mrs Anderson. Ne les laissez pas vous voir comme cela.

Ruth acquiesça en comprenant instantanément ce qu'il voulait dire, et se reprit.

— Non. Non, bien sûr que non, Garrick. J'ai simplement été bouleversée sur le moment parce que… oh, c'est si bon de vous voir, mais que faites-vous ici ? J'ai cru que vous m'enverriez du personnel… je ne m'attendais pas…

Garrick lui lança un sourire plein de tendresse.

— Pourrions-nous faire entrer les employés pour qu'ils puissent déposer leurs affaires ? Ensuite, je vous expliquerai tout.

Ruth hocha la tête en se demandant ce qui lui prenait.

— Oh, je suis dans un tel état, Garrick. Voyez-vous ? Je n'arrive même plus à réfléchir !

— Calembredaines, répondit-il vivement. Vous êtes juste un peu abattue, et je sais que n'importe qui d'autre se serait enfui en hurlant il y a des semaines de cela. Vous êtes une guerrière, miss… Mrs Anderson. Je l'ai toujours su, et mon opinion n'est pas près de changer. À présent, je suis ici, et j'ai l'intention de rester. Si nous faisons équipe, les choses rentreront rapidement dans l'ordre.

Ruth comprit alors que Garrick allait rester et l'aider. Elle avait envie de l'embrasser, mais se retint : il serait probablement gêné et cela affecterait encore plus sa dignité que la brève étreinte qu'ils avaient partagée.

Au même moment, Mrs MacLeod — suivie de ses toutous — fit irruption dans le hall. Elle poussa une exclamation indignée en remarquant les douze nouveaux membres du personnel, comprenant des valets de pied, des bonnes, et même une intendante qui avait un air affreusement sévère.

Pour la première fois depuis qu'elle avait réalisé que Gordy l'avait délibérément abandonnée, Ruth sentit naître un soupçon d'espoir.

— Mrs MacLeod, dit-elle en savourant ce moment — sa première vraie victoire depuis l'histoire des cochons. Puis-je vous présenter Garrick, mon majordome ? Il fera sans aucun doute les présentations avec le reste du personnel. Garrick, je vous présente notre cuisinière, Mrs MacLeod.

Garrick, qui s'était redressé de toute sa taille, envoya un regard méprisant par-dessus son nez imposant, le genre de regard qu'un duc aurait aimé posséder. C'était vraiment un majordome d'exception. Ruth décida sur-le-champ de doubler son salaire déjà considérable. Une telle loyauté méritait récompense.

— Je n'ai pas encore engagé de cuisinière, Mrs Anderson, dit-il avec une expression de marbre en regardant Mrs MacLeod comme si elle était une substance dans laquelle il venait de poser le pied. Vous n'en avez pas fait mention dans votre lettre, et j'ai cru comprendre que vous préféreriez vous en occuper personnellement.

— C'est une possibilité, répondit Ruth.

Elle remarqua la mâchoire serrée de la vieille cuisinière et s'adoucit quelque peu. Elle désirait que le personnel et elle travaillent de concert ; pas s'en débarrasser complètement. Cependant, ils allaient devoir y mettre du leur.

— En vérité, Mrs MacLeod est une très bonne cuisinière et je suis satisfaite de son travail. Je souhaiterais qu'elle continue. Je souhaiterais que tout le personnel reste, ajouta-t-elle en les regardant tour à tour. Je pense qu'ils sont tous très compétents et qu'ils avaient simplement besoin d'un peu de temps pour s'accommoder à leur nouvelle maîtresse. Après tout, le changement peut être très bouleversant, n'est-ce pas, Garrick ?

Le majordome hocha la tête d'un air solennel.

— Tout à fait, Mrs Anderson. Des compromis doivent être faits des deux côtés.

Ruth lui sourit, satisfaite.

— Tant que leur conduite reste correcte. Je laisse les rênes entre vos mains compétentes, Garrick. Je sais que je peux compter sur vous.

— En effet, répondit-il fermement.

— Mrs MacLeod, veillez à ce que les nouveaux employés soient correctement installés. J'ai commandé des draps supplémentaires et des produits indispensables pour tous, il faut les déballer. Je suis sûre que si tout le monde s'y met, nous pourrons faire en sorte que chacun soit installé pour la nuit ; demain matin, nous verrons à prendre des dispositions plus définitives. En ce qui me concerne, je serais très heureuse avec un bol de soupe ou ce qu'il y a de disponible pour le dîner pour ne pas alourdir la charge de travail. Sheenagh, je désire qu'un plateau de thé pour deux soit apporté dans le bureau dans une demi-heure. Garrick, j'espère que vous pourrez m'y rejoindre. Il faut que nous discutions.

Sheenagh dévisageait Garrick comme s'il était une espèce de monstre mythologique terrifiant, mais elle parvint à hocher légèrement la tête en signe d'assentiment.

— Avec plaisir, Mrs Anderson, répondit Garrick avec autant de déférence que s'il s'adressait à une duchesse.

Ruth réprima un sourire. Ils n'échangeaient jamais de manière aussi formelle, tout ceci n'était que mise en scène. Elle le gratifia d'un signe de tête royal avant de quitter les lieux dans un bruissement d'étoffe.

Un point pour les Sassenachs.

Il ne fallut pas longtemps à Mrs MacLeod et aux autres employés pour comprendre qu'ils étaient en infériorité numérique et qu'ils avaient perdu la main. Ce qui ne voulait pas dire qu'ils acceptaient ce fait de bon cœur. Ils exécutèrent toutes les tâches qu'on leur demanda en silence, sans se plaindre. Mais tout le monde voyait bien qu'ils grinçaient des dents comme le prouvaient leurs lèvres serrées et leurs regards furibonds. Pourvu que cela ne dure pas, se disait Ruth. Avec un peu de chance, ils comprendraient qu'elle était prête à leur faire plaisir ; s'ils lui en laissaient l'opportunité, elle les récompenserait pour leurs efforts. Elle aurait été ravie de gagner leur confiance dès le départ, mais ils n'avaient pas voulu baisser la garde et elle n'avait rien pu faire. À présent, c'était à eux de faire un choix. Elle ne savait pas s'ils allaient accepter de travailler avec elle ou freiner des quatre fers. Elle aurait aimé trouver un moyen de les rassurer sur le fait qu'elle n'avait nullement l'intention d'être dure avec eux, mais il fallait d'abord qu'ils lui permettent de se montrer généreuse.

Lorsque Garrick la rejoignit dans le bureau, son humeur était revenue au beau fixe, et elle lui sourit avec un réel plaisir.

— Non, je vous interdis de lever ne serait-ce que le petit doigt, dit-elle en le voyant tendre la main vers la théière. Un majordome de votre prestance, servir le thé ? Je ne crois pas.

Garrick rit en secouant la tête.

— Je ne suis pas sûr que ce soit à la maîtresse de maison de me servir.

— Eh bien, vous et moi n'avons jamais été très protocolaires, et pour être honnête, je suis si reconnaissante de votre venue…

La voix de Ruth trembla quelque peu et elle s'interrompit en lui lançant un sourire contrit.

— … Comme vous avez pu le constater. Que faites-vous ici ? Vous avez sûrement compris que je m'attendais à recevoir le personnel venant d'autres propriétés ?

— Bien sûr, répondit Garrick en saisissant la tasse de thé qu'elle lui tendait. Puis-je être franc, Mrs Anderson ?

— Je serais déçue du contraire, répondit Ruth en riant et en se servant à son tour.

— Vous rappelez-vous le moment où vous avez pris les rênes à Upper Walpole Street ?

— Seigneur, oui, répondit Ruth en grimaçant.

Elle avait alors douze ans. Sa mère avait affolé le personnel en essayant de préparer un bal pour quatre cents personnes. Une semaine avant la date fatidique, elle avait changé d'avis sur chaque détail minutieusement réfléchi avant de se mettre en colère lorsque le personnel avait essayé d'expliquer que la moitié de ce qu'elle demandait était inenvisageable dans un laps de temps aussi court. Cela, surtout à cause des centaines de bouquets de roses rouges, de pivoines et d'œillets qu'elle avait exigés en plein mois de février, mais aussi parce que ses suggestions étaient vulgaires et affreuses.

— Cette semaine-là, le vicomte Somerton m'a proposé un poste.

Ruth le regarda d'un air stupéfait.

— Je l'ignorais.

Garrick hocha la tête.

— J'étais sur le point d'accepter, malgré…

Ruth sourit.

— Allons, Garrick. Nous savons que Papa verse des gages bien au-delà de la moyenne pour conserver le personnel, sans cela, personne ne travaillerait pour un nouveau riche aussi arrogant.

Garrick fronça les sourcils.

— Je n'aurais jamais dit —

— Oh, foutaises. C'est la vérité et nous le savons tous les deux. Venez-en au fait et ne vous inquiétez pas pour moi, je vous en prie. Vous savez que je préfère la sincérité.

Il lui adressa un sourire admiratif et hocha la tête.

— Oui, je le sais. Eh bien, pour être honnête, Mrs Anderson, si vous n'aviez pas pris les choses en main, petit bout de fille que vous étiez, je pense que vous auriez perdu la moitié du personnel au cours de cette débâcle. Vous laisser prendre les choses en main est la chose la plus intelligente que votre père ait jamais faite, même si c'était, à mon avis, terriblement injuste de sa part. Vous avez grandi bien plus vite que vous n'auriez dû, mais je n'ai jamais été aussi fier de qui que ce soit. Voir une demoiselle si jeune diriger tout ce personnel avec aplomb, c'est une chose que je n'oublierai jamais, et à présent, je vous le dis : si vous n'aviez pas été là, je serais parti travailler pour le vicomte Somerton.

Ruth rougit légèrement. Pas besoin de préciser que le vicomte était un vieux grincheux.

— Merci, Garrick. La maison ne s'est pas effondrée en si peu de temps, n'est-ce pas ? Vous n'avez pas ressenti le besoin de fuir si vite après mon départ ?

— Non, admit-il. Non, mais ce n'est pas la même chose sans vous. N'allez pas croire que je fais un grand sacrifice en vous rejoignant ici. C'est pour moi, que j'ai fait cela, et si cela peut aider à vous remercier de toute la gentillesse dont vous avez fait preuve à mon égard durant toutes ces années, tant mieux.

— Vous m'avez surpassée pour ce qui est de la gentillesse, j'en suis certaine. Je ne pourrai jamais vous rendre la pareille, soupira Ruth. Mais je veux bien essayer, ajouta-t-elle en lui faisant un clin d'œil.

🎩 🎩 🎩

— J'ai pour instruction d'attendre le retour de Mr Anderson avant de commencer les travaux.

Mr Clugston avait l'air affreusement mécontent. Il passa la main sur son crâne lisse et chauve. Ruth et lui se chamaillaient dans le froid mordant d'une matinée glaciale de novembre.

Après une heure de recherches infructueuses à suivre sa trace dans un dédale de dépendances à l'abandon, elle l'avait finalement trouvé dans la cour intérieure.

— *Vraiment* ? répliqua Ruth d'un ton cinglant.

Elle croisa les bras en lui jetant un regard noir. Cela faisait deux jours que cette dispute tournait en rond et elle avait perdu les derniers vestiges de sa patience. Elle s'était montrée bien plus que raisonnable et aimable au début, croyant que Mr Clugston serait aussi impatient qu'elle de commencer les travaux, maintenant qu'ils avaient à leur disposition des matériaux et de la main-d'œuvre. La tâche à accomplir concernait la rénovation de l'aile du personnel, et c'était un atout crucial pour rallier les domestiques écossais à sa cause. Elle en avait assez de l'entendre répéter la même phrase encore et encore sans présenter le moindre argument valable. *Je dois attendre le retour du laird*. Eh bien, puisque son mari n'avait pas laissé le moindre indice quant à la date de son retour, ils auraient tout aussi bien pu attendre le jour du jugement dernier ; c'était inacceptable.

Pourquoi Mrs MacLeod et les autres devraient-ils supporter le toit qui fuit et les cheminées bouchées alors qu'ils avaient en leur possession tout ce qu'il fallait pour remédier à ces problèmes ? Elle s'était donc accrochée à Mr Clugston comme une moule à son rocher et avait harcelé le pauvre homme. Pour la première fois, elle venait de percevoir une faille dans son raisonnement et s'apprêtait à achever la bête.

— Et lorsque Mr Anderson reviendra, en imaginant que ce soit dans ce siècle-ci, va-t-il vous dire de ne *pas* réparer l'aile nord du château ?

— Non, admit-il. Mais je suis censé obéir à —

— À Mr Anderson, répondit-elle sèchement en réprimant l'envie de casser quelque chose. Oui, je sais, mais vous savez qu'il veut la rénovation de l'aile nord, tout comme moi, et que si les fuites s'aggravent, les dommages seront considérables. Les quartiers des servants sont dans un état absolument honteux, et je ne peux pas rénover l'intérieur du château avant que le toit, les cheminées et les fenêtres ne soient réparés. Il y a beaucoup de travail. Vous avez les matériaux, les hommes à votre disposition —

— Les hommes sont occupés à —

— Dans ce cas, trouvez-en d'autres ! cria-t-elle en perdant complètement patience.

Mr Clugston se raidit et Ruth prit une profonde inspiration. Elle savait que ce n'était pas la meilleure façon d'obtenir ce qu'elle voulait.

— Pardonnez-moi, Mr Clugston, je sais que vous faites de votre mieux pour accomplir votre travail, mais il est très important pour moi de rendre à Wildsyde toute sa splendeur ; je pensais qu'un homme qui semble aimer l'endroit autant que mon époux me soutiendrait dans une telle entreprise au lieu de se dresser devant moi alors que l'endroit tombe en miettes sous nos yeux.
Mr Anderson n'est pas là, ajouta-t-elle en voyant son expression s'adoucir un petit peu et en espérant avoir visé juste. Mais moi, si, et j'ai besoin de votre aide.

Clugston inspira en serrant les dents avant de marmonner un juron.

— Argh, que le diable m'emporte. Très bien, Mrs Anderson. Le toit sera réparé, les cheminées aussi. Je n'ai pas de verre, mais dès qu'il arrivera, les hommes s'en occuperont.

Ruth poussa un petit cri de joie et, emportée par le bonheur de sa victoire, elle embrassa la joue velue de Mr Clugston. Il rougit jusqu'au bout des oreilles. Elle eut même l'impression que son crâne avait légèrement rosi, mais c'était peut-être simplement le froid.

— Vous êtes un prince, Mr Clugston, et vous venez de gagner une bouteille de whisky. J'ai trouvé une réserve poussiéreuse dans la cave. J'imagine que c'est un bon millésime ?

Les yeux de l'Écossais s'écarquillèrent.

— Argh, non, m'dame, le laird ne sera pas content si vous distribuez son whisky. Il vaut plus que sa propre vie.

— Je doute qu'il vaille plus que la mienne, répondit amèrement Ruth en imaginant son mari quelque part à dépenser sa dot.

Elle espérait que cet argent soit utilisé en matériaux et pas en compagnie féminine et en plaisir luxueux.

— Et mon mari n'est pas là pour objecter, n'est-ce pas ? Venez lorsque vous aurez fini votre travail. Vous pourrez dîner avec moi, et nous ouvrirons la bouteille ensemble pour célébrer cela.

Ruth s'éloigna, incapable de réprimer son sourire ravi. Les travaux à l'intérieur du château avançaient à un rythme effréné. Si les réparations à l'extérieur pouvaient être effectuées avec autant d'efficacité, ce vieil endroit aurait une tout autre allure lorsque son mari daignerait revenir. Elle aimait beaucoup cette idée.

Elle avait consacré ces derniers jours à faire quelques changements dans le bureau. Lorsqu'il était parti, c'était une pièce en mauvais état, à l'atmosphère masculine. Elle ne put s'empêcher de glousser en imaginant à quoi ressemblerait l'endroit à son retour. C'était puéril, elle le savait, mais il l'avait abandonnée, et elle se sentait blessée. C'était une vengeance assez inoffensive, compte tenu des circonstances. Inoffensive, mais limpide.

Cela lui apprendrait à partir sans prévenir.

Oh que oui.

Chapitre 9

27 novembre 1814. Château de Wildsyde, Écosse.

Gordy tira sur les rênes de son cheval. Il contempla son château sous le soleil étincelant de cette journée sans nuage. L'herbe qui s'étendait sous sa monture était recouverte d'une pellicule de givre et le froid était mordant. La matinée était bien avancée, et l'endroit paraissait fourmiller d'activité. Il plissa les yeux en essayant de se protéger du soleil et observa les hommes qui travaillaient sur le toit. Il ne pouvait pas en vouloir à Clugston d'avoir entamé les rénovations. Lorsqu'il lui avait demandé d'attendre son retour avant de commencer, il ne pensait pas s'absenter aussi longtemps. Mais apparemment, la couardise était une excellente source de conseil. Il grimaça, furieux contre lui-même, d'autant plus qu'il sentait son estomac se nouer d'anxiété.

— Êtes-vous un homme ou une souris ? marmonna-t-il alors que son cheval, percevant son anxiété, piaffait sous ses jambes. Murdo renifla l'air puis jappa dans sa direction avant d'éternuer.

— Je n'ai pas peur d'elle, protesta Gordy devant le chien qui semblait le regarder avec dégoût. Minnie et Morag tournoyèrent autour de Murdo, en lui bondissant dessus jusqu'à ce qu'un grognement rauque du chien les fasse s'arrêter. Il regarda ensuite Gordy, comme s'il venait de lui montrer la façon de faire. Gordy se demanda s'il avait complètement perdu la raison ; le foutu chien semblait avoir plus de bon sens que lui.

— Argh, au diable tout cela !

Il lança son cheval au petit galop en direction du château. Tout en s'approchant, il se préparait pour la bataille à venir. Elle serait furieuse contre lui, et il savait très bien qu'elle avait toutes les raisons de l'être. Mais cela ne voulait pas dire qu'il se montrerait plus aimable. Elle avait besoin de comprendre que c'était ainsi que les choses se passeraient, et s'il avait besoin de s'imposer à elle pour y parvenir, il n'hésiterait pas. Cela ne voulait pas dire qu'il comptait lever la main sur elle. Il n'avait jamais frappé plus faible que lui. Son père lui avait insufflé le dégoût de ce genre de brutalité et il n'était pas dans son habitude d'utiliser ses poings pour ce faire comprendre, même s'il n'était pas contre un peu d'intimidation. Oh oui, sa femme allait être surprise si elle s'attendait à lui soutirer des excuses.

Fort de cette résolution, il traversa la cour puis descendit de cheval. Il jeta les rênes à un palefrenier qu'il ne reconnut pas— mais il avait probablement dû l'embaucher à ce poste. Il pressa le pas, impatient d'en finir avec la confrontation. Il arriva devant la porte d'entrée qui s'ouvrit comme par magie. Il resta figé sur le seuil. Il n'en croyait pas ses yeux. Un majordome.

— Bonjour, Mr Anderson, déclara l'homme en lui ouvrant largement la porte.

— Qui diable êytes-vous ? demanda Gordon en lançant un regard noir à l'individu à l'accent affreusement anglais.

— Garrick, monsieur.

Quelque part au fin fond de ses souvenirs, Gordy se souvint l'avoir déjà rencontré. Il n'avait pas prêté beaucoup d'attention à l'homme à l'époque, trop estomaqué par l'étalage de richesses qui dégoulinaient de tous les coins de la maison de sa future femme.

Gordy fronça les sourcils en regardant l'homme, puis il sursauta en remarquant le hall. Il paraissait différent. Les meubles avaient changé, il y avait des tapis, des tissus d'ameublement et des bouquets de fleurs, composés de houx, de branches de conifères et d'une fleur jaune anguleuse dont il ne connaissait pas le nom. Il y avait des tableaux sur les murs. Il avait l'impression de s'être trompé d'endroit. Le lieu paraissait… accueillant.

Au même moment, une porte claqua et Ruth apparut, flanquée d'une femme aux cheveux gris acier à l'air sévère. Cette dernière griffonnait ce que disait Ruth dans un petit carnet avec une expression féroce. Gordy ressentit une vague d'émotion inattendue en regardant sa femme. Elle paraissait plus royale que jamais, vêtue d'une longue robe vert sombre bordée de dentelle et portant… *son* tartan sur les épaules, épinglé avec une broche en argent représentant un chardon. Le souffle coupé, un élan brûlant de possessivité le traversa, ce qui l'irrita au-delà de toute raison. Il s'accrocha à cette colère comme un homme en train de se noyer attrapant tout ce qu'il peut à la surface. Il se prépara pour l'explosion inévitable, prit une inspiration.

C'est alors qu'elle le vit.

— Oh, vous voilà, dit-elle en lui souriant. Bienvenue chez vous. Mon Dieu, vous devez être épuisé. Mrs Crust, faites demander à ce que l'on prépare sur-le-champ un bain chaud pour le laird, je vous prie. Avez-vous faim, très cher ? Quelle question idiote, dit-elle en riant et en secouant la tête. Bien sûr que vous avez faim. Montez donc vous détendre à l'étage. Je vais vous faire apporter un plateau. Mrs Crust, pourriez-vous trouver quelque chose de savoureux pour mon mari ?

— Tout de suite, Mrs Anderson, répondit la femme qui partit aussitôt.

Avant que Gordy ne comprenne ce qui était en train de se passer, Ruth lui avait saisi le bras et l'accompagnait en direction de l'escalier.

— Votre voyage a-t-il été productif, mon amour ? Mais, suis-je bête, bien sûr que oui. Nous avons reçu une procession sans fin de denrées et d'hommes. Vous devez être éreinté. Je promets de ne pas vous harceler de question même si je meurs d'envie que vous me racontiez tout. Reposez-vous, à présent. Votre dîner vous sera amené, puis un bon bain vous attendra. Oh, et vous avez un valet, Jenkins. Vous allez beaucoup l'apprécier. Il a très bon caractère. Bon, j'arrête de vous ennuyer, mon cœur, je vous verrai plus tard.

Elle s'arrêta finalement, reprit son souffle, se mit sur la pointe des pieds et déposa un doux baiser sur sa joue, puis referma la porte de sa chambre devant son nez.

Gordy resta un moment devant la porte, complètement déconcerté. Que diable venait-il de se passer ? Il entendit du bruit derrière lui et fit volte-face, sa main vola instinctivement vers son épée.

Un jeune homme frêle d'environ vingt-cinq ans, à l'uniforme impeccable, rasé de près et présentement blanc comme un linge, se figea de terreur à l'autre bout de la pièce.

— B-Bonjour, monsieur Anderson, bégaya-t-il en fixant avec horreur l'arme accrochée à la ceinture de Gordon.

L'Écossais poussa un grognement et retira sa main de l'épée.

— Jenkins, je présume ? dit-il en lançant un regard noir au jeune homme dont le visage s'éclaira à présent que s'était envolée la menace de sa mort imminente.

— Tout à fait, monsieur, et puis-je vous dire que c'est un honneur de —

— Non, vous n'pouvez pas, rétorqua Gordy, furieux de découvrir un autre scélérat d'anglais dans ses pattes. Si vous voulez êytre à mon service, gardez-vous de l'ouvrir, aye ? Je ne supporterai pas de vous entendre cailleter avant midi.

Le jeune homme le dévisagea, muet et pétrifié de peur, et Gordy comprit qu'il n'avait pas compris un traître mot de ce qu'il venait de dire. Il soupira en priant pour conserver sa patience.

— Ne parlez pas à moins d'y être obligé, articula-t-il.

— Oh, non, monsieur. À vos ordres, monsieur.

Gordy poussa un juron, puis regarda sa chambre et poussa un autre juron.

— Bon sang de…

Chaque meuble étincelait violemment, tous avaient été frottés et lustrés, on avait également retapissé les fauteuils. De nombreux meubles qu'il n'avait jamais vus de sa vie s'y trouvaient, sans compter les tapis épais qui recouvraient le sol, les tapisseries sur les murs, et les tableaux aux encadrements dorés. Il fut soulagé en constatant que le lit était resté le même, même s'il arrivait à peine à l'apercevoir derrière les somptueux rideaux de velours bleu foncé, garnis de glands verts : les couleurs exactes de son tartan. Le lit était recouvert d'une couverture de laine chaude et accueillante portant les mêmes couleurs, posée sur des draps d'un blanc immaculé ; une montagne d'oreiller dans des tons variés de vert et de bleu finissait l'ensemble.

— Que s'est-il passé ici ? demanda Gordy, outré.

Il se retourna vers la cheminée : c'était là qu'était normalement son fauteuil favori. Il avait souffert, le rembourrage passait à travers le tissu usé, et un ressort au beau milieu de l'assise lui rentrait dans les fesses s'il ne prenait pas garde à s'asseoir d'une certaine manière.

— Où est mon fauteuil ? rugit-il en se tournant vers l'infortuné Jenkins en débordant d'une fureur qui était peut-être un peu disproportionnée.

Jenkins pâlit et fit un pas vers la porte.

— Il est-il est ici, monsieur, dit-il en désignant un siège confortable à l'assise parfaitement rembourrée près du feu. M-Mrs Anderson a mentionné un ressort qui —

— Argh !

Gordy prit la première chose qui lui tomba sous la main — une bouteille en verre — et la balança à travers la pièce. Elle s'écrasa contre le mur de pierre avec un bruit satisfaisant. Jenkins partit en courant. Une odeur puissante de… de… *quelque chose* envahit l'atmosphère ; Gordy sentit ses yeux lui bruler.

Qu'elle soit maudite. Elle avait tout gâché.

Il fit les cent pas, serrant la garde de son épée si fort que ses jointures étaient blanches. Il poussa tous les jurons affreux qu'il réussit à invoquer. Quelques instants plus tard, il fit volte-face : quelqu'un venait de frapper à la porte. Sa femme apparut ; à ses côtés se tenait un valet de pied qui n'avait pas l'air rassuré, portant un plateau garni de victuailles.

— Posez-le ici, je vous prie, Robert, déclara Ruth en montrant une table et une chaise près de la fenêtre. Et faites venir quelqu'un pour nettoyer cela avant que mon mari ne se blesse. Mon Dieu, quelle odeur ! J'admets avoir toujours aimé l'eau de Cologne au laurier et j'ai cru que cela vous ferait plaisir, mais en respirer une telle quantité est insoutenable. Mon pauvre chéri, préférez-vous vous retirer dans ma chambre jusqu'à ce que la pièce soit suffisamment aérée ?

Elle adressa à Gordy un sourire éblouissant en lui faisant cette proposition, et il sentit sa colère monter d'un cran.

— Non, gronda-t-il en respirant fort. Je ne veux pas me retirer dans votre chambre, je veux mon *ancieynne* chambre !

— Oh, très cher, soupira Ruth en s'asseyant au bord du lit. Vous n'aimez pas !

— Non, je n'aiyme pas ! tonna-t-il.

Elle hocha la tête d'un air docile et contrit, ce qui le calma légèrement. *Aye, eh bien elle peut avoir l'air désolé, cette horrible mêle-tout.*

— Pardonnez-moi. J'ai vraiment essayé de faire quelque chose qui vous plairait, et j'étais plutôt satisfaite du résultat. Je veux dire, je comptais utiliser un tissu jaune vif pour le baldaquin, c'est une couleur si joyeuse, dit-elle d'un air nostalgique. Mais je me suis dite que vous n'approuveriez peut-être pas, et j'ai cherché la couleur que vous aimeriez le plus, c'est là que j'ai pensé à votre tartan…

Elle s'interrompit en caressant la lourde couverture de laine sur le lit avec un sourire maussade.

— Tant pis. Ce sera le jaune, alors.

Gordy cligna des yeux.

— Si vous recouvrez ce lit de jaune, j'y mets le feu, rétorqua-t-il en serrant les dents et en lui lançant un regard ulcéré.

— Oh, fit-elle en haussant les sourcils. D'accord. Je vais vous laisser choisir, ce sera préférable. Quelle couleur voulez-vous, mon cœur ?

Gordy ouvrit la bouche, puis la referma.

— C'était très bien avant que vous n'veniez tout chambouler ! rétorqua-t-il.

— Très cher, dit-elle avant de se mordre la lèvre. Il y avait plus de trous que de tissu dans ces draps. Je pense que nous les avons mis de côté pour en faire des chiffons, mais s'ils n'ont pas encore été déchirés, je vais les faire apporter, si c'est ce que vous préférez. Désirez-vous également récupérer cette couverture de laine, celles que les chiens ont arrachée ? Je veux dire, si elle a une valeur sentimentale pour vous, je comprends. Lorsque j'étais enfant, j'avais un petit morceau de tissu en coton, bordé de satin et je l'emmenais partout avec moi…

Un tic nerveux s'empara de la mâchoire de Gordy.

— Très bien, gronda-t-il.

Il savait reconnaître une bataille perdue d'avance.

— Qu'avez-vous dit, mon chéri ? Voulez-vous que j'aille chercher la couverture ?

— Non ! beugla-t-il en allant jusqu'à la fenêtre et en contemplant le paysage glacé qui s'étendait devant lui.

Un silence tendu s'installa.

— Gordy.

Il se figea. Elle avait parlé d'une voix douce et calme, avec une nuance qui se situait entre l'amusement et la tristesse.

— Gordy, je suis désolée. Je ne vous taquinerai plus. Je ne peux pas m'empêcher de penser que vous le méritez, mais… eh bien, j'ai vraiment cru que vous aimeriez la chambre. Vous m'avez dit que je pouvais faire ce que je voulais avec l'intérieur du château, mais je n'ai pas fait ces changements pour vous ennuyer, je vous le jure. Si vous voulez quelque chose de différent, je veillerai à ce que cela soit fait, je vous le promets. À présent, venez et mangez, mon amour, avant que cela ne refroidisse. Je serais dans ma chambre, si vous voulez continuer à me sermonner après votre repas.

Il ne se retourna pas et continua obstinément à regarder par la fenêtre, jusqu'à entendre le cliquetis de la porte indiquant qu'elle était partie. Il se retourna et regarda la pièce avec un œil neuf en remarquant le soin qui avait été apporté à la décoration. En observant les lieux attentivement, il s'aperçut que ses affaires étaient encore là, mais soigneusement disposées au lieu d'être abandonnées ici et là en piles instables. C'était encore une pièce très masculine, il n'y avait pas de fanfreluches ni de fioritures qui lui auraient donné la nausée. C'était une chambre accueillante et confortable, exactement ce qu'il aurait aimé avoir s'il avait eu le moindre talent pour la décoration. Elle avait fait cela pour lui. Il s'était comporté en parfait salaud en l'abandonnant pendant des semaines sans un mot ni le moindre message à peine quelques heures après avoir pris sa virginité, et voilà comment elle réagissait. Qu'elle aille au diable. Il passa une main lasse sur son visage en sentant les poils drus de sa barbe racler sa paume.

Des coups retentirent à nouveau à sa porte et Robert réapparut en lui jetant un coup d'œil inquiet depuis le seuil.

— Mrs Anderson a demandé à ce que l'on —

— Aye, faites, grommela-t-il.

Il était prêt à tout pour se débarrasser de l'odeur cette eau de Cologne aux plantes.

Robert nettoya les dégâts avec efficacité et se retira avec un soulagement évident. Gordy rapprocha le plateau de la fenêtre et souleva le couvercle. L'arôme qui se dégageait de la sauce lui mit l'eau à la bouche. Légèrement apaisé, il retira son épée, la jeta sur le lit, et s'installa devant l'assiette copieuse.

Une heure plus tard, après un bain et un rasage effectué par Jenkins — et sa façon inquiétante de tenir le rasoir d'une main tremblante — Gordy se sentait un peu plus civilisé, et un peu honteux de son emportement. Mais il n'appréciait pas de voir son château envahi par les domestiques. Tous des sassenachs, qui plus est. Il était évident qu'il devait avoir une discussion avec sa femme sur ce qui était acceptable et ce qui ne l'était pas.

Il décida de se montrer magnanime et de lui pardonner pour ce qu'elle avait fait de sa chambre — il préférerait mourir que de s'excuser, donc elle pouvait s'estimer heureuse — mais il était grand temps de la mettre au courant de ce qu'elle avait le droit de faire. Il pénétra dans sa chambre après des coups sommaires frappés contre le battant, et se figea.

Elle portait à nouveau cette chemise de nuit indécente.

Les mots lui échappèrent, lui glissant entre les doigts comme des cochons graissés.

— Il est deux heures de l'après-midi, réussit-il à dire utilisant toute sa volonté pour détacher les yeux de la courbe de ses seins magnifiques, et en essayant encore plus fort de ne pas se souvenir de la sensation d'avoir les mains posées sur eux.

Elle lui lança un sourire repentant.

— Je sais, mais vous êtes resté absent si longtemps, Gordy. Vous m'avez manqué.

Elle avait prononcé cette phrase avec une voix grave et ardente et il sentit le désir monter violemment dans son entre-jambes.

Gordy ramassa ce qui lui restait de cerveau en cherchant la raison pour laquelle il était si déterminé à vouloir avoir une discussion avec elle. Pourquoi était-il furieux ? Son regard se posa à l'endroit où ses tétons caressaient le tissu fin de la chemise de nuit et ses pensées se firent moins précises, l'eau lui monta à la bouche et son membre tressaillit. Les domestiques. Les domestiques, que ses yeux aillent au diable. *Concentrez-vous mon vieux.*

— Mon château est bourré d'Anglais. J'ai l'impression d'être envahi.

Il avait dit ça sur un ton mécontent, mais bon sang, il était vraiment difficile de se concentrer quand son corps lui hurlait de profiter de ce qu'on lui offrait.

— Mais ils travaillent *pour vous*, dit-elle avec un doux sourire avant de hausser les épaules. De plus, j'aurais eu de la chance d'être nourrie, sans parler d'accomplir la moindre tâche, si j'avais laissé Mrs MacLeod et les autres continuer leur manège.

Elle se détourna de lui et suivit du doigt le contour des fleurs brodées sur la chaise à côté d'elle.

— Elles ne désirent pas plus ma présence ici que vous.

Gordy sentit sa poitrine se serrer en entendant cela. Il n'y avait aucun reproche dans ce qu'elle avait dit, juste une pointe de mélancolie, ce qui était beaucoup plus dévastateur.

— J'ai essayé de les rallier à ma cause, admit-elle avec un sourire triste. Mais j'avais oublié à quel point c'était difficile. Encore plus difficile lorsque l'on est seul, sans famille et sans ami à qui se plaindre. J'aurais pu faire mieux.

Elle fronça les sourcils, comme si elle se réprimandait intérieurement.

— Je me suis montrée trop distraite.

Gordy la regarda se détourner de lui, et réfléchit à ce qu'elle avait dû ressentir en se réveillant et en découvrant qu'il était parti, en se retrouvant seule et loin de tous ceux qu'elle connaissait et qu'elle aimait. Il l'avait humiliée devant son personnel, et pourquoi — pour lui faire comprendre quelque chose ? Ce n'était pas elle, qui devait avoir honte, il le savait très bien.

Les mots lui brûlaient la langue, mais il ne parvenait pas à les prononcer. Il se contenta de l'observer, notant la rigidité de ses épaules et se demandant à quel point cela avait dû lui coûter de ne pas pester contre lui et se contenter de le taquiner. Et elle n'avait même pas fait cela très longtemps, avant d'accepter de mettre sa fierté de côté et d'essayer à nouveau de lui plaire.

Maudite soit-elle, ce n'était pas ce qu'il voulait. Ne pouvait-elle pas se rendre compte du genre d'homme qu'il était ? Il ne se soumettrait pas à sa volonté, il ne plierait pas. Il en était incapable. Elle avait fait le mauvais choix, femme entêtée qu'elle était. Elle aurait dû écouter ses amies, elle aurait surtout dû écouter Bonnie. Bonnie le connaissait et savait à quoi Ruth se condamnait.

Il réalisa trop tard qu'il s'était contenté de la regarder d'un air mauvais en silence. Les épaules de la jeune femme s'affaissèrent, et lorsqu'elle reprit la parole, sa voix était lasse.

— Je vais m'habiller et vous rejoindre en bas, si c'est ce que vous voulez.

— Pourquoi pensez-vous que c'est ce que je veux ? demanda-t-il, confus.

Elle poussa un petit rire délicat et moqueur.

— Eh bien, il est évident qu'il n'y a rien ici qui vous donne envie de rester.

Le ton doux et presque mélancolique qu'elle employa faillit lui briser le cœur, et même s'il savait qu'il était dans son intérêt qu'elle croit cela, il ne pouvait pas se montrer aussi insensible.

— Argh, idiote. Vous ne pouvez quand mêyme pas croire cela ? Après —

— Après m'être réveillée seule dans ce lit, il y a de cela plus de trois semaines ?

C'était la première lueur de reproche qu'elle lui adressait, et il savait qu'il méritait bien pire.

— Aye, mais vous devez savoir que ce n'était pas parce que… parce que je ne vous veux pas dans mon lit.

Elle se tourna vers lui avec une expression indéchiffrable.

— Non, seulement parce que vous ne voulez pas de moi dans votre vie ni dans votre château.

Gordy soupira.

— Bon sang, vous saviez dans quoi vous mettez les pieds, non ?

Elle hocha la tête.

— Oui, mais je vous désirais tellement que rien d'autre n'avait d'importance.

Seigneur tout-puissant. Ces mots déclenchèrent un brasier sous la peau de Gordon. Il franchit la distance le séparait de Ruth, la fit se retourner et l'attira dans ses bras.

Chapitre 10

~~Cher Papa,~~

~~Chère Matilda~~

~~Chère~~

Que vais-je donc leur dire ? Quelle folie s'est emparée de mon être ? J'ai l'impression qu'il y a deux personnes complètement différentes en moi.

Peut-être suis-je en train de perdre la raison…

— Extrait d'une lettre de Mrs Ruth Anderson, jamais terminée.

27 novembre 1814. Château de Wildsyde Castle, Écosse.

Ruth cessa de respirer lorsque son mari l'entoura de ses bras et l'attira contre lui. Il posa sa bouche sur la sienne avant qu'elle ne puisse reprendre son équilibre. Elle s'accrocha à sa chemise alors que le monde vacillait autour d'elle. Elle sentit une vague de soulagement l'envahir : ce baiser chassait ces dernières semaines de tristesse plus efficacement que n'importe quel mot d'excuse ou n'importe quelle explication. Elle en avait appris suffisamment au sujet de Gordy pour savoir qu'il n'était pas sa nature de dire des mots doux — en connaissait-il seulement ? Mais ses lèvres étaient douces et malgré le sentiment d'impatience qui émanait de ce baiser, il était tendre ; ses grandes mains chaudes lui caressaient doucement le dos, la faisant frissonner.

Ruth mit ses bras autour du cou de Gordon et se rapprocha de lui, brûlante de désir. Elle n'était pas assez proche de lui à son goût ; elle leva une jambe et l'enroula autour des hanches de son mari. Un son entre rire et grognement s'échappa des lèvres de l'homme. Il descendit les mains sur les fesses de Ruth et la souleva sans difficulté. C'était une des choses qu'elle trouvait formidables. Lorsqu'elle se trouvait en compagnie d'hommes en général, elle se trouvait toujours trop grande, trop imposante ; ce n'était pas le cas avec Gordon, si grand et si fort. Lorsqu'elle avait imaginé les moments d'intimité avec les hommes qui avaient tenté de la séduire — attirés par sa fortune, bien sûr —, elle s'était sentie un peu honteuse : elle était plus grande et probablement plus lourde qu'eux. Avec Gordy, elle se sentait parfaitement à l'aise dans sa peau, presque fragile en comparaison.

Ses deux jambes s'enroulèrent autour des hanches de Gordon et elle sentit son membre en érection plaqué contre son sexe. Il gémit et la pressa plus fort contre lui.

— Ah, femme, j'ai rêvé de ceci toutes les nuits depuis mon départ.

— Vraiment ? demanda-t-elle en osant à peine croire ses paroles.

Il recula légèrement et la contempla. Elle pouvait apercevoir des éclats couleur ambre et bronze dans ses yeux noirs de désir.

— Aye, et ceci malgré moi et après avoir bu une quantité d'alcool suffisante pour assommer dix hommes.

Ruth sentit ses lèvres s'étirer en un sourire et il ricana.

— Oh, n'ayez pas l'air si satisfaiyte de vous-même, la prévint-il. À présent, vous allez payer pour m'avoir tourmenté de la sorte, *mo leannan*.

Malgré le regard noir de l'Écossais, le sourire de Ruth s'élargit et elle soupira de bonheur en déposant des baisers sur le visage de son époux.

— Oh, oui, Gordy, répondit-elle en enfonçant sa main dans ses cheveux et en les tirant légèrement. Faites-moi payer.

Son mari poussa un juron. N'ayant absolument rien compris, elle en déduisit que cela devait être du gaélique ; néanmoins l'intonation était limpide ; ces réflexions s'envolèrent dès qu'il la jeta sur le lit. Il l'attrapa et la tira vers lui en écartant les lourds pans de son kilt. Avant qu'elle n'ait eu le temps de s'y préparer, il la pénétra et Ruth vit les étoiles. Elle jeta la tête en arrière en poussant un cri rauque et s'agrippa aux bras puissants qui serraient sa taille. L'énorme lit tremblait alors qu'il s'enfonçait en elle en poussant des grognements sauvages qui rendaient Ruth encore plus ivre de désir.

Gordy tira sur la chemise de nuit pour libérer sa poitrine. Une de ses larges mains pétrit et caressa un sein, puis il baissa la tête et suça son téton. Elle enfonça les mains dans ses cheveux une fois de plus et s'y accrocha fermement, en l'immobilisant jusqu'à ce qu'il lui devienne insupportable de ne pas pouvoir l'embrasser ; elle guida alors la bouche de son mari jusqu'à la sienne.

— *Neach-gaoil, mo leannan, mo chridhe.*

Ruth entendit à peine les mots étrangers ; il les avait soufflés contre sa bouche, contre sa peau, mais avec ardeur et tendresse et cela lui suffisait.

— Oh, Ruth, oh, Seigneur…

Là, c'était clair. Ses mouvements se firent plus violents, plus rapides. Elle éclata de rire, incapable de réfréner sa joie, puis lâcha sa chemise pour lui caresser les omoplates. Elle avait besoin de poser les mains sur lui, c'était comme une drogue, et elle poussa un soupir de plaisir en faisant glisser ses paumes le long de son dos puissant. Elle sentait chaque tendon et chaque muscle ; c'était si délicieux qu'elle aurait voulu ne jamais arrêter.

— Gordy ! cria-t-elle alors que son corps se raidissait à la poursuite de ce pinacle enchanteur, presque à portée de main. Je vous en prie, je vous en prie…, le supplia-t-elle.

Sa demande était incohérente, mais il comprit tout de suite.

Il tendit la main, la caressa, et tout devint blanc derrière ses paupières. Ruth ferma les yeux en s'agrippant à lui, impuissante, emportée par l'orgasme qui secouait son corps. Elle gémit, tremblante, s'agrippant à lui comme si elle craignait de le lâcher.

— Ruth…, prononça-t-il d'une voix étouffée.

Le corps puissant auquel elle s'accrochait se mit à frémir encore et encore alors qu'il jouissait en elle.

Pendant un moment, il n'y eut plus que le bruit de leur respiration, brute et irrégulière après ces ébats passionnés. Gordy prit une profonde inspiration puis expira lentement. Le flux d'air frais caressa la peau bouillante de la jeune femme, la faisant frissonner. Il se leva et elle poussa une petite exclamation déçue.

Inquiète, elle le regarda s'éloigner. Il se nettoya puis versa un peu d'eau fraîche dans un récipient pour elle et lui apporta un linge humide.

— Merci, dit-elle, les joues brûlantes en réajustant sa chemise de nuit.

Il se retourna pour lui laisser de l'intimité. Quand elle eut fini sa toilette, il était en train de regarder par la fenêtre. La distance qui s'était évanouie entre eux lorsqu'ils avaient fait l'amour ressemblait tout à coup à un canyon infranchissable.

— Je n'peux pas vous offrir ce que vous attendez de moi.

Les mots ne furent pas prononcés méchamment, mais ils n'étaient pas tendres non plus. Cela ne la surprit pas.

— Peux pas ou veux pas ? demanda-t-elle en notant la tension de ses épaules.

— Cela a-t-il de l'importance ?

— Je crois que oui.

Il grogna et secoua la tête.

— Les deux.

— Puis-je au moins entendre la raison ?

Elle avait demandé ça d'un ton calme et rationnel, mais son cœur tambourinait. Comment pouvait-il lui faire l'amour avec une telle passion avant de la rejeter aussi facilement ?

— Vous êytes une femme intelligente, dit-il en continuant de regarder par la fenêtre. Plus intelligente que moi, je n'en doute pas, mais je n'suis pas idiot au point de vous laisser me dominer.

— Vous dominer ? demanda Ruth en fronçant les sourcils, confuse. Pourquoi diable voudrais-je une telle chose ? Je ne supporte pas les hommes qui ne savent pas s'imposer. C'est à moitié pour cette raison que je suis attirée par vous, gros bêta.

Il ricana en secouant la tête.

— Aye, c'est ce que vous dites, vous pouvez mêyme le croire sincèrement, mais aucune femme ne se contente de cela. Vous voudrez me changer, tout changer. Bon sang, regardez autour de vous. L'endroit est méconnaissable, et je suis à peiyne parti un mois. Qu'allez-vous faiyre de moi, hein ? Quels sont vos projets ? Comptez-vous m'enseigner à utiliser correctement les différentes fourchettes et à m'apprendre les bonnes manièyres pour que je n' puisse pas vous faire honte devant vos amis ? Je ne le ferai pas. Ni pour vous ni pour qui que ce soit, c'est bien compris ?

Il avait haussé le ton, sa colère était palpable.

Ruth humidifia ses lèvres, secouée par cet éclat, par ce qu'il venait de révéler, cette vulnérabilité surprenante qui se cachait derrière la rage et qui lui faisait mal au cœur. Elle comprit trop tard qu'elle avait peut-être fait trop de changements sans son accord. Oui, elle était en colère contre lui, en colère envers sa façon de la traiter et son mutisme, en colère d'avoir été utilisée puis abandonnée, mais peut-être que ce désir de vengeance avait été quelque peu puéril.

— J'ai fait beaucoup de modifications, admit-elle en grimaçant au souvenir de ce qu'elle avait fait de son bureau. Vous ne les aimerez pas tous, je le sais, mais vous n'étiez pas là pour que je puisse vous demander votre avis, et… et j'étais en colère contre vous de m'avoir laissée ainsi. Mais j'ai honnêtement cru que vous aimeriez *une grande partie* de ces changements.

Il grogna et s'adossa contre le mur. La tête tournée vers la fenêtre, il paraissait regarder le paysage sans le voir.

— Je ne veux pas changer qui vous êtes, Gordy, et je ne veux pas non plus changer l'âme de ce château. Je le trouve magnifique, et… si j'en fais trop, cela risque de tuer l'esprit du lieu et de toutes ces choses que je commence déjà à aimer. J'essaie de me contenter de réparer les dommages causés par le temps et la négligence, de… d'en faire un foyer accueillant pour vous, pour nous.

Il grogna d'un air irrité et poussa contre le mur pour s'en éloigner.

— Je n'veux pas que vous transformiez l'endroit en un foyer pour nous, gronda-t-il avec une frustration évidente. Cela n'a pas été clair pour vous ? Décorez comme cela vous chante, je vous en ai donné l'autorisation ; pour ma part, seul l'argent m'intéressait, femme, vous le saviez très bien. Nous avions un accord, qu'il soit ou non énoncé à voix haute. Je savais que vous me désiriez, et vous pourrez profiter de moi jusqu'à ce que vous tombiez enceinte.

Ruth le regarda. Il arborait une expression froide et déterminée. Elle n'arrivait pas à reconnaître l'homme qu'elle avait étreint quelques instants auparavant. L'homme qui avait murmuré des mots qu'elle ne comprenait pas, mais qui lui étaient allés droit au cœur, qui lui, les avait reconnus.

— Et ensuite ? Quand je serai enceinte ?

Elle connaissait déjà la réponse à cette question, mais elle avait choisi de l'ignorer jusque-là.

— Ensuite, vous retournerez en Angleterre pour accoucher. Si c'est une fille, vous pouvez l'élever. Si c'est un garçon, il viendra passer les étés ici jusqu'à ses douze ans ; puis il restera pour de bon.

— Je vois.

Ruth tâchait de contrôler sa respiration ; elle sentit sa gorge se serrer et ses yeux brûler.

— Mais j'imagine que moi, je ne reviendrai pas ?

Gordy haussa les épaules.

— Il me faut deux fils. Quand vous vous sentirez assez forte, vous pourrez revenir pour concevoir le second.

— Bien sûr, fit-elle en hochant la tête comme si cela était parfaitement normal. Un descendant et un remplaçant, fit-elle sans pouvoir réprimer son amertume.

— Aye, dit-il sur un ton semblable.

Ruth ne comprit pas les raisons de sa contrariété. C'était ce qu'il voulait, non ?

— Et si je n'ai que les filles ? C'est courant chez les Stone, savez-vous.

Il lui jeta un coup d'œil avant de détourner à nouveau le regard.

— Je n'vous punirai pas pour cela, si c'est votre question ; je n'essaierai pas encore et encore jusqu'à ce que vous mouriez d'épuisement. Si nous n'avons ni la volonté ni la santé nécessaiyre pour continuer, vous pouvez vous refuser à moi, je n'vous en blâmerai pas. Dieu sait que l'arrêt de ma lignée ne sera pas une grande peyrte.

— Comme vous êtes attentionné !

Malgré tous ses efforts, sa voix trembla et Gordy ferma les yeux.

— Je suis désolé, Ruth, si vous aviez des aspirations différentes. Vous auriez dû écouter vos amies.

— Se marier à la hâte, se repentir à loisir, dit-elle d'un ton sarcastique.

Elle ne put retenir ses larmes et l'une d'entre elles roula, traçant un sillon brûlant sur sa joue.

— Argh, ne… ne pleurez pas.

Dans d'autres circonstances, l'expression horrifiée de Gordon aurait pu être cocasse. Mais là, cela la rendit furieuse.

— Je ne pleure pas, rétorqua-t-elle d'un ton sec en essuyant violemment la larme qui fut promptement suivie d'une seconde.

— Ruth, dit-il d'un ton angoissé.

Ce fut la goutte de trop.

— Dehors !

Elle attrapa une brosse au manche argenté sur la table de nuit et la jeta sans enthousiasme.

Il rit légèrement de la trajectoire complètement ratée de l'objet qui percuta le baldaquin avant de tomber sur le sol.

— Argh, femme, gloussa-t-il — ce qui ajouta à l'humiliation de Ruth : comment pouvait-il sourire alors qu'il était en train de lui briser le cœur ? Il va falloir viser un peu mieux que cel —

— Dehors, dehors, *dehors* ! hurla-t-elle.

Il se raidit et lui lança un regard noir.

— Très bien, rétorqua-t-il en se dirigeant vers la porte, ce qui eut le don d'énerver davantage la jeune femme.

— *Lâche* !

Ce mot résonna de concert avec l'explosion du lourd pichet de porcelaine, qui, heureusement, était vide.

La porte était déjà fermée, mais le cœur de Ruth était en miettes, et elle avait l'impression que le reste du monde était dans le même état. Le pichet s'était fracassé contre la porte en chêne. Il y avait des éclats partout, des morceaux aiguisés glissaient sur le parquet poli et arrêtaient leur course en butant contre les pompons du tapis.

Ruth contempla, choquée, les dégâts qu'elle avait faits. Elle avait le cœur lourd. Subitement, elle eut l'impression de ne plus pouvoir respirer à fond et recula jusqu'à se retrouver adossée contre la pierre froide du mur. Un sanglot puisé au fin fond de son être s'échappa de sa bouche. Il fut suivi par un second, puis un troisième et enfin, elle se mit à pleurer pour de bon, son chagrin ponctué de lourds gémissements de profond malheur qu'elle ne put ni étouffer ni retenir. Elle glissa le long du mur, mit sa tête contre ses genoux et laissa s'exprimer la tristesse qu'elle ressentait de voir ses rêves réduits à néant.

Gordy referma la porte. Il ne savait pas quoi faire. Quelque chose s'écrasa violemment contre le bois avec fracas et il sursauta. Une fois attisé, le caractère de sa femme égalait le sien. Que le ciel lui vienne en aide si jamais elle apprenait un jour à se servir d'un pistolet. Il se promit de ne jamais lui apprendre.

Il attendit, haletant, dans le silence assourdissant. C'était nécessaire, se dit-il. Il fallait se montrer cruel, c'était pour son bien. Il valait mieux une vive douleur aujourd'hui qu'une lente agonie demain. C'est alors qu'il l'entendit pleurer. La douleur de ses lamentations lui déchira le cœur, et il eut toutes les peines du monde à ne pas ouvrir la porte et courir à elle. Il pourrait la prendre dans ses bras en la suppliant de le pardonner, lui jurer qu'il ne la blesserait plus jamais, qu'il la rendrait heureuse… et peut-être le ferait-il, pour un temps.

Déterminé, il se détourna de la porte et se dirigea vers l'escalier. Chaque marche qu'il descendit était un acte délibéré pour s'éloigner de sa femme. Il s'obligea à se souvenir de sa mère, partie sans même un regard en arrière, lui laissant pour seule compagnie la fureur et le dégoût de son père. Il se souvint de ses sœurs, pleurant comme si elles avaient le cœur brisé lorsqu'elles étaient parties à leur tour, deux ans plus tard, en dépit de leur promesse de ne jamais le laisser seul avec leur père de plus en plus violent. Elles avaient sangloté avec autant de tristesse que Ruth et juré de rentrer dès qu'elles le pourraient : une fois mariées, elles reviendraient le chercher pour le sauver du cauchemar auquel elles savaient pertinemment qu'elles le condamnaient.

Oh, aye, elles étaient revenues. Huit ans plus tard, pour les funérailles de leur père. Elles ressemblaient à leur mère, belles dames élégamment vêtues, accompagnées de leurs maris raffinés. C'était des étrangères pour lui, et elles le regardèrent comme s'il était un animal sauvage. Elles furent choquées de ses manières barbares et de sa façon de parler. Elles avaient fui à la première occasion. Il avait alors seize ans. Désormais laird de Wildsyde, il n'avait pas un sou en poche, car son père, en guise d'ultime revanche envers ce bâtard qui allait hériter de son domaine, avait dépensé toute la fortune. L'homme l'avait peut-être reconnu comme son fils, mais seulement à contrecœur, pour épargner sa fierté et faire valoir le droit de primogéniture.

Il avait conscience de l'ironie de la situation à présent qu'il était héritier du comte de Morven. Le comte avait perdu deux fils et trois autres héritiers potentiels. Il ne restait plus que Gordy. En dehors de lui, seuls ses parents et le comte connaissaient la vérité : Morven était son vrai père. Chose que Gordy n'aurait jamais sue si son père ne lui avait pas révélé lui-même la trahison de sa femme avec son cousin en accompagnant la tirade haineuse d'un coup de poing si puissant qu'il avait été projeté à travers la pièce ; ses oreilles avaient sifflé durant plusieurs jours.

En vérité, il avait été soulagé d'apprendre qu'il existait une raison au mépris du vieil homme. Il pouvait comprendre la colère et le dégoût de son père. Ce qu'il n'arrivait pas à comprendre, c'était le comportement de sa mère. Comment avait-elle pu lui faire une chose pareille ? Comment avait-elle pu faire de lui l'objet de la haine de son père, pour ensuite l'abandonner ? Car c'était ce qu'elle avait fait. Elle avait supporté la demeure familiale deux années après cette terrible révélation, en détestant chaque jour un peu plus ce fils qui préférait son père biologique et leur rappelait cette honte. Ce foyer, autrefois synonyme de bonheur et de sécurité, était peu à peu devenu un lieu où flottait le malaise et le danger.

Sa mère était partie sans lui dire au revoir. Il s'était réveillé tôt, dérangé par le vacarme des roues du carrosse sous sa fenêtre. Il l'avait vue monter à l'intérieur et compris qu'elle s'en allait. Il avait sept ans. Elle n'avait pas jeté un regard en arrière.

Il se rappelait vaguement d'un temps où sa famille l'aimait. Des éclats de rire lointains, des scènes où ses sœurs le gâtaient, où son père le regardait avec fierté lui revinrent en mémoire. Il se souvenait également de sa mère, une très belle femme aux cheveux ébène, qui sentait le parfum de luxe et dont les jupes bruissaient. Il avait été aimé, adoré par ses parents et ses sœurs. Puis son père avait appris la vérité. Il avait le souvenir confus d'une sensation de terreur, de ses parents qui hurlaient, des cris effrayés et des larmes de sa mère implorant le pardon de son père. Il referma les portes de ces souvenirs qui ne lui apportaient que douleur et regrets. Voilà ce qui arrivait, lorsqu'on laissait une femme entrer dans sa vie. Elle finissait par vous trahir d'une façon ou d'une autre. Peut-être n'était-ce pas volontaire, peut-être leurs larmes étaient-elles sincères au moment où elles coulaient, peut-être leur chagrin était-il réel. Cela ne changeait rien. Les femmes étaient aussi capricieuses que les saisons. Leur amour donnait l'impression de se tenir dans un rayon de soleil, mais lorsqu'elles vous en privaient, il ne vous restait rien d'autre qu'un paysage d'hiver désolé. Il ne subirait pas à nouveau cela. Jamais.

Il sentit l'émotion envahir sa poitrine et tâcha de la refouler. C'était à cause d'elle, songea-t-il avec énervement. Elle avait fait remonter ces vieilles souffrances. Il se portait très bien avant qu'elle ne débarque avec ses espoirs et ses attentes. Plus vite elle serait partie, mieux cela serait.

Une fois dans le hall, il se dirigea vers son bureau, son sanctuaire, bien décidé à se saouler jusqu'à faire disparaître cette douleur dans sa poitrine, jusqu'à faire disparaître l'écho du chagrin déchirant de sa femme qui résonnait dans son cœur.

Il traversa rapidement le hall, ouvrit violemment la porte et faillit reculer sous le choc.

— *Seigneur tout-puissant* !

Il resta figé de stupeur pendant quelques secondes. D'un côté, cela permit à son cerveau de se vider complètement tant le choc était violent.

Tout était rose.

Non, pas juste rose : rose *fushia*. C'était une nuance violente et aveuglante d'une couleur qu'il avait toujours considérée comme féminine ; et c'était en effet affreusement féminin. Il avait sous les yeux la revanche d'une femme qui faisait une rivale digne de ce nom. Gordy ferma la porte et s'y adossa en contemplant l'endroit atroce qui était auparavant sa pièce favorite.

L'odieuse créature avait récupéré tous les trophées de chasse du château. Les yeux vitreux et sans vie des cerfs, des sangliers et des chevreuils le fixaient de façon lugubre de tous les coins de la pièce. Ils étaient des dizaines, joue contre joue. Il y avait même un chat sauvage, la gueule figée dans un feulement éternel. Mais ce n'était pas cela, le pire. Chaque bois, chaque défense et chaque cou était décoré avec un épais ruban de satin. *Rose*. C'était ignoble.

Partout où il posait les yeux, une monstruosité couverte de rubans le regardait, accrochée contre le mur d'un rose à vomir. Le dessus de cheminée, où était autrefois disposée une simple horloge dans un boîtier noir, soutenait à présent une pièce d'horlogerie d'un bronze doré incroyablement vulgaire — probablement un cadeau de mariage de son père. Elle avait l'air de valoir une petite fortune, et elle était tellement hideuse qu'elle méritait d'être condamnée à la fonte pour atteinte au bon goût.

Gordy serra les dents pour retenir le son qui grondait au fond de sa gorge. Les poings contractés, il prit une profonde inspiration et essaya de le réprimer, mais en vain. Il tenta alors de l'étouffer avec sa main : peine perdue. Un fou rire incontrôlable s'empara de lui, il était incapable de savoir s'il voulait rosser Ruth tellement fort qu'elle ne pourrait plus s'asseoir pendant une semaine, ou l'embrasser au-delà de la raison. Peut-être les deux.

Son rire s'éteint lorsqu'il se souvint du désespoir de sa femme : il ne pourrait faire ni l'un ni l'autre.

Chapitre 11

Chère tante Ethel,

Pour répondre à votre question, j'ai l'impression de me battre pour une cause perdue, mais je suis une Stone, et nous savons mieux que personne supporter les coups durs sans baisser les bras.

— Extrait d'une lettre de Mrs Ruth Anderson à Mrs Ethel Stephens.

27 novembre 1814. Château de Wildsyde, Écosse.

Il n'était pas dans la nature de Ruth de s'apitoyer sur son sort. Une heure après le départ de Gordy, elle était lavée, habillée et avait nettoyé les dégâts. Des coups frappés doucement à la porte la firent inspirer vivement ; son cœur bondit, et elle se morigéna. Ce n'était pas Gordy. Elle prit un moment pour défroisser ses jupons et vérifier son reflet pour s'assurer qu'elle n'avait pas l'air d'avoir pleuré, avant de permettre à son visiteur d'entrer.

À sa grande surprise, Sheenagh pénétra dans la pièce en portant un plateau sur lequel était disposé du thé, du pain et du beurre.

— Vous n'avez rien mangé depuis le petit déjeuner, déclara la jeune femme sur un ton légèrement méfiant. Je n'veux pas que vous m'accusiez de vous affamer.

En dépit de tout ce qu'il s'était passé, Ruth sourit légèrement.

— Merci, Sheenagh, c'est très aimable de votre part.

Sheenagh se racla la gorge et s'affaira dans la pièce, déplaçant inutilement des objets.

— Je pense que nous allons commencer à vider les chambres de la tour sud demain, déclara Ruth en tâchant de se concentrer sur le travail qui restait à faire.

Elle aimait bien trier les meubles, garder les meilleurs éléments et choisir ceux dont il fallait se séparer. Elle aimait même se salir les mains en époussetant et en polissant. Elle avait l'impression d'accomplir quelque chose, même s'il s'agissait de tâches insignifiantes.

— Je pensais mettre une couleur peut-être un peu plus féminine, c'est un lieu tellement lumineux. Des tons pastel. Qu'en pensez-vous ?

Après un instant d'hésitation, Sheenagh répondit :

—Aye. J'ai moi-mêyme toujours aimé le jaune.

— Oui, je suis d'accord, ce serait un bon choix. Il faudra regarder les échantillons de tissus pour trouver ce qui conviendra le mieux. Oh, dit-elle en arrêtant de se servir le thé — elle venait de se souvenir de quelque chose. J'ai un cadeau pour vous. Sur la commode.

Sheenagh se retourna et regarda la boîte à chapeau luxueuse en fronçant les sourcils.

— Pour moi ?

Ruth hocha la tête.

— Je l'avais acheté pour moi, mais il ne me va pas du tout. Je n'ai tout simplement pas le physique qu'il faut. C'est fait pour être porté par une jolie fille avec un doux visage, dit-elle avec un petit sourire. Et cette description ne me correspond pas vraiment.

Les sourcils de Sheenagh se froncèrent et elle s'approcha de la boîte comme si cette dernière contenait une bête sauvage. Ruth l'observa attentivement. La jeune femme souleva le couvercle et un air stupéfait se peignit sur son visage tandis qu'elle retirait le papier de soie bruissant qui protégeait la capote de paille. Elle était décorée d'un ruban vert et de fausses cerises rouges. Ruth réprima un soupir triste qui sembla faire écho à l'exclamation que poussa Sheenagh.

— Mon Dieu, dit-elle en regardant le couvre-chef d'un air émerveillé. Je n'ai jamais rien vu d'aussi élégant.

— Cela me fait vraiment plaisir que vous l'aimiez.

Ruth sourit, puis retourna à son plateau de thé.

— Pourquoi ? fit Sheenagh d'un ton froid et dur, légèrement en colère. Vous pensez pouvoir me soudoyer ?

La théière cliqueta lorsque Ruth la reposa d'une main quelque peu tremblante.

— Non, Sheenagh, dit-elle sans pouvoir dissimuler son ton défaitiste. Quel est l'intérêt ? Je ne peux pas vous forcer à faire quoi que ce soit si vous ne le souhaitez pas. Je pourrais menacer de vous renvoyer, mais mon mari vous trouvera sans doute une autre tâche et je n'ai pas le cœur à me battre. Pas maintenant. Vous avez tous été très clairs. Je ne suis pas la bienvenue. Je n'aime pas le gâchis, voilà tout, et ce chapeau prend la poussière dans mon armoire. J'ai pensé que vous aimeriez l'avoir. Si c'est le cas, prenez-le. Sinon, donnez le à quelqu'un d'autre. Brûlez-le, si cela vous chante.

Sa tirade fut suivie d'un long silence et Ruth s'obligea à rester concentrée sur sa tasse, ajoutant du lait et du sucre.

Elle entendit le froissement du papier, et, un instant plus tard, le soulèvement du loquet. Sheenagh s'arrêta sur le seuil.

— Ma chambre est bien plus agréable depuis… depuis qu' vous avez fait réparer les vitres et la cheminée. J'ai fait un feu la nuit dernièyre et la pièce n'a pas été enfumée. Et la nouvelle couverture a rendu mon lit bien douillet.

Ruth, trop bouleversée pour répondre, lutta pour ne pas laisser couler les larmes.

— … Je vais dire à Mr Garrick d'envoyer des hommes vider la tour sud pour les travaux de demain, m'dame.

Le loquet se souleva de nouveau puis retomba. Ruth tourna la tête. Elle était seule, la boîte à chapeau était partie.

Elle laissa échapper un long soupir en se demandant si elle les avait finalement ralliés à sa cause. Elle ne pensait pas avoir gagné la confiance totale de Sheenagh, mais c'était la première lueur d'espoir qu'elle apercevait. Une petite voix lui chuchota qu'elle aurait peut-être gagné cette guerre si elle était restée. Mais cette victoire lui resterait à jamais inaccessible : dès qu'elle serait enceinte, Gordy la renverrait en Angleterre. Ses doigts se refermèrent sur l'anse délicate de sa tasse puis, par peur de la casser, elle décida de la nicher entre ses paumes. La chaleur se diffusa sur sa peau, mais ne la réchauffa pas ; elle avait froid, à l'extérieur comme à l'intérieur.

Bien sûr, elle pouvait se refuser à Gordy, mais cela ne mènerait à rien. Si elle n'acceptait pas de lui faire un enfant, il la renverrait sur-le-champ. Elle pouvait également lui cacher sa grossesse — du moins, au début. Ruth se mordit la lèvre en réfléchissant. Sheenagh serait la seule à remarquer qu'elle n'avait plus ses menstruations. Si elle réussissait à gagner son amitié dans l'intervalle, la jeune femme garderait peut-être son secret. Sinon, elle pouvait toujours la payer pour qu'elle se taise. À en juger par la virilité de Gordon, tout le monde s'attendrait à ce qu'il la mette enceinte rapidement, mais ces choses-là prenaient parfois des mois, voire des années.

Bien sûr, il était possible qu'elle soit déjà enceinte. La jeune femme soupira. Bon, même si c'était le cas, cela lui laissait trois mois avant que Gordy ne soit certain qu'elle portait son enfant. Une femme déterminée pouvait accomplir beaucoup de choses en trois mois, n'est-ce pas ?

Mais il ne veut pas de vous.

Ruth ravala la boule de chagrin logée dans sa gorge. Peut-être, mais au moins il la désirait, c'était évident. De plus, il semblait avoir des notions ridicules à propos des attentes de Ruth. Qu'avait-il dit ?

Qu'allez-vous faiyre de moi, hein ? Quels sont vos projets ? Comptez-vous m'enseigner à utiliser correctement les différentes fourchettes et à m'apprendre les bonnes manièyres pour que je n' puisse pas vous faire honte devant vos amis ? Je n'le ferai pas.

Il était sur la défensive, chaque mot qu'il avait prononcé partait du principe qu'elle aurait honte de lui. Ruth fronça les sourcils.

Je n'suis pas idiot au point de vous laisser me dominer.

Elle contempla sa tasse de thé en retournant les mots dans sa tête. Il semblait croire qu'elle voulait un mari qui lui obéisse au doigt et à l'œil. L'idée qu'elle y parvienne lui parut si ridicule qu'elle ricana. Peut-être appréciait-il les moments dans son lit, plus qu'il ne le voulait, mais qu'elle réussisse à atteindre son cœur, qu'elle puisse attendre de lui qu'il désire sa présence était grotesque. Pourtant, c'était apparemment cela dont il avait peur : qu'elle possède la plus infime emprise sur lui.

— C'est absurde, murmura-t-elle secouant la tête, avant de se figer.

S'il n'y avait aucune chance que cela se produise, il n'aurait pas peur. S'il n'éprouvait rien envers elle, et qu'il ne risquait pas de s'émouvoir de sa présence, pourquoi ferait-il tant d'efforts pour la chasser ?

Elle s'accrocha à cet espoir. Mais pourquoi ? Pourquoi cela l'effrayait-il à ce point ? Si seulement elle le connaissait un peu mieux. Elle soupira, frustrée. Il y avait peu de chances que l'homme lui livre le moindre détail de sa vie. Il était probable qu'il disparaisse à nouveau, supposa-t-elle, mais s'il voulait se débarrasser rapidement d'elle, il lui faudrait accomplir son devoir conjugal de façon plus régulière.

Déprimée par l'idée que ce n'était qu'un devoir à ses yeux, Ruth décida qu'elle avait besoin de prendre l'air. Une petite promenade dans le froid avant la tombée de la nuit pourrait lui remonter un peu le moral. Elle s'emmitoufla rapidement dans des vêtements chauds et partit.

L'air était mordant, les quelques degrés qu'avaient pu donner les rayons de soleil s'étaient depuis longtemps évanouis. L'après-midi touchait à sa fin et la lumière du jour commençait déjà à décliner, le soleil descendait à l'horizon.

Ruth avait presque parcouru le périmètre du château lorsqu'une voix l'interpella. Elle se retourna et vit Mr Clugston se hâter dans sa direction, et attendit qu'il la rejoigne.

— Mrs Anderson, dit-il en lui faisant signe. Je vous ai cherchée. Je voulais vous dire que le reste des vitres était arrivé aujourd'hui. Si le temps se maintient, nous devrions finir les travaux de l'aiyle nord dans dix jours, à mon avis. Elle n'était pas en si mauvais état, une fois les tuiles enlevées. Il s'agissait surtout d'enlever toute la mousse et de remettre correctement les tuiles qui se déchaussaient. Nous nous attaquerons ensuite à l'aiyle ouest, comme vous l'avez suggéré, mais je voulais vous parler des vieilles caves.

Il s'arrêta, décontenancé par le sourire crispé que Ruth lui adressa.

— Je suis heureuse d'apprendre que les dégâts étaient moins importants que prévu, Mr Clugston, mais vous feriez mieux de vous adresser à mon mari désormais, si vous avez des questions. Cela fait quelques heures qu'il est revenu. Il semblerait que mon séjour ici soit de courte durée, donc… donc pour les plans à long terme…

Ruth fut affreusement gênée d'entendre sa voix se mettre à trembler et elle se détourna de l'homme avant qu'ils ne soient tous les deux embarrassés. Elle prit une profonde inspiration et ordonna aux larmes brûlantes de ne pas couler.

— Vous nous quittez déjà ?

Son ton légèrement accusateur fit s'envoler son chagrin ; vexée, elle répondit d'un ton légèrement irrité :

— Ce n'est pas là ma décision, je vous l'assure, mais une femme n'a pas son mot à dire lorsque son mari donne des ordres. S'il dit que je dois partir, croyez-vous que je puisse m'y opposer ?

La colère et l'amertume de Ruth étaient évidentes ; Mr Clugston resta silencieux — sans doute la maudissait-il —, puis se racla la gorge.

— Je suis désolé d'entendre cela.

Les larmes menacèrent à nouveau de couler devant cette réponse sincère. Elle déclara avec un petit rire triste :

— Si c'est vraiment le cas, vous êtes bien le seul.

— Je n'en serais pas si certaiyne à votre place.

Quelque chose dans sa voix la fit se retourner et examiner l'homme malgré ses émotions instables.

— Ah ? répondit-elle avec un air étonné.

Il afficha un sourire étonnamment chaleureux.

— Je dois admettre que lorsque vous êytes arrivé, avec vos belles robes, vos valises, si… — il fit un geste de la main de haut en bas pour la désigner —… si *anglaise*, dit-t-il avec un ton légèrement condescendant, je m'suis dit que vous étiez sûrement une créature idiote et gâtée qui ne se soucierait que de bals, de beau monde et… Dieu seul sait quoi d'autre.

Ruth lui lança un regard noir, outrée. Il frotta son crâne chauve d'un air penaud.

— Ben, tout le monde s'est dit ça. Pas seulement moi. Mais vous ne ressemblez pas à l'idée qu'on se faisait d'une héritière anglaise.

— Mr Clugston, répondit Ruth avec dignité sur un ton de reproche. Je déteste les fêtes, et, exception faite de mes amis, le beau monde peut aller se pendre.

— Aye, répondit-il en riant avant de lui adresser un sourire désolé. Eh bien, il n'm'a pas fallu longtemps pour réaliser mon erreur, mais je crois que cela n'fait que quelques jours que les autres l'ont compris aussi. Vous avez travaillé dur à nos côtés, et avez fait preuve de beaucoup de bon sens durant cette courte période. Prendre le temps et la peiyne de réparer les quartiers des domestiques en priorité était la meilleure des décisions. Ils en sont venus à apprécier votre présence, je vous le dis. Ils auraient été bien bêtes de n'pas le faire.

Ruth haussa les épaules.

— L'aile nord était la plus endommagée, et je ne pense pas que les employés puissent travailler correctement en dormant dans de telles conditions. Pas étonnant qu'ils se soient montrés si grincheux.

Clugston ricana.

— Je pense qu'il faudra bien plus qu'un toit réparé pour coller un sourire sur le visage de Mrs MacLeod, mais l'espoir fait vivre, aye ?

Malgré son moral au plus bas, Ruth sourit.

— En effet, Mr Clugston.

Ils marchèrent en silence pendant quelque temps, on entendait seulement le crissement de l'herbe gelée sous leurs pas.

— Quand devez-vous partir ?

— Je… je ne suis pas sûre, répondit Ruth un peu mal à l'aise.

Visiblement, elle n'avait pas besoin de fournir d'explications.

— Ah, répondit Mr Clugston dont l'expression s'assombrit. C'est un héritier qu'il veut, aye ?

— Aye, répondit Ruth en imitant à la fois son accent et son air amer. Il a mon argent, une fois que cette part du marché aura été accomplie, j'aurai rempli mon rôle.

— Argh, n'dites pas ça ma fille.

À sa grande surprise, Mr Clugston posa la main sur son bras en l'immobilisant. La manière informelle dont il s'était adressé à elle l'avait presque autant choquée que ce geste amical.

— Pourquoi ? demanda-t-elle en tâchant de contrôler sa respiration alors qu'elle n'avait qu'une seule envie : s'effondrer sur le sol gelé et sangloter. Pourquoi ne pas le dire ? C'est la vérité, n'est-ce pas ? Il se moque pas mal de moi. Il ne sert à rien de prétendre le contraire.

— Ce n'est pas nous qui prétendons.

Ruth cligna des yeux en faisant tout son possible pour rester calme et contempla l'homme qui devenait de plus en plus flou.

— Que voulez-vous dire ?

Mr Clugston prit une inspiration et regarda autour d'eux, comme s'il eût craint que quelqu'un ne les écoute. Il poussa un juron, des nuages de condensation s'échappèrent de sa bouche dans l'air glacé.

— Suivez-moi, dit-il en la prenant par le bras.

— Où allons-nous ?

— Je vais vous révéler la vérité, Mrs Anderson, ainsi vous comprendrez peut-être contre quoi vous vous battez.

Ruth tint sa langue malgré les nombreuses questions qui se bousculaient en elle et cherchaient désespérément à sortir de sa bouche. Mr Clugston allait lui donner des éclaircissements sur le comportement de son mari ; pas question de prendre des risques, il ne fallait pas le faire changer d'avis. Elle marcha donc rapidement dans son sillage. Il la ramena dans le château, alluma une lanterne en chemin avant de la guider dans un dédale de pièces dédiées au stockage dont certaines encore complètement inconnues de Ruth.

Au fin fond de ce labyrinthe souterrain, dans un coin, se trouvait une lourde porte en chêne. Il poussa de toutes ses forces pour l'ouvrir et elle émit un grincement de protestation.

— Venez, dit-il en maintenant la lanterne en hauteur et en prenant la main de Ruth qui s'avança dans le petit cercle de lumière. Je crois qu'il est grand temps que vous rencontriez la famille du laird.

— Sa famille ? répéta-t-elle en regardant les formes sombres présentes dans la pièce faiblement éclairée.

Elles étaient recouvertes d'un tissu grossier qui les préservait de la poussière.

— Ben oui, sa famille ! Avez-vous cru qu'il avait spontanément jailli des profondeurs enflammées ?

Ruth leva les yeux au ciel.

— Seigneur, non. J'ai simplement pensé que ses parents étaient morts, il n'a jamais mentionné de frères et sœurs, mais cela ne m'étonne guère. Il ne parle jamais sans que je ne l'y force.

— Eh bien, nous y voilà.

Mr Clugston attrapa un coin de tissu et tira pour le faire tomber. Ruth toussa et s'étrangla en respirant le nuage de poussière qui s'éleva. Le peu de souffle qui lui restait resta bloqué dans sa gorge lorsqu'il leva la lampe et éclaira la peinture devant elle.

— Oh, fit-elle en contemplant le portrait de famille.

C'était un beau tableau, peint avec une telle habileté qu'elle comprit que la ressemblance avec les sujets réels était excellente. Il y avait la mère de son mari, svelte et élégante. Elle avait les cheveux noirs, les yeux verts et le genre d'assurance que toutes les belles femmes semblent posséder sans effort. Deux jolies petites filles se tenaient à ses côtés, version miniature de leur maman, promettant d'être très belles en grandissant. La plus vieille avait peut-être douze ans, sa sœur semblait plus jeune d'un an. Derrière eux se tenait un homme imposant à la chevelure châtain foncé et aux yeux marrons. Il tenait la main d'un petit garçon qui ne devait pas avoir plus de deux ans. L'homme arborait une expression de fierté farouche.

— Gordy, dit-elle en tendant la main pour toucher l'image de son mari plus jeune.

Le cœur de Ruth se serra. Leur propre fils ressemblerait-il à cela ? Le petit garçon était adorable.

— C'était une famille heureuse. Cela se voit, n'est-ce pas ?

Ruth hocha la tête puis fronça les sourcils en se tournant vers Mr Clugston. Avant qu'elle ne puisse demander quoi que ce soit, il prit la parole.

— Pourquoi ce charmant tableau a-t-il été condamné à l'obscurité ? demanda-t-il comme s'il lisait dans son esprit. Parce que c'est là que votre mari l'a descendu à la mort de son père. C'est la raison pour laquelle je vous ai amenée ici. Personne d'autre ne le sait. L'affaiyre a été étouffée ; aucun membre du personnel travaillant aujourd'hui ici n'était présent lorsque l'ancien laird était en vie, mais moi, je connais l'histoire. Je ne sais pas si votre mari s'en rend compte, mais je n'suis pas aveugle, j'ai servi cette famille depuis ma plus tendre enfance.

— Racontez-moi, l'implora Ruth qui souhaitait désespérément comprendre ce qui était arrivé à l'heureuse famille de ce portrait.

Quelle était donc cette chose qui avait forcé son mari à enfiler ce masque d'homme insensible et solitaire ?

— L'ancien laird était un homme possessif qui aimait sa femme au-delà de la raison, commença Clugston en hochant la tête vers la belle femme du tableau. Ils étaient heureux, comme vous pouvez le voir, mais elle n'était pas satisfaiyte de sa vie à

Wildsyde. Elle voulait être entourée de monde, être admirée, danser et prendre du bon temps. Le père de Gordy n'était pas très sociable, pour le dire gentiment, mais, pour faire plaisir à sa femme, ils partaient tous les ans rendre visite à son cousin, le comte de Morven. Le comte n'était pas connu pour sa générosité, mais, une fois par an, il donnait un grand bal pour les proches et la famille, et les Anderson n'ont jamais manqué à l'appel. Les festivités duraient plus d'une semaine et c'était le moment préféré de l'année de madame.

— Que s'est-il passé ?

Mr Clugston ricana.

— Je n'en suis pas tout à fait certain. Je sais seulement ceci : Gordy avait cinq ans lorsqu'un homme est venu au château. La fille du bonhomme était enceinte et il a accusé monsieur d'être le père du marmot. Tous les villageois du coin savaient que le laird avait les yeux baladeurs et un goût pour les jeunes femmes innocentes. Lorsqu'il nia catégoriquement les faits — mêyme si je ne doute pas de la véracité des accusations — l'homme a balancé ses quatre vérités au laird. Je ne sais pas comment il le savait, mais il lui a dit que Gordy n'était pas son fils.

— Oh, non.

Ruth retint son souffle ; son instinct lui disait que le pire restait à venir.

— Les yeux de Gordy, cette couleur fauve, ce n'est pas inhabituel dans la famille, donc son père n'avait pas fait le lien jusqu'à ce que l'homme lui révèle l'identité du vrai père : le comte de Morven. Si vous pouviez voir un tableau du comte à trente ans, vous seriez incapable de le nier. C'est pourquoi Morven n'a jamais levé le petit doigt pour Gordon. Héritier ou non, il ne voulait pas que le petit soit à ses côtés pour éviter que les gens — et en particulier sa femme — ne s'aperçoivent de quelque chose. Il était préférable de le garder enterré ici, à Wildsyde.

Il se tourna vers le tableau en jetant un regard noir à la femme du portrait.

— Au début, elle a essayé de nier, mais elle finit par avouer. Elle l'a supplié de lui pardonner, mais un homme comme le laird ne pouvait pas supporter d'avoir été trompé. Et certainement pas avec l'homme le plus puissant de la famille. Mais la malédiction fut double, car il était trop fier pour laisser qui que ce soit apprendre la vérité. Il ne pouvait pas nier êytre le père Gordy, mais en privé… en privé, il lui montrait clairement ce qu'il ressentait.

— Mais, commença Ruth d'une voix étranglée en commençant à comprendre les conséquences de cette histoire, il ne pouvait pas blâmer Gordy ? Il n'était qu'un enfant, il n'était pas responsable de cela !

Mr Clugston ricana.

— Personne ne vous a prévenue, Mrs Anderson ? La vie est injuste. Le vieux laird n'a jamais su pardonner sa femme et il en est venu à détester Gordy. Puis ce fut au tour de la mère de haïr l'enfant, elle ne pouvait plus supporter de poser les yeux sur lui, car il lui rappelait ce qu'elle avait fait, il était à ses yeux la cause de son malheur. Le château est devenu témoin de leurs disputes, le vieux laird s'étant mis à la boisson et à jouer des poings. Elle a tenu bon deux années, puis s'est enfuie.

— Où ? demanda Ruth qui manqua de s'étrangler en imaginant à quoi la vie avait bien pu ressembler pour Gordy.

— Paris. Et elle s'en est très bien sortie. Elle est devenue la maîtresse d'un noble français. Elle était la coqueluche de la ville et elle réussit à obtenir tout ce qu'elle désirait. Deux ans plus tard, elle a envoyé chercher ses filles qui l'ont rejointe là-bas. Pour rendre justice au bonhomme, son amant a fait de son mieux pour ses enfants : les deux petites ont fait d'excellents mariages.

— Mais Gordy, protesta-t-elle sans pouvoir retenir les larmes qui roulaient le long de ses joues. Il s'est retrouvé tout seul ici.

— Aye, répondit Mr Clugston avec une expression sombre. Tout seul, avec pour seule compagnie un homme qui le détestait.

Ruth porta la main à sa bouche, comme si elle pouvait obliger son chagrin à demeurer enfoui en elle.

— Ses sœurs lui avaient dit qu'elles reviendraient le chercher une fois mariées, mais je pense que l'excitation de la jeunesse, des fêtes et les délices de Paris étaient suffisamment enivrants pour leur faire oublier leur petit frère. Quelles que soient leurs raisons, elles ne revinrent qu'à la mort du laird, mais les dommages étaient faits. Elles étaient mariées, élégantes ladies au bras de leurs époux raffinés, et Gordy était un jeune homme maladroit de seize ans, plein de colère et de fierté. Ses sœurs furent choquées par sa façon de parler, mais à quoi pouvaient-elles bien s'attendre ? Ce garçon avait été laissé à l'abandon une grande partie de son enfance, et quand le vieil homme réussissait à l'attraper, il lui mettait des raclées… quoi qu'il en soit, Gordy s'est montré détestable avec ses sœurs. Elles se sont dépêchées de partir.

Il regarda à nouveau la peinture, cette représentation idyllique d'une famille heureuse, d'amour et de sécurité. Ruth remarqua que ses yeux brillaient.

— J'ai fait tout c'que j'ai pu pour le petit. Surtout quand son père était encore en vie, dit Mr Clugston en fronçant les sourcils, d'une voix bouleversée par l'émotion. Mais je n'étais moi-mêyme qu'un jeune homme et je ne pouvais pas être avec lui à chaque instant.

Ce qu'il passa sous silence était évident, la vie affreuse de ce petit garçon à Wildsyde, abandonné en compagnie d'un père violent qui le haïssait.

— Il n'vous fait pas confiance, Mrs Anderson, il n'fait confiance à aucune femme, mais peut-être que s'il trouvait une compagne qui reste à ses côtés malgré ses tentatives pour la faire fuir…

Il haussa les épaules, se pencha, ramassa le tissu et recouvrit à nouveau le portrait.

— C'est beaucoup demander, je le sais, dit-il avec une expression dure. Il n'va pas essayer de vous rendre heureuse, et n'vous attendez pas à ce qu'il vous remercie de votre ténacité.

— Je n'ai pas besoin de ses remerciements, rétorqua Ruth en levant le menton. Je ne partirai pas. S'il veut que je parte, il devra me ramasser et me porter lui-même.

Mr Clugston ricana.

— Vous pensez qu'il ne le fera pas ?

— Je ne me fais pas d'illusions, répondit Ruth d'un ton sec. Mais je crois que je le comprends beaucoup mieux maintenant. Je pensais que le problème venait de moi, mais je réalise qu'il n'a aucune raison de faire confiance à qui que ce soit.

Mr Clugston hocha la tête et la raccompagna hors de la pièce qu'il ferma derrière lui.

— Merci, déclara Ruth lorsqu'il se tourna vers elle.

Il haussa les épaules en affichant un sourire triste.

— Je n'suis pas sûr de vous avoir fait un cadeau, Mrs Anderson, car je vois bien que vous avez bon cœur. Mais j'ai pensé que vous deviez connaîytre la vérité. C'est un homme bon, le genre d'homme qui dépense son dernier sou pour un autre qui en a davantage besoin, mais c'est aussi un homme dur. Il a fallu qu'il le devienne pour survivre.

Ruth hocha la tête et posa la main sur son bras.

— Je comprends cela à présent, et je vous remercie de tout cœur, pas seulement de m'avoir révélé la vérité, mais pour tout ce que vous avez fait pour lui, pour être resté à ses côtés, et… et pour avoir gardé ses secrets.

Mr Clugston la contempla. Sa pomme d'Adam fit un mouvement de haut en bas, puis il hocha brièvement la tête en lui tapotant la main, avant de la ramener à l'extérieur.

<h1 style="text-align:center">Chapitre 12</h1>

Chère Matilda,

Je n'arrive pas croire que décembre soit presque arrivé. J'ai commencé à préparer le planning des activités et j'ai hâte de décorer le château pour Noël. Je suis à nouveau pleine d'espoir, car le lieu commence à être agréable à vivre. Je suis apparemment capable de miracles : j'ai fait quelques progrès avec les employés bornés de mon mari ! Je crois qu'un nouveau poêle de cuisine en fonte Rumford pourrait même adoucir le cœur noir de Mrs MacLeod ; nous verrons bien.

— Extrait d'une lettre de Mrs Ruth Anderson à Miss Matilda Hunt.

6 décembre 1814. South Audley Street, Londres.

Matilda contemplait sa tasse de thé tout en massant légèrement ses tempes.

— Je crois savoir ce que vous ressentez.

Matilda leva la tête alors que Jemima Fernside entrait dans le petit salon. C'était une jolie fille, mais elle était trop mince et beaucoup trop pâle ; ce matin, c'était encore pire, car elles s'étaient couchées très tard — ou très tôt, puisqu'il était plus de quatre heures du matin lorsqu'elles étaient rentrées.

— Mais cela en valait la peine, ajouta la jeune femme en souriant à Matilda. Quelle fête merveilleuse !

— Oui, et Bonnie rayonnait de bonheur, répondit Matilda en soupirant de plaisir et en tendant la main vers une tranche de pain grillé.

L'avantage, lorsqu'on n'était pas considéré comme quelqu'un de fréquentable, c'était que personne n'était surpris de vous voir faire des choses choquantes, comme boire du champagne. L'inconvénient, c'était le réveil… Elle tartina son pain de beurre en dépit des cris de protestation de son estomac, et y planta résolument les dents.

— Bonnie avait l'air aussi fière que le chat qui a gobé le canari, gloussa Jemima.

Matilda ne pouvait pas le nier.

Le comte de Saint-Clair avait donné un bal grandiose pour célébrer le mariage de Bonnie et de son frère et pour montrer à toute la haute société que sa mère et lui étaient tous deux transportés de joie par cette union. Depuis qu'elle était arrivée d'Écosse, Bonnie et son comportement scandaleux n'avaient fait que provoquer les murmures désapprobateurs, c'est pourquoi les vieilles mégères, si friandes de médisances et de ragots, attendaient de pied ferme de voir le comte et sa mère renier la jeune femme. Dommage pour elles.

Après des débuts fragiles, Bonnie et sa nouvelle belle-mère étaient devenues très complices ; il faudrait se méfier de ces deux-là qui projetaient plus de tours et de taquineries que Bonnie n'aurait pu en accomplir seule. Matilda comprenait maintenant d'où venaient le charme et l'espièglerie des fils de la comtesse douairière.

— Bonté divine, quel festin !

Matilda sourit alors que Jemima faisait signe au valet de pied de remplir son assiette d'œuf, de saucisses, de bacon et de tomates rissolées. Même si elle avait la nausée rien qu'en y pensant, Matilda supporta l'odeur : elle était bien déterminée à nourrir Jemima pendant son séjour ici. Même si, pour le moment, son amie n'avait accepté de rester qu'une semaine, Matilda comptait la persuader d'étendre son séjour.

Matilda mastiqua longuement son pain grillé, puis, une tasse de thé niché entre les mains, elle regarda avec satisfaction Jemima reprendre des œufs.

— Eh bien, déclara la jeune femme en éloignant une mèche de cheveux blonds de ses yeux. Quelle gloutonne je fais ! Je vais éclater.

— Cela vous a fait du bien, observa Matilda en la regardant avec un air approbateur. Vos joues ont repris un peu de couleur, et cela me fait plaisir. Vous êtes bien trop pâle, je suis certaine que vous ne vous nourrissez pas assez.

Matilda renvoya les valets d'un mot discret, puis attrapa la main de Jemima par-dessus la table.

— À présent, dit-elle en affichant l'expression qu'elle utilisait lorsqu'elle comptait soutirer la vérité à ses amies. Dites-moi ce qu'il se passe.

Les joues de Jemima se colorèrent davantage, mais la jeune femme garda la tête haute sans réussir à cacher l'éclat de fierté dans ses yeux gris foncé.

— Ce qu'il se passe ? répéta-t-elle avec un rire absolument pas convaincant. Pourquoi, Tilda, de quoi m'accusez-vous ? Croyez-vous que je sois au centre d'un quelconque scandale affreux ? Je vous assure que ce n'est pas le cas.

— Ne vous mettez pas dans cet état, je n'insinue rien du tout. Ce que je crois…

Elle s'interrompit. Elle avait conscience que, de toutes les Demoiselles Surprenantes, Jemima était celle qui s'était le plus éloignée des autres. Pas besoin d'être très futée pour comprendre qu'elle avait des problèmes d'argent, mais comment l'aider ? La fierté de Jemima était si féroce qu'elle n'accepterait jamais la charité.

— Je crois que vous avez… quelques problèmes, d'une nature ou d'une autre.

Elle espérait que cette déclaration vague donnerait envie à son amie de lui donner des précisions sans se sentir offensée. Elle vit les épaules de la jeune femme se raidir et sa bouche se serrer. Elle fixa Matilda qui patienta en retenant son souffle. Avait-elle fait une bourde et dépassé les limites ? Son envie d'aider les autres frôlait parfois l'indiscrétion et elle avait peur de devenir une vieille femme fourrant son nez dans les histoires des autres. Jemima soupira, une lueur triste dans le regard.

— Je comprends pourquoi les autres vous appellent mère poule, dit-elle en secouant la tête.

— Une mère poule qui se mêle des histoires des autres, acquiesça Matilda en haussant les épaules. Je ne peux pas plus nier cela que m'empêcher de le faire.

— Eh bien, je sais que cela part d'un bon sentiment. Si vous voulez savoir la vérité, ma tante est morte il y a de cela quelques mois.

— Oh, Jemima, dit Matilda en se penchant une nouvelle fois vers elle et en serrant la main de son amie avec force. Oh, ma chérie, pourquoi ne l'avez-vous pas dit ? Mais —

Elle s'arrêta juste à temps, mais son regard avait déjà dérivé en direction la robe jaune de la jeune femme. Elle était délavée et démodée, mais surtout, elle n'était pas noire.

— Elle m'a défendu de porter du noir, déclara Jemima en relevant une fois encore son menton. Ce n'était ni mon idée ni mon souhait, mais elle… elle avait l'idée folle que ma vie serait plus gaie si je portais des couleurs en son honneur, au lieu de…

Sa voix se brisa et Matilda se leva. Elle étreignit son amie qui essayait de ne pas s'effondrer.

— Pardonnez-moi, dit Jemima en tirant un mouchoir de sa manche et en essuyant ses yeux avec des gestes brefs et efficaces.

— Il n'y a rien à pardonner. Oh, Jem, je suis tellement désolée. Je sais à quel point vous étiez proches, mais…

Une fois encore, Matilda hésita. Elle savait qu'elle devait se montrer prudente. Mais cela lui faisait mal au cœur de savoir qu'une de ses amies était dans le besoin. Grâce à la générosité — et au sentiment de culpabilité — de son frère, elle était très riche. Si Jemima ne considérait pas cela comme de la charité, elle aurait volontiers partagé cet argent avec son amie.

— Oh, allons, Matilda, déclara Jemima d'une voix tremblante, mi-triste mi-amusée. Ne soyez pas timide, vous êtes arrivée jusque-là dans la conversation.

Matilda éclata de rire et se rassit. Elle rapprocha sa chaise de celle de son amie.

— Oh, je suis une effroyable mêle-tout, Jem, personne ne peut dire le contraire. Vous m'avez un jour confié que votre tante s'occupait de vous, donc maintenant…

— Cela… n'a pas été facile, répondit Jemima avec un sourire.

Elle détourna les yeux et contempla les restes d'un morceau de pain qu'elle entreprit de déchiqueter tout en parlant.

— Il s'est avéré que ma tante gardait une petite somme de côté pour moi. Il faut juste que je tienne jusqu'à ce que toutes les questions juridiques ennuyeuses soient réglées. La semaine prochaine, tout… tout s'arrangera. Donc vous n'avez plus besoin de vous inquiéter.

— Ah, répondit Matilda.

Quelque chose dans sa réponse la mit mal à l'aise, mais elle ne parvint pas à mettre le doigt sur ce que c'était. Elle poursuivit :

— Je suis soulagée d'entendre cela. Continuerez-vous à vivre dans cette charmante petite maison ?

— Oh, n-non, répondit Jemima en fronçant ses délicats sourcils blonds. J'ai décidé que la ville n'était pas faite pour moi. Je vais acheter une maison à la campagne. Un charmant petit cottage, avec des roses devant la porte, dit-elle avec un rire pétillant qui ne rassura absolument pas Matilda.

— À la campagne ? répondit-elle, étonnée. Mais vous passerez la saison ici, n'est-ce pas ? Vous êtes jeune et belle, et si vous avez un peu d'argent de côté…

— Oh, je n'ai pas l'intention de me marier, Tilda, très chère, répondit Jemima en souriant avec un peu trop d'enthousiasme. Pourquoi le devrais-je ? J'ai une belle petite somme d'argent et j'aurai ma propre maison ; nul besoin de m'encombrer d'un mari, n'est-ce pas ?

Matilda l'observa, déstabilisée. Elle savait qu'une femme n'avait pas besoin d'un homme pour être heureuse. En réalité, certaines femmes seraient bien plus heureuses sans les affreux compagnons qui partageaient leur vie, et l'existence que Jemima décrivait avait un certain charme. C'était une vie que Matilda pourrait vivre elle aussi. Mais quelque chose n'allait pas : l'attitude de Jemima et son sourire gigantesque mettait l'instinct maternel de Matilda en alerte.

— Eh bien, je suis soulagée de savoir que tout s'arrange à la perfection pour vous, déclara Matilda en essayant de réprimer sa panique. Mais j'espère que vous resterez aussi longtemps qu'il vous plaira. Je suis si heureuse de votre compagnie !

— Bien sûr ! s'exclama Jemima avec un sourire à présent sincère et chaleureux. Mais je dois vous prévenir que ce n'est pas sans arrière-pensées. Une somme m'a été avancée en attendant que… que les affaires de ma tante soient réglées, et, comme vous pouvez le voir, j'ai désespérément besoin d'une nouvelle garde-robe. Pourriez-vous m'aider, Tilda, très chère ? Vous avez beaucoup de goût.

— Oh ! fit Matilda en éclatant de rire. Rien ne me ferait plus plaisir.

Minerva poussa un soupir heureux en contemplant l'invitation qu'elle avait tant voulue. Cela ne se produirait pas avant plusieurs semaines, mais elle avait du mal à résister à l'envie de pousser un cri d'excitation. Elle tempéra ce désir en pressant le papier contre ses lèvres. Elle ne faisait pas partie du genre de personnes invitées aux *conversazione* scientifiques que Joseph Banks organisait chez lui à Soho Square, mais elle avait pourtant réussi à obtenir une invitation — pour deux — par un procédé qui aurait pu être appelé chantage.

C'était un peu frustrant, mais elle ne pouvait pas faire comme si ce n'était pas le cas. Mr Inigo de Beauvoir avait été tellement déstabilisé par l'idée qu'elle tente de pénétrer à l'une de ses conférences à la Somerset House — en provoquant sans doute un scandale — qu'il avait simplement choisi le moindre de deux maux. Bien entendu, il avait été très clair à ce sujet, soulignant lourdement à l'encre noire le fait qu'il n'y avait dans son invitation rien de romantique.

Minerva sourit légèrement en imaginant l'irritation qu'il avait dû ressentir en écrivant cette note laconique la prévenant qu'une invitation suivrait. Le pauvre homme ne savait plus quoi faire avec elle. D'après ses observations, il arrivait à peine à se souvenir de manger, il avait besoin que quelqu'un s'occupe de lui et quelque chose dans la personnalité d'Inigo éveillait en Minerva un instinct maternel. Elle ne savait vraiment pas pourquoi. Il n'était pas vraiment beau : très grand, mais plutôt maigre, avec un profil d'oiseau de proie et des cheveux noirs trop longs et indisciplinés. Il ressemblait plus à un corbeau exaspéré qu'au genre de héros qui lui faisait pousser des soupirs dans les romances qu'elle lisait. Mais quelque chose en lui l'attirait irrésistiblement.

Elle ne savait pas si c'était dû à l'intelligence qui brillait si férocement dans son regard ou à autre chose. Lorsque Mr de Beauvoir portait son attention sur vous, c'était comme d'être transpercée par un tisonnier brûlant. Même si cela n'était pas entièrement déplaisant — en tout cas, de l'avis de Minerva — c'était déstabilisant.

— Eh bien, très cher, il est de mon devoir de vous écrire une lettre de remerciements pour cette charmante invitation, murmura-t-elle en s'installant au petit bureau de sa chambre. Elle attrapa une feuille et se mit au travail.

Cher Mr de Beauvoir,

Je vous remercie vivement pour cette invitation à votre conférence. Je suis enchantée. Puis-je oser vous en demander le thème ? J'aimerais apprendre quelques bases sur le sujet afin de mieux comprendre vos recherches. Je serai sans aucun doute perdue assez rapidement, mais j'aimerais ne pas avoir l'air complètement stupide. Si vous aviez également quelques ouvrages à me suggérer, je vous serais éternellement reconnaissante.

Je dois avouer que j'ai poussé un soupir de découragement en lisant qu'il n'y avait rien de romantique dans cette invitation, mais je ne doute pas qu'un homme tel que vous réfléchisse à des choses plus importantes qu'un simple baiser volé. Après tout, j'ai bien volé ce baiser, n'est-ce pas ? Je ne peux pas prétendre le contraire. Je suis une voleuse, et je suis tombée si bas dans cette vie de crime que la rédemption me sera à jamais interdite. Vous feriez donc mieux de rester sur vos gardes et de garder vos biens sous clé. Il y aura une scélérate en liberté à Soho Square, et elle compte voler une chose bien plus importante qu'un baiser : votre cœur.

Avec toute mon admiration,

Miss Minerva Butler.

Chapitre 13

Miss Butler,

~~Je suis choqué et consterné…~~

~~Comment osez-vous…~~

~~Bon sang, à quoi jouez-vous…~~

~~Cherchez-vous à provoquer votre disgrâce ?~~

Oh, Seigneur, je suis condamné.

— Extrait d'une lettre de Mr Inigo de Beauvoir à miss Minerva Butler, jamais envoyée.

6 décembre 1814. Château de Wildsyde, Écosse.

Ruth avait à peine vu son mari depuis leur terrible dispute. Il avait gardé ses distances, ce dont elle était reconnaissante : elle avait besoin de temps pour réfléchir à ce qu'elle avait appris sur lui grâce à Mr Clugston. Elle en profita pour mettre à nouveau son énergie au service des rénovations du château, même si ce que lui avait dit Gordy — ne pas vouloir de foyer — résonnait encore à ses oreilles. Peut-être était-ce ce qu'il croyait, mais il était évident que c'était ce dont il avait besoin. À son grand soulagement, elle avait eu ses menstruations à la fin du mois de novembre et n'était donc pas enceinte. Il lui restait du temps ; mais combien exactement ?

Comme si elle n'avait pas assez de défi à relever, Ruth avait décidé qu'il était grand temps de s'attaquer à Mrs MacLeod. Ainsi commença une guerre d'usure. Elle débuta de façon insignifiante, en complimentant Mrs MacLeod pour ses talents incroyables de cuisinière ; en effet, lorsqu'elle décidait de cuisiner des plats plus complexes que du ragoût ou des *tatties*[4], le résultat était fameux. Mais le ragoût était le plat favori du laird, et si c'était assez bien pour lui, ça l'était pour tout le monde. Ruth avait eu du mal à ne pas rétorquer qu'il pourrait peut-être découvrir un nouveau plat favori s'il se donnait la peine d'essayer quoi que ce soit d'autre.

Elle savait très bien qu'elle pouvait simplement employer quelqu'un d'autre — même un chef français si elle le souhaitait —, mais gagner la confiance de Mrs MacLeod était un défi que Ruth était déterminée à réussir.

Ce ne fut donc pas sans arrière-pensées qu'elle s'installa à la table de la cuisine avec de lourds ouvrages culinaires. Elle y déposa négligemment un magazine présentant un poêle Rumford. La redoutable et bien nommée Mrs Crust était assise à côté d'elle car le boudoir de l'intendante n'était pas encore prêt. Ruth lui avait expliqué qu'elle pourrait jouir de toutes les commodités modernes dont elle n'avait pas bénéficié dans son poste précédent, mais elle devrait faire preuve de patience le temps que les travaux soient faits. Mrs Crust avait accepté la situation de bon cœur, et s'était montrée extraordinaire : elle avait accepté le ballet incessant d'hommes arpentant le château avec des bottes crottées avec une grâce que Ruth n'aurait jamais osé lui demander. Elle avait également parfaitement saisi l'envie de Ruth de conquérir Mrs MacLeod, sachant pertinemment que si la cuisinière capitulait, tout le reste des employés écossais suivrait.

Coude à coude avec sa complice, Ruth dégustait son thé tout en soupirant avec regret au-dessus du livre de recettes.

— C'est vraiment dommage, avec Noël qui arrive, dit-elle à voix basse — juste assez fort pour que Mrs MacLeod, qui pétrissait sa pâte à pain, l'entende.

---

[4] Ndt : Galettes écossaises à base de pommes de terre.

— C'est vrai, mais il faut l'accepter. Vous ne serez jamais capable de produire des mets si délicats, en tout cas… pas avec l'équipement actuel, déclara Mrs Crust avec un ton plein de sous-entendus.

— Eh bien, peut-être que cela sera possible lorsque le nouveau poêle aura été installé. Sûrement pas avant Noël, mais peut-être pour Pâques…

Mrs Crust ricana et souleva sa tasse de thé.

— Vous ne verrez rien de semblable sortir de cette cuisine, Mrs Anderson, c'est aussi simple que cela.

Ruth hocha la tête. Elle n'avait pas besoin de faire semblant d'être déçue en contemplant sa recette de *Pain à la Duchesse*. Les goûters qu'elle avait organisés pour les Demoiselles Surprenantes à Upper Walpole Street avaient été légendaires — mais sa cuisinière l'avait également été. Elle jeta un coup d'œil sceptique à Mrs MacLeod et soupira.

— Je suppose que vous avez raison. Mais il n'empêche que mon mari a beaucoup apprécié la cuisine lorsque nous sommes restés dans ma famille à Londres, mais il faut dire que la cuisinière y est exceptionnelle. Ses pâtisseries sont si légères !

— Êytes-vous en train de dire que les miennes sont lourdes, Mrs Anderson ?

Ruth sursauta, sincèrement surprise de découvrir Mrs MacLeod juste derrière son épaule. Ses bras enfarinés étaient croisés sur sa poitrine et ses yeux bleus lançaient des éclairs.

— Lourdes ? répéta Ruth avec un air étonné. Oh, n-non, Mrs MacLeod ! Je n'oserais jamais dire une telle chose. La tarte aux pommes que vous avez servie l'autre soir était divine, la pâte était légère et croustillante, parfaite, mais les *Pains à la Duchesse* sont complexes à réaliser et…

Mrs MacLeod posa un doigt couvert de farine sur l'ouvrage, le fit pivoter dans sa direction et l'examina avec fureur.

— Pas l'aiyr très compliqué, dit-elle avec un reniflement méprisant.

Ruth échangea un regard avec Mrs Crust.

— Ce qui est difficile, c'est la confection ; les ingrédients sont ordinaires, déclara Mrs Crust avec sagesse. Cette recette est ardue même pour un chef renommé, mais ici… dans cette cuisine ? Elle est irréalisable, dit-elle avec un petit air dédaigneux précisément étudié pour faire enrager Mrs MacLeod.

Ruth l'aurait embrassée.

— Il n'y a pas une seule recette inventée par un quelconque cuisinier anglais prétentieux que je n'puisse reproduire, rétorqua Mrs MacLeod, rouge d'indignation.

— Nous ne remettons pas en cause vos capacités, Mrs MacLeod, dit Ruth d'une voix apaisante. Mais il serait injuste d'espérer vous voir sortir des sentiers battus et préparer d'autres choses que vos plats habituels alors que la cuisine est si obsolète.

Comme si tout avait été calculé, la cheminée crachota un nuage de fumée à l'intérieur de la pièce et Mrs MacLeod et Jessie durent ouvrir la porte et actionner le soufflet sur le feu pour l'encourager à repartir.

Mrs MacLeod regarda par-dessus son épaule avec une expression consternée.

— Aye, je suppose qu'un peu de… de changements ne feraient pas de mal à cette cuisine, dit-elle à contrecœur.

— Honnêtement, Mrs MacLeod, c'est un miracle que vous puissiez produire de telles denrées dans ces conditions, déclara Ruth en secouant la tête avec admiration et en se demandant si elle n'en faisait peut-être pas un peu trop. Si l'on proposait à notre cuisinière de Londres de travailler ici, elle ferait une syncope et l'on ne la reverrait plus.

Mrs MacLeod poussa un petit grognement dédaigneux.

— Je n'ai pas le temps de faiyre de telles simagrées.

— Oh, je sais que jamais vous ne déserteriez votre poste ni ne manqueriez de mettre de la nourriture sur la table. Malgré nos différences, j'ai toujours su que je pouvais compter sur vous pour cela.

Ruth lui sourit en décidant qu'il valait mieux oublier la matinée où personne ne lui avait apporté de petit déjeuner.

Mrs Crust s'étrangla avec son thé et reposa sa tasse bruyamment dans la soucoupe. Ruth évita de croiser son regard.

— J'imagine que vous voulez quelque chose de raffiné pour le repas de Noël ? demanda la cuisinière.

— Oh, fit Ruth comme si elle n'y avait pas encore pensé. Eh bien, je dois admettre que j'ai toujours adoré Noël. À la maison, nous avions…

Elle s'interrompit brutalement en se mordant la lèvre. Mrs MacLeod plissa les yeux dans sa direction, puis dans celle de Mrs Crust, avant de pousser un soupir résigné. Elle tira une chaise et s'installa à table. Elle fit un petit mouvement de tête vers le livre de cuisine et demanda :

— Qu'aviez-vous en têyte ?

Ruth lui fit un grand sourire, sentant la victoire à portée de main.

— Eh bien, commença-t-elle avant de plonger tête première dans le vif du sujet en expliquant toutes les splendides idées qu'elle mourait d'envie de partager depuis le début de la semaine.

Gordy se lava et se changea avec des mouvements raides et automatiques. Ce faisant, il découvrit qu'il avait désormais de nouvelles chemises et de nouveaux sous-vêtements — entre autres — et que son valet avait, à la demande de Mrs Anderson, commandé pas mal de choses dont Gordon avait d'après lui besoin.

Trop fatigué pour protester en disant qu'il n'était pas nécessaire de lui commander de nouvelles chemises — malgré les flagrantes preuves du contraire — Gordy se contenta d'enfiler les vêtements qui avaient été disposés pour lui après avoir fait partir Jenkins. Il y avait des limites, il n'accepterait pas qu'un gamin avec du lait au bout du nez l'aide à se vêtir comme s'il était un nouveau-né. Mais le petit se débrouillait bien avec un rasoir, il devait bien admettre, et le tissu de la chemise était de bonne facture, doux et confortable, et sentait bon.

Une fois prêt, il descendit les escaliers pour le souper. Il avait travaillé dur toute la semaine, trop dur ; résultat, il se sentait usé jusqu'à la corde et découragé. Ruth avait évité sa compagnie. Il se disait que c'était mieux ainsi ; pourtant il allait bien falloir qu'il s'acquitte de son devoir conjugal, sans quoi l'héritier ne verrait jamais le jour et il resterait coincé avec sa femme. Il était monté à sa chambre plusieurs fois dans la semaine, tout cela pour faire demi-tour devant la porte : le souvenir de son chagrin dévastateur était encore trop frais. Comment pouvait-il la traiter de la sorte, sans la moindre délicatesse ni tendresse après s'être si mal comporté ? La sensation de son corps contre le sien hantait ses rêves ; des images de Ruth le caressant dérangeaient ses pensées le jour aussi, faisant bouillonner son sang de désir. Mais il craignait la serrer de nouveau dans ses bras ; il risquait de ne pas se montrer aussi froid qu'il le devrait. Il ne rendrait service à personne en la traitant avec trop de gentillesse, en agissant comme si elle lui importait, néanmoins, il n'était pas assez méchant pour simuler une complète indifférence lorsqu'il allait dans son lit.

Frustré et abattu, il ne s'attendait pas à la retrouver dans la salle à manger. Ils n'avaient encore jamais partagé un repas ensemble. Durant le voyage jusqu'en Écosse, il avait fait de son mieux pour l'éviter, et depuis son arrivée à Wildsyde, il ne l'avait pas invitée à le rejoindre et elle n'avait pas soulevé la question.

La retrouver ainsi, habillée pour le dîner, en train de l'attendre… c'était louche. Son instinct lui dicta de lui faire un bref signe de tête puis de l'ignorer, mais son corps refusa d'écouter, obnubilé par le tableau qu'il avait sous les yeux. Sa robe était en velours bleu nuit, le décolleté était bordé d'une délicate dentelle blanche, et, une fois encore, elle portait son tartan ; cette fois, le tissu était plié en un bandeau assez fin qui était noué juste sous sa poitrine, les deux longues extrémités se perdaient dans les replis de sa jupe. Un désir brûlant et possessif monta en lui et il fit son possible pour le réprimer. Il se contenta de lancer un regard méfiant à la jeune femme.

— Bonsoir, Gordy, dit-elle d'une voix douce. J'espère que vous ne vous offusquerez pas de ma présence. Mrs MacLeod a préparé quelque chose de spécial ce soir, et je voulais lui montrer à quel point j'appréciais ses efforts.

Elle lui adressa un léger sourire qui se flétrit peu à peu puisqu'il la dévisageait en silence.

— … Si vous préférez que je prenne mon repas ailleurs, il vous suffit de le dire.

Elle avait dit cela sur un ton poli, mais il remarqua la légère raideur de sa posture, la façon dont elle se préparait à être rejetée. Il se souvint avec difficulté qu'il était censé rester froid.

— Vous pouvez rester si cela vous fait plaisir, répondit-il avec réluctance d'un ton brusque.

Il s'installa sans un autre mot, regrettant de la laisser debout et indécise ; tant pis si elle était mal à l'aise de reculer sa propre chaise.

Un valet de pied apparut au même moment et s'en chargea pour elle. Ruth le remercia avec un sourire chaleureux et Gordy ressentit une bouffée de colère. Bon sang, pourquoi faudrait-il qu'il fasse cela ? Ce n'était pas comme s'il prétendait être un gentleman ! Il n'avait jamais eu à faire semblant auparavant, ce n'était pas maintenant qu'il allait commencer… *Bon sang, on dirait un gamin capricieux*, se réprimanda-t-il.

Il grimaça lorsque le majordome anglais prétentieux entra. Il servit le vin, et se plaça de manière à surveiller la table tandis que le valet apportait le premier plat. Gordy se contentait habituellement d'un bol de soupe et de pain, suivi d'une portion de ragoût, il jeta donc un regard noir à tous les plats disposés sur la table.

— Qu'est-ce que tout cela ? gronda-t-il en regardant les mets comme si on lui présentait des tartes à la boue.

Sa femme hésita. Il perçut son anxiété, mais elle releva la tête et nomma chaque plat pour lui.

— Il y a du poulet rôti avec une farce aux abricots, du pudding aux amandes, du fricandeau de veau, et voici des soles frites et grillées.

Gordy lui jeta un regard noir.

— Bon sang, qu'est-ce qu'un fricandeau!

— Ce — cela désigne une tranche de la jambe. Mrs MacLeod a préparé une merveilleuse sauce aux champignons pour l'accompagner. Tenez, dit-elle en faisant signe au valet de pied de servir son époux.

Mécontent, Gordy regarda dans un silence glacial le domestique remplir son assiette avec différents plats sous les instructions de sa femme. Puis l'assiette fut déposée devant lui. Il aurait juré que Ruth retenait son souffle alors qu'il examinait les mets, les sourcils froncés. Il était en colère, une vague d'irritation le traversa et il eut envie de lui dire qu'il n'avait pas besoin de toutes ces idioties prétentieuses, qu'un bol de soupe et une portion de ragoût étaient bien suffisants, merci bien… puis l'odeur de la viande, des herbes, et d'une sauce riche, onctueuse, préparée avec du vin et du beurre, flatta ses narines. Il saisit malgré lui son couteau et sa fourchette avant de trancher avec colère un morceau tendre de veau en sauce qu'il fourra dans sa bouche d'un geste brusque.

Il ne poussa pas de gémissement, mais c'était tout juste. La viande était tendre, succulente, et la sauce était la chose la plus délicieuse qu'il ait jamais goûtée depuis… eh bien, s'il devait être honnête, depuis la nuit où il avait dîné chez le père de Ruth. Trop retourné pour apprécier la nourriture ce soir-là, il avait quand même remarqué que cela surpassait tout ce qu'il avait pu manger jusqu'alors. Jusqu'à ce soir.

Il était conscient des coups d'œil furtifs de Ruth. Il afficha une expression impassible et termina son assiette. Il avait été tenté de n'en manger que la moitié — juste pour se donner bonne conscience — mais il avait sacrément faim, et c'était bien trop succulent. Il se contenta de réfréner son envie de demander à ce qu'on lui serve une autre portion. Si Mrs MacLeod était capable de tels exploits, rien ne l'empêcherait de l'encourager à préparer ces recettes une fois Ruth repartie en Angleterre.

La table fut débarrassée, et la suite des plats arriva.

— Attendons-nous de la visite ? demanda-t-il, éberlué par la quantité de nourriture.

— Non, répondit Ruth.

Elle avait gagné un peu plus d'assurance en le voyant dévorer son assiette.

— Mrs MacLeod s'entraîne, c'est le genre dîner que l'on s'attend à manger dans un château. Il n'y a pas besoin de manger comme cela tous les jours si vous ne le souhaitez pas, mais la cuisine est un art, et les artistes ont besoin de relever des défis.

— Vous qualifiez Mrs MacLeod d'artiste ? demanda Gordy en haussant les sourcils, étonné.

Il ricana puis éclata de rire. Ruth, énervée, répondit :

— Auriez-vous été capable de produire une telle variété de plats ? Mr Clugston, Jessie ou Sheenagh auraient-ils pu le faire ? Non, car ils n'ont ni le talent ni le savoir. Vous ne lui rendez pas service en n'attendant rien d'autre que le même ragoût jour après jour. Pas étonnant que la femme soit de si mauvaise humeur, elle s'ennuie probablement à mourir !

Gordy la dévisagea, stupéfait d'être jugé responsable du manque d'imagination de la cuisinière.

— Je n'ai pas demandé à ce qu'elle prépare le même repas jour après jour.

— Non, mais avez-vous prêté le moindre intérêt à ce qu'elle cuisinait pour vous ? L'avez-vous déjà remerciée ?

Ruth le regardait avec colère, et il fut momentanément distrait par l'éclat de son regard, reflétant la nature passionnée de sa femme dont le tempérament était prompt à s'enflammer. Il envisagea d'ordonner aux domestiques d'aller au diable pour la faire s'asseoir sur lui. Elle était sienne. Elle ne se refuserait pas à lui, il en était certain. Il sentit une chaleur remonter le long de son échine et son corps réagit instantanément, mais elle détourna le regard sans prendre la peine d'attendre sa réponse, et donna à nouveau des instructions au valet de pied qui remplissait l'assiette de Gordon.

Tourmenté par une faim d'un autre genre, il se concentra sur son dîner avec l'espoir de se changer les idées, se retrouvant devant une assiette à nouveau garnie de différents plats délicieux. Le troisième service fut tout aussi impressionnant que les deux premiers, et il ne put retenir une exclamation.

— Seigneur, cette femme a dû travailler d'arrache-pied !

— En effet, dit Ruth avec un petit sourire satisfait. Et je ne l'ai jamais vue d'aussi bonne humeur. Elle a enseigné quelques-uns de ses secrets à Jessie, et elle a même permis à quelques-uns de mes employés de l'aider. Elle a finalement pris les rênes du domaine qui lui était alloué, et peu importe ce que vous pensez de moi ou de mes efforts, si vous n'allez pas la féliciter pour le festin incroyable de ce soir, je ne vous le pardonnerai jamais.

Elle avait prononcé ces derniers mots à voix basse, mais avec une telle intensité que Gordy fut surpris. Incertain quant à la réponse adéquate à fournir, il déclara :

— Eh bien, il faut rendre à César ce qui est à César, n'est-ce pas ?

— C'est ce que je crois, répondit sa femme en indiquant une nouvelle fois au valet de pied comment remplir l'assiette de son époux, avant de congédier le personnel.

Le majordome remplit leurs verres avant de s'éclipser. Gordy mangea tout ce qui lui avait été présenté, puis repoussa son assiette vide en priant pour que Ruth ne la garnisse pas à nouveau. Il était sur le point d'éclater.

Il la regarda avec méfiance.

— C'était un très bon repas, mais si je mange comme cela tous les soirs, je n'arriverai même plus à monter les escaliers, grommela-t-il en se frottant le ventre avec un soupir.

— Un homme qui travaille aussi dur que vous n'aura aucun mal à se maintenir en forme. Mais je suis sûre que si le besoin s'en fait sentir, nous pourrons vous trouver une activité physique supplémentaire.

Il la regarda fixement. Une sensation de chaleur remonta le long de sa nuque à mesure qu'il saisissait le sous-entendu. Elle soutint tranquillement son regard tout en sirotant son vin.

— Oh, Gordy, vous rougissez, dit-elle, amusée.

Elle reposa son verre.

— Ne soyez pas idiote, marmonna-t-il en jetant sa serviette. Et si vous voulez que je partage votre lit, pourquoi ne pas le dire clairement ?

Elle haussa les épaules en le regardant de façon un peu trop directe ; il eut du mal à ne pas détourner les yeux.

— C'est vous qui voulez que je tombe enceinte et que je parte, pourtant cela fait plus d'une semaine que je ne vous ai pas vu.

Il détourna le regard. Elle lui tendait un piège, mais elle allait devoir attendre longtemps si elle espérait qu'il s'excuse ou avoue s'être senti trop honteux pour retourner la voir. De toute façon, elle le savait très bien, maudite créature.

— Vous pouvez me rejoindre ce soir, si vous le souhaitez, dit-elle en pliant sa serviette et en la déposant sur la table.

Elle se leva. Gordon savait qu'il aurait dû se lever aussi, par respect pour elle ; en réalité, il lui fut affreusement difficile de garder ses fesses sur la chaise, mais son côté têtu l'empêcha de faire autrement.

Il regarda sa femme quitter la pièce le dos droit, la tête haute, comme une fichue impératrice ; à côté d'elle, il se sentait aussi rustre qu'il l'était réellement. Bon sang, il aurait au moins dû se lever pour elle. Il n'était pas bête au point d'ignorer les bonnes manières. Il ne savait pas exactement ce qu'il lui prenait, à agir de la sorte. L'ancien laird avait veillé à ce qu'il sache se comporter en gentleman, le corrigeant lorsqu'il faisait des erreurs. Il avait bien appris ses leçons. Mais il trouvait simplement exaspérant de les mettre en pratique : ce serait comme accorder la victoire à ce vieux salaud. C'était ridicule et insensé, mais c'était ainsi.

Gordy se leva et emporta son verre de vin dans son bureau. Il ouvrit la porte et grimaça à la vue du *rose*. Peu importe le nombre de fois où il avait pénétré dans la pièce, le choc était toujours le même. Il ne lui en avait toujours pas parlé et ne savait pas pourquoi. *Menteur*. Il le méritait, voilà pourquoi il ne lui avait rien dit, et, compte tenu du fait qu'elle ne l'avait jamais puni d'une autre façon — en dehors de son unique accès de colère — il s'était dit qu'il pouvait bien accepter ce châtiment, du moins, pour le moment. Il n'avait pas touché aux fichus rubans. En vérité, ils le faisaient rire.

Il regarda l'horloge hideuse d'un air sombre pendant quelques instants avant de s'appuyer contre le rebord de la cheminée. Il tapa dans une bûche du bout du pied pour la pousser dans le feu. Des étincelles jaillirent et rougeoyèrent, lui rappelant l'éclat du regard de Ruth. Elle était aussi ardente que les braises de ce foyer, suffisamment chaude pour le brûler s'il ne faisait pas attention. Il grogna et posa le front contre son bras, malgré la chaleur féroce qui lui rôtissait les jambes et le visage. N'importe quelle autre femme aurait fait demi-tour en hurlant au premier coup d'œil sur le château. Enfin, n'importe quelle autre femme avec un tant soit peu de bon sens ne serait jamais venue tout court. Elle se serait enfuie en criant en le voyant *lui*, si elle avait le moindre instinct de survie. Pas Ruth. Non, elle l'avait voulu dès le début, et elle adorait ce château. Elle devait être complètement folle, mais c'était la vérité. Cela sautait aux yeux.

D'après Gordy, n'importe qui ayant un peu de goût pouvait décorer correctement une pièce, mais transformer toute une demeure en un lieu accueillant, c'était un don. Chaque jour lorsqu'il rentrait, il était curieux de voir à quoi elle s'était attelée, mais, tête de mule qu'il était, il refusait de montrer son intérêt à Ruth. À la place, il préférait rôder dans le château au beau milieu de la nuit pour examiner son travail. Il passait ses journées loin du château, en compagnie de ses métayers, à réparer les toits et les clôtures et à travailler jusqu'à tomber de fatigue ; il allait droit dans son lit lorsqu'il rentrait, tout en priant être suffisamment épuisé pour ne pas rêver d'elle. Cela ne marchait jamais, et il était donc condamné à errer et à espionner les travaux qu'elle avait accomplis. Il découvrait toujours de nouvelles modifications ou des améliorations ; chaque fois, il avait envie de lui crier d'arrêter, mais s'en trouvait incapable.

Malgré le changement radical qu'elle avait apporté à l'endroit dans un délai aussi court, elle n'avait en rien gâché ou réduit l'attrait de ce qu'il aimait à Wildsyde ; elle n'avait fait que le mettre en valeur. Lui aussi, adorait ce lieu, il s'était battu bec et ongles pour conserver le château et l'empêcher de tomber en miettes, et c'est durant ce combat qu'il était tombé amoureux de Wildsyde.

Les souvenirs pouvaient bien aller au diable. Le château avait vu défiler les lairds, les histoires d'amour et les chagrins, la vie et la mort, et il était toujours là, il faisait partie de lui. C'était sa maison. La seule chose qui lui faisait peur avec tous ces changements, c'était que Ruth était en train d'y laisser une partie d'elle aussi. Partout où il regardait, elle était là, que ce soient les fichues têtes empaillées avec leurs guirlandes criardes, la façon dont étaient disposés les fauteuils et les tapis, qui invitaient à s'installer quelques instants près du feu, ou encore la couverture aux couleurs de son tartan sur son lit qui lui donnait envie d'y allonger sa femme. Cela serait-il encore chez lui, lorsqu'elle n'y serait plus ?

Un sentiment désagréable lui tordit les boyaux et le festin gargantuesque de Mrs MacLeod n'en était pas responsable, même s'il aurait bien aimé leur jeter la pierre. Satanée femme. Pourquoi, de toutes celles qu'il aurait pu épouser, avait-il choisi la seule qui ne se laissait pas effrayer ?

Il poussa un juron et donna un coup de pied à l'énorme bûche dans la cheminée ; une étincelle brûlante jaillit sur son mollet et il poussa un juron. Assez. Il ne se cacherait pas dans cette horrible pièce alors qu'une femme consentante l'attendait à l'étage. Il était grand temps qu'il la mette enceinte, et il n'y parviendrait pas en restant dans cet endroit qu'il avait appelé « le purgatoire fuchsia ».

Elle était prête à accomplir son devoir envers lui, le moins qu'il puisse faire, c'était lui rendre la pareille.

Chapitre 14

Chère Ruth,

J'ai tellement de choses à vous raconter que je ne sais par où commencer. J'imagine que vous avez appris ce qui était arrivé depuis votre départ. Je me sens misérable de ne pas vous avoir écrit plus tôt, et j'espère que vous pourrez me pardonner. Je n'ai pas été une très bonne amie alors que vous vous êtes montrée adorable avec moi lorsque j'en avais besoin. Je suis passée du malheur extrême à un tel bonheur, et malgré la brûlure de la perte que j'ai subie, je sais que j'ai beaucoup de chance. J'ai un mari formidable, une famille qui m'a accueillie à bras ouverts, et des amis que j'aime plus que tout au monde.

Vous me manquez, Ruth, et je pense souvent à vous. Je vous en prie, ma chère amie, laissez-moi être l'amie que vous avez été avec moi. S'il y a quoi que ce soit que je puisse faire pour vous, vous n'avez qu'à me le dire. Croyez-moi lorsque je vous dis que si vous voulez que je vienne découper le cœur noir de votre époux avec une cuillère, c'est avec grand plaisir que je m'exécuterais.

Vous n'avez qu'un mot à dire.

— Extrait d'une lettre de Mrs Bonnie Cadogan à Mrs Ruth Anderson.

6 décembre 1814. Château de Wildsyde, Écosse.

Ruth se regardait dans le grand miroir en se mordant la lèvre inférieure. Après la réaction positive de Gordy devant la chemise de nuit blanche, elle n'avait pas perdu de temps et en avait commandé d'autres, de différentes couleurs. Elles étaient arrivées ce matin et la jeune femme avait enfin l'occasion de les essayer. Celle-ci était noire, et elle n'était pas tout à fait convaincue que cela lui allait. Sa peau paraissait très pâle en comparaison, mais le tissu épousait agréablement ses courbes, donc ce n'était peut-être pas très grave.

Elle n'eut même pas le temps de songer à enfiler la rose que des coups secs retentirent à la porte, et Gordon apparut. Il était pieds nus, vêtu d'une simple chemise qui descendait jusqu'à mi-cuisse et Ruth fit de son mieux pour ne pas fixer ses jambes. Comme la fois précédente, il se figea juste derrière la porte et la dévisagea.

Elle releva le menton en se sentant étrangement provocante.

— Elle est exactement comme l'autre, sauf qu'elle est noire, dit-elle.

— Oui, je vois, murmura-t-il.

Son regard traça un sillon brûlant sur le corps de Ruth.

— Préférez-vous que je la retire ?

Les yeux de Gordy se posèrent dans ceux de Ruth, puis il secoua la tête.

Ruth patienta en se demandant ce qui allait arriver, mais il resta immobile. Elle se sentait de plus en plus nerveuse sous son examen.

— Eh bien ? dit-elle, exaspérée. Que voulez-vous que je fasse ? Dois-je aller sur le lit ?

Il parut réfléchir à la question, puis secoua de nouveau la tête. Ruth soupira, mais au moins, cette fois, il se déplaça. Il prit la chaise de la coiffeuse et l'installa au centre de la pièce. Elle le regarda s'asseoir, terriblement consciente de sa présence si imposante que la pièce avait semblait avoir rétréci lorsqu'il y était entré. Heureusement, la chaise était solide. Elle avait envoyé les meubles qui paraissaient trop fragiles pour supporter le poids de son mari dans les chambres d'amis.

— Venez ici.

Le cœur de Ruth tambourinait, mais elle s'obligea à rester calme — en apparence — et s'approcha de lui. Il tendit la main pour attraper celle de sa femme et la tira vers lui.

— Asseyez-vous.

Elle s'exécuta et s'installa sur ses genoux. Il secoua la tête.

— Pas comme ça.

Elle lui lança un regard frustré en se levant à nouveau. Il la fit tourner pour qu'elle se retrouve face à lui.

— À présent, asseyez-vous, dit-il, une lueur démoniaque brûlant dans ses yeux fauves.

Ruth fronça les sourcils, puis comprit ce qu'il voulait. Elle sentit une bouffée de chaleur remonter le long de sa nuque, ce qui était surprenant, car sa peau était déjà brûlante. Peut-être allait-elle faire une combustion spontanée ; ainsi il serait débarrassé de sa présence ennuyeuse. Mais le désir chassa la pudeur. Elle releva le bas de sa chemise de nuit et s'assit à califourchon sur ses cuisses. Le coin de la bouche de Gordy se redressa juste un peu. Si elle n'avait pas été aussi proche de lui, elle ne l'aurait pas remarqué.

— Plus près.

Il avait soufflé ce mot plus qu'il ne l'avait prononcé, dans un grondement bas qui fit frissonner la jeune femme. Elle se rapprocha de quelques centimètres, mais il secoua la tête.

— Plus près.

Cette fois, elle le regarda dans les yeux, agrippa ses épaules et se pressa contre lui, contre son membre érigé, incandescent à travers le tissu de sa chemise. Il poussa un grognement rauque qui la fit à nouveau frissonner. Il attrapa ses seins, les caressa et les malaxa à travers le tissu somptueux de la chemise de nuit, avant de baisser la tête pour sucer et mordiller gentiment un téton qu'il taquina ensuite de la langue. Ruth gémit en s'agrippant plus fort à ses épaules. Il recula légèrement et souffla sur le tissu humide qui adhérait à la peau de Ruth. La chair de poule envahit la jeune femme. Une lueur satisfaite traversa le regard de Gordy et Ruth réprima un sourire, gratifiée par le bonheur qu'il éprouvait à lui faire plaisir. Pour le récompenser, elle tira sur le ruban qui fermait le col de sa chemise de nuit, qui glissa le long de ses épaules. Ruth dégagea ses bras et l'étoffe tomba au niveau de sa taille.

— Recommencez, dit-elle en agrippant ses cheveux.

— Vous êtes bien impérieuse, femme, répliqua-t-il — mais elle voyait bien que sa demande lui faisait plaisir.

Ruth enfouit son visage dans ses cheveux pour cacher son sourire lorsqu'il baissa la tête. Elle adorait le timbre profond de sa voix, et la façon dont il prononçait les « r ». Elle raffolait aussi du très léger sourire en coin qu'il affichait lorsqu'il ne parvenait pas à masquer son amusement, comme s'il n'était pas censé montrer qu'il appréciait sa compagnie. Le danger était là. Elle l'aimait beaucoup trop pour son propre bien. L'audace dont elle faisait preuve semblait lui faire plaisir.

Elle eut beaucoup de mal à répondre de façon protocolaire : elle avait tellement envie de se montrer tendre.

— Vous êtes ici pour mener à bien votre tâche. Je ne vois pas en quoi il serait incompatible que j'y prenne du plaisir.

Elle soupira en sentant sa bouche chaude se refermer autour de son sein, elle resserra ses doigts autour des mèches de cheveux, le maintenant fermement contre sa poitrine.

— Cela vous plaît-il ?

La question ressemblait plus à un grondement qui vibra sur sa peau

— Oui, ne vous arrêtez pas.

Il poursuivit jusqu'à ce qu'elle se mette à se tortiller sur ses genoux, le souffle court.

— Enlevez-la ! fit-elle.

Ruth tira fiévreusement sur sa chemise et il recula pour la passer par-dessus sa tête, suffisamment lentement pour qu'elle puisse admirer les muscles de ses bras. Elle laissa échapper un soupir rauque, ses mains descendirent le long de ses larges épaules, sur le renflement gonflé de ses biceps jusqu'à ses avant-bras recouverts de poils.

— Magnifique, murmura-t-elle, à nouveau émerveillée par ce paysage de muscles et de puissance qui l'enveloppait avec tant de douceur.

Il ricana en lui lançant un regard étrange.

— Vous êytes bizarre.

— Non, insista-t-elle en le touchant de manière révérencieuse, en entourant son visage de ses mains et en plongeant dans ce regard ambré.

Elle aurait aimé faire preuve de patience, gagner lentement sa confiance, mais c'était impossible. Elle voyait à présent à quel point il était brisé et désirait désespérément le réparer tout en sachant que ce n'était pas aussi facile que de payer une vingtaine d'hommes pour récurer la bâtisse, réparer les vitres cassées et remplacer les tuiles brisées. À la différence du château, les fêlures de son mari étaient dissimulées dans des endroits inaccessibles.

— Je vous vois, Gordon Anderson, dit-elle d'un ton féroce en le contemplant. Je vois l'homme bon que vous tâchez désespérément de dissimuler.

Il se figea, son expression s'assombrit, se fermant à elle.

Elle hésita, elle savait qu'elle pénétrait dans un territoire dangereux.

— Je ne suis pas comme votre mère ni vos sœurs. Je ne fais pas de promesses en l'air.

— Que voulez-vous dire, bon sang ?

Ruth réfléchit : elle devait se montrer très prudente.

— J'ai trouvé le portrait, et… et j'ai demandé à quelques habitants s'ils connaissaient votre famille, dit-elle en évitant de parler de Mr Clugston. Je sais qu'elles vous ont abandonné, Gordy, et je ne vous blâme pas de croire que je vais faire la même chose, mais ce n'est pas le cas. Je veux être une épouse digne de ce nom pour vous, mais il faut que vous m'en laissiez l'opportunité.

Il poussa un grognement sarcastique, une expression de dégoût sur le visage.

— Je me suis très bien débrouillé sans elles, et je m'en sortirai sans l'aiyde d'une épouse *digne de ce nom*. Ce n'est pas parce que vous avez des notions romantiques ridicules à propos du mariage que cela les rend réelles. Je n'accepterai jamais cela.

Ruth acquiesça, partageant son avis.

— Je sais. Vous vouliez l'argent, et en échange, j'ai pu m'amuser à jouer les décoratrices d'intérieur, mais vous n'avez jamais dit que je ne pourrais pas rester, Gordy. Tout comme la romance, cela ne faisait pas partie du contrat, mais je *pourrais* vous rendre heureux si vous me laissiez la chance d'essayer.

J'aimerais tant cela, insista-t-elle. N'allez-vous même pas me laisser une chance avant de me faire partir ?

Il secoua la tête, mais ne répondit rien, se réfugiant dans le silence.

Eh bien, elle n'allait pas abandonner, et si c'était la seule connexion qu'il pouvait y avoir entre eux, elle s'en servirait pour se rapprocher de lui. Pour lui montrer ce qu'elle ressentait, Ruth ondula, frottant délibérément son corps contre le sien. La respiration de Gordy eut un raté, ses mains agrippèrent les hanches de la jeune femme et la maintinrent en place tandis qu'il se pressait contre elle.

— Vous êtes magnifique, lui souffla-t-elle à l'oreille avant de mordiller gentiment son lobe.

Il grogna et la souleva, se plaça correctement et la pénétra. Ruth poussa un gémissement, posa ses bras autour du cou de son époux et le serra. Il resta immobile, lui accordant quelques instants pour qu'elle s'ajuste à lui avant de la soulever en faisant glisser ses mains contre son dos.

— Il est temps pour vous d'y mettre un peu du vôtre, puisque vous êyte si friande de plaisir.

Gordy avait prononcé ces mots sur un ton provocateur, un regard intransigeant posé sur elle. Il se cachait derrière le plaisir physique. Il résumerait cela à une histoire de sexe, de contrat, si elle ne l'en empêchait pas.

Il la guida, l'aida à monter et descendre alors qu'elle se soulevait et sentait une nouvelle fois le glissement exquis de son sexe en elle. Il était facile de lâcher prise, de se contenter du côté charnel, de combler leurs besoins mutuels. Elle aimait cette position, réalisa-t-elle. C'était elle qui dirigeait les choses, elle pouvait voir son expression douloureuse lorsqu'elle ralentissait, elle pouvait le tourmenter avec des mouvements imperceptibles tout en regardant la sueur perler sur son front. Il lui laissait le contrôle, s'abandonnant à elle.

Cela ne pouvait pas durer indéfiniment, le désir de Ruth était aussi féroce que celui de Gordy, tout comme l'étaient ses gémissements bruyants aux accents désespérés ; elle approchait de cette sensation vertigineuse qui l'accueillit avec violence, la traversant de part en part ; Gordy la serrait si fort contre lui qu'elle peina à respirer tandis qu'il était, lui aussi, emporté par la vague. Il éjacula en elle avec des mouvements frénétiques et saccadés si intenses que même la chaise de bois massif grinça de protestation.

Ruth s'effondra contre lui, les bras autour de son cou. Elle caressa ses cheveux, la peau humide qui brûlait sous ses paumes. Seigneur, il avait toujours si chaud. S'il déniait rester avec elle, la serrer contre lui la nuit et ne pas la quitter avant qu'elle se réveille, elle ne grelotterait plus jamais, même en plein cœur de l'hiver impitoyable. Alors qu'elle s'autorisait cette rêverie, elle perçut un froid s'installer entre eux et le sentit se retirer d'elle.

Il ne s'agissait pas simplement de son corps quittant le sien, mais de la façon dont il s'éloignait, mettant un terme à cette intimité, au moindre espoir de Ruth de trouver une faille aux murs qu'il avait dressés autour de lui. Contrairement à son château, dont les arêtes s'étaient adoucies avec le temps, la muraille autour de son cœur semblait impénétrable et en excellent état, grâce à sa vigilance constante. Il n'y avait aucune pierre branlante que l'on aurait pu déloger, aucune faiblesse — enfin, c'est ce qu'il aurait aimé lui faire croire.

Il posa les mains sur sa taille en guise d'invitation à se lever afin qu'il puisse partir, maintenant qu'il avait accompli son devoir. Entêtée, Ruth refusa de bouger. Frappée d'une soudaine inspiration, elle poussa un lourd soupir et prétendit dormir. Elle se laissa aller de tout son poids sur lui. Il se figea. Ruth respira lentement, de façon profonde et régulière. Qu'allait-il faire ? Elle était déterminée à le faire rester.

Gordy poussa un juron. Pourquoi n'avait-il pas pensé à s'endormir ? Après tout, c'était à lui de s'effondrer avec insouciance après avoir satisfait ses besoins. Mais cette chaise inconfortable n'était pas l'endroit idéal pour passer la nuit. Il avait déjà mal aux fesses. La prochaine fois se promit-il. La prochaine fois, il la prendrait dans le lit, puis se retournerait pour sombrer dans le sommeil jusqu'à ce qu'il puisse partir en toute sécurité sans avoir à lui parler. Il était trop dangereux de faire quoi que ce soit d'autre dans les moments de tendresse qui suivait leurs ébats. Il n'arrivait plus à maintenir son masque de sans-cœur dans la dangereuse flambée d'émotions qui remontaient à la surface lorsqu'il partageait ces moments avec elle. Même s'il essayait de se concentrer sur l'aspect physique, il était bouleversé par le mélange entêtant de tendresse et de passion qu'elle apportait lorsque leurs corps s'unissaient. Il n'avait jamais rien connu de tel. Il n'avait jamais connu quelqu'un comme elle.

— *Je vous vois, Gordon Anderson.*

Sur le moment, il l'avait crue, et un sentiment de terreur l'avait submergé. Il avait cru qu'elle avait vu la créature pitoyable et désespérée qu'il cachait si soigneusement ; celle qui demandait de l'amour, celle qui avait peur d'être à nouveau abandonnée. Seigneur, non. Il ne voulait pas de sa pitié, il ne lui donnerait pas ce genre de pouvoir sur lui. S'il se délectait de sa tendresse, elle aurait de l'emprise sur lui et il ne serait plus jamais en paix. Ce serait bien pire que lorsqu'il voulait que sa famille, que *qui que ce soit*, se soucie de lui. Ce serait l'humiliation finale, et sa fierté ne pourrait jamais endurer cela.

— *Je vois l'homme bon que vous tâchez désespérément de dissimuler.*

Il avait presque ri de soulagement et s'était efforcé de ne pas réagir. Elle était idiote. Cela, au moins, le réconfortait. C'était le cœur de Ruth, qui allait souffrir, si elle persistait à entretenir de telles illusions. Peut-être n'était-il pas assez cruel pour se servir d'elle sans ménagement, mais c'était simplement du bon sens et non de la tendresse ni de l'affection. Il n'y avait aucune satisfaction à faire l'amour à une partenaire qui n'éprouvait pas de plaisir. Il était plus simple de se montrer généreux, voilà tout, ainsi il pouvait revenir à elle jusqu'à ce que sa semence prenne racine. Ensuite, il lui dirait de partir, et c'en serait fini.

La douce caresse de la respiration de Ruth contre sa peau bouillante l'avait rafraîchi et le fit frissonner. Eh bien, ils ne pouvaient pas rester dans cette position toute la nuit, pensa-t-il en refusant d'admettre qu'il ne serait pas difficile de la tenir dans ses bras jusqu'au matin. Il serait dans un état pitoyable s'il restait assis dans cette chaise affreusement inconfortable une minute de plus. Avec un grognement, il glissa les mains sous ses cuisses et se leva en la portant. Elle était chaude, relâchée et elle soupira, le nez dans son cou tandis qu'il la portait vers le lit. Son souffle s'accéléra, et, en dépit de leurs ébats récents, il sentit son corps se réveiller.

Serrant les dents avec résolution, il l'allongea sur le lit en fronçant les sourcils lorsque ses mains refusèrent de lâcher son cou et l'obligèrent à se pencher au-dessus d'elle. Il attrapa ses mains et desserra leur emprise avant de les poser fermement contre le matelas, puis il se pencha vers le bas du lit pour attraper les couvertures.

— J'ai f-froid, murmura-t-elle en frissonnant.

— Vous aurez très vite chaud, répondit-il d'un ton vif — il fallait qu'il s'éloigne d'elle.

Elle se recroquevilla sur elle-même. Avant qu'il n'ait le temps de se préparer contre cette vue, elle ouvrit les paupières et le regarda droit dans les yeux, lui lançant un regard attirant par-dessous les cils. Quelque chose remua en lui et l'empêcha de battre en retraite.

— Je suis gelée, Gordy. Ne partez pas… *je vous en prie.*

Il lui lança un regard noir. Il voulait rester, il voulait partir. Il hésita trop longtemps, ce qui rendit son dilemme apparent. Irrité par cette indécision, il répondit d'un ton sec et énervé.

— Déplacez-vous, dans ce cas.

Il marmonna quelque chose en éteignant les dernières bougies, la regarda se mouvoir sur le lit dans la pénombre, puis s'installa derrière elle. Le matelas s'enfonça, la faisant rouler vers lui tandis qu'il tirait les couvertures sur eux d'un geste brusque pour bien montrer son mécontentement. Sa femme sembla ne pas s'en préoccuper et s'enroula autour de lui comme le lierre autour d'un arbre. Il grogna à cette idée. C'était assez pertinent, car le lierre s'enroulait en serrant de plus en plus fort, rendant faible même le plus fort des chaînes en habillant le tronc et en bloquant la lumière avec ses propres feuilles. L'arbre accueillit-il avec joie son triste sort ? se demanda-t-il. Il aurait aimé ne pas ressentir tant de plaisir à la sentir contre lui. Le tout-puissant chêne se délectait-il du contact avec un autre vivant après tant de temps passé seul, savourant sa présence et sa compagnie même si cela le vouait à sa perte ?

Eh bien, pas lui. Il ne se laisserait pas avoir, pas encore une fois. Mais il était fourbu après avoir travaillé aussi dur, il avait chaud, il était bien installé, et l'odeur rassurante de sa femme l'enveloppait aussi insidieusement qu'une plante grimpante.

Quelques secondes plus tard, il s'endormit.

Chapitre 15

Chère Bonnie,

J'ai été très heureuse de recevoir votre lettre, mais je ne vois pas de quoi vous voulez parler, vous n'avez rien à vous faire pardonner. La perte que vous avez subie m'a fait beaucoup de peine, et j'espère vraiment avoir réussi à vous réconforter quelque peu. Je me réjouis de savoir que vous êtes très bien entourée. Il est évident que Mr Cadogan vous adore, et votre bonheur me fait tant plaisir !

Pas besoin de vous armer d'une cuillère, ma chère amie, ni d'aucun autre ustensile pour le moment, mais je suis touchée par cette pensée. J'admets avoir sélectionné divers objets avec des envies de violence durant ces dernières semaines ; je crois que vous comprendrez sans que j'aie besoin d'expliquer. J'ai résisté à cette pulsion — en grande partie —, seuls quelques-uns ont subi les affres de ma colère, mais malheureusement, aucun n'a atteint sa cible. Il est beaucoup plus rapide qu'on pourrait l'imaginer en le voyant, ou peut-être ai-je simplement besoin de plus d'entraînement ? Cependant, malgré ces éclats, j'ai découvert un secret à propos de ce fichu Gordon Anderson, une chose qu'il nous a cachée à toute les deux.

*Son cœur n'est pas aussi noir qu'il essaye de
nous le faire croire.*

**— Extrait d'une lettre de Mrs Ruth Anderson
à Mrs Bonnie Cadogan.**

7 décembre 1814. Bureaux de Mr Gerald Briggs, notaire. Au 9, Upper Gower Street, Bloomsbury, Londres.

L'horloge de la cheminée sonna sept heures. Il était bien trop tôt pour que le cabinet *Briggs and Norton* soit ouvert, mais ni Mr Briggs ni Jemima n'avaient le moindre désir d'être dérangés par ses collègues durant cette délicate négociation. La disgrâce de Jemima était complète ; Mr Briggs n'avait pas l'habitude de se charger d'affaires aussi sordides, et son malaise était palpable.

Jemima avait le regard perdu par-dessus l'imposant bureau. Elle n'arrivait pas à se résoudre à croiser le regard de l'homme et avait choisi de fixer le bouton le plus haut de son veston. C'était un veston assez inhabituel pour un notaire, plutôt frivole, mais, après tout, Mr Briggs n'était pas aussi respectable qu'elle l'avait cru. Du moins, elle se disait que la plupart des hommes de loi ne faisaient pas de propositions indécentes aux jeunes femmes de la part de leurs amis.

Elle fut quelque peu réconfortée en constatant qu'il semblait aussi gêné qu'elle par la situation. Bien plus âgé que Jemima, il avait les cheveux blancs et des sourcils en broussaille surplombaient ses yeux bleus intelligents. Il n'était visiblement pas loin de l'âge de la retraite, elle ne comprenait donc pas pourquoi il avait osé lui faire cette offre scandaleuse. Non, c'était faux, se réprimanda-t-elle. S'il y avait bien une chose que Jemima n'accepterait pas, c'était de se voiler la face. Devant les autres, sans doute, mais elle ne se raconterait pas de mensonges. Elle affronterait les épreuves à bras-le-corps, sans embellir la réalité. Ces derniers mois, elle avait perdu la capacité de voir le monde autrement que tel qu'il était. Son quotidien s'était réduit à compter le moindre centime et à estimer la valeur de chaque objet qu'elle possédait pour le vendre, jusqu'à ce qu'il ne reste rien d'autre qu'elle-même.

Tout comme Jemima, Mr Briggs avait compris l'issue inévitable. Tous deux savaient qu'il avait travaillé gratuitement ces derniers mois pour mettre en ordre les affaires de sa tante. Il avait été plus gentil qu'elle n'avait été en droit de l'attendre dans ces circonstances et s'était comporté en vrai gentleman, ne faisant jamais mention de la dette qu'elle avait envers lui. Le docteur incompétent qui n'avait pas réussi à sauver sa tante était parti avec tout ce qui restait de leurs maigres économies. Au moins, elle avait pu se nourrir ces derniers temps, grâce à Mathilda. Son escapade à une heure aussi matinale ne passerait pas inaperçue, il lui faudrait trouver une excuse.

Elle se souvint de son dernier rendez-vous en ce lieu, lorsque Mr Briggs lui avait timidement parlé du gentleman qu'il connaissait, celui qui cherchait une jeune femme discrète pour lui *tenir compagnie*. Les mots avaient flotté dans la pièce, lourds de sous-entendus. Elle les avait presque sentis essayer de s'enrouler autour de ses poignets et ses chevilles, essayant de la manipuler comme la marionnette qu'on lui proposait de devenir. La faim l'avait rongée ce matin-là, la rendant faible et donnant une saveur presque onirique à ce rendez-vous. À quand remontait son dernier repas avant ce moment-là ? Difficile de se concentrer sur la date, ou le contenu de son assiette. Le souvenir vague d'un morceau de fromage dont elle avait coupé les parties verdâtres avec résignation la fit frissonner. Pourtant, elle avait dit à Mr Briggs ce qu'elle pensait de son offre et avait quitté le bureau la tête haute. *Idiote.* C'était bien beau d'avoir de la fierté, mais la fierté ne se mangeait pas, on ne pouvait pas s'en servir pour chauffer une pièce, elle ne vous donnait aucun réconfort lorsque vous grelottiez de froid, affamée et seule.

C'était donc sa dernière chance, à moins de préférer vivre dans une workhouse[5]. Tout ce qu'elle avait à faire, c'était abandonner son honneur et sa dignité. C'était bien plus facile qu'on le croyait quand l'alternative était si terrible, ou peut-être était-elle plus facile à corrompre que la moyenne ? Dans son esprit, il n'existait pas d'autre solution, aucune autre planche de salut. Elle ne doutait pas que la workhouse lui apporterait plus d'humiliation que de se retrouver dans le lit d'un homme, mais peut-être était-elle naïve. Ce n'est pas comme si elle savait beaucoup de choses à ce sujet ; elle savait simplement que l'établissement miteux l'effrayait davantage et que son sort lui semblerait scellé à jamais si elle mettait les pieds dans un tel endroit.

Elle avait donc pris sa décision. Elle n'avait aucune compétence à faire valoir, couturière sans le sou, sans le moindre talent pour les langues. Ses compétences en géographie étaient pitoyables, et même si l'histoire l'intéressait, ainsi que les livres en général, elle doutait d'avoir suffisamment de connaissances pour s'essayer à l'enseignement. Elle avait un certain talent à la peinture, mais c'était à peine suffisant pour trouver un travail en tant que gouvernante, et ceci en partant du principe que quelqu'un accepte d'embaucher une femme sans famille et sans références. L'orgueil avait toujours été son point faible : elle n'accepterait pas la charité de ses amis, car après, ou s'arrêterait-elle ? Peut-être lui prêteraient-elles assez d'argent pour passer cette période difficile, mais ensuite ? Devrait-elle les autoriser à l'entretenir jusqu'à sa mort ? Non, il valait mieux affronter la réalité maintenant. Il lui fallait accepter le risque de perdre ses amies lorsque les rumeurs de sa disgrâce commenceraient immanquablement à circuler. Elle devait accepter la honte qui suivrait lorsque tout le monde saurait qu'elle était la maîtresse de quelqu'un, car cela finirait par se savoir. C'était inévitable et complètement idiot de penser le contraire.

— Parlez-moi de lui.

---

[5] NdT : Workhouse: établissement qui hébergeait les pauvres dans des conditions de vie et de travail très dures.

Il ne servait à rien de tourner autour du pot. Ils savaient tous les deux pourquoi elle était là : elle était désespérée.

Mr Briggs ajusta ses lunettes et se racla la gorge en évitant de croiser son regard, les yeux fixés sur les papiers étalés sur son bureau.

— J'ai connu son père ; le fils est aussi honorable que ce dernier. C'est un homme aisé et bien éduqué de trente et un ans. Il a la santé solide bien qu'il souffre parfois de mélancolie. Il me semble qu'on le considère comme séduisant et vous n'aurez pas à vous plaindre de sa personne ni de ses manières.

Jemima lui lança un regard sceptique.

— Pourquoi diable un tel homme voudrait-il d'un tel arrangement ?

Elle patienta. Mr Briggs se racla la gorge à nouveau et se redressa sur son siège.

— Une guerre difficile, dit-il avec une expression sombre. Il est mal à l'aise en société, pour tout vous dire, il ne serait pas exagéré de le qualifier d'ermite.

Jemima digéra cette information.

— Ne serait-il pas plus simple pour lui d'engager les services d'une…

Elle déglutit en se demandant pourquoi le mot refusait de passer ses lèvres. Elle avait tout un tas d'euphémismes à sa disposition, et, après tout, on pourrait bientôt les utiliser pour parler d'elle aussi.

— Mon client est un homme exigeant, miss Fernside, comme je crois vous avoir déjà dit. Malgré… malgré cet arrangement quelque peu…

C'était autour de Mr Briggs d'hésiter. Il devint tout rouge. Jemima remarqua un endroit sur sa joue où il avait omis de raser quelques poils blancs de sa barbe : ils ressortaient vivement sur ses joues cramoisies.

— Sordide ? suggéra Jemima.

À son avis, l'adjectif était pertinent. Il rougit davantage et passa une main lasse sur son visage.

— Croyez-moi, miss Fernside, quand je vous dis que je trouve toute cette affaire hautement déplaisante. Je n'aurais jamais envisagé la possibilité d'un tel arrangement si votre situation n'était pas si terrible. En toute honnêteté, je pense qu'il est juste de vous dire que mon client… *mon ami*… est lui aussi, dans une situation critique. C'est un homme bon, miss Fernside, mais je crains pour son avenir s'il ne trouve pas quelque chose ressemblant à de l'amitié ou de la compagnie. Je connais ses exigences, et je sais qu'elles concernent la… la nature physique de cet arrangement ; mais je connais également l'individu. Il vous traitera bien, de façon juste, voire même aimable, et j'espère… je ne peux pas m'empêcher de penser…

Jemima se redressa, les yeux fixés sur son interlocuteur, alertée par le sous-entendu derrière ses paroles et sa détresse évidente face à la situation dans laquelle il se trouvait.

— Mr Briggs, espérez-vous une issue romantique à cet arrangement scandaleux ?

Mr Briggs fouilla ses poches et sortit un grand mouchoir blanc avec lequel il s'essuya le visage avant de le poser sur le bureau. Lorsqu'il leva de nouveau les yeux vers Jemima, son expression était incertaine, et c'est avec un ton prudent qu'il répondit.

— C'est un homme bon, répéta-t-il presque avec défiance. Il n'est pas facile à vivre, non, pas depuis la guerre, mais ce n'est pas quelqu'un qui mérite d'être abandonné à son sort, voué à se noyer dans la solitude et à gâcher sa vie. Il prit une inspiration, le ton de plus en plus passionné : quant à vous, miss Fernside, vous ne méritez pas le destin que le sort vous a réservé. Vous avez affronté chaque épreuve avec une telle dignité et bravoure que je… je ne peux pas m'empêcher de croire que vous pouvez l'aider à guérir des traumatismes que la guerre lui a infligés, et qu'en retour, il peut vous aider à sortir de vos difficultés actuelles.

Au moins, il avait l'air sincère. Bien sûr, il était possible que tout cela ne soit que de la comédie. Après tout, *Briggs and Norton* n'était peut-être que la façade d'un commerce de jeunes femmes en difficulté. *Cessez de vous montrer si dramatique.* Briggs avait travaillé pour son oncle pendant des années, et elle savait que le cabinet était respectable. Non. Il s'agissait d'un dilemme avec lequel Briggs n'était pas tout à fait à l'aise, comme l'indiquaient son dégout et sa gêne.

— Il ne m'aimera peut-être pas, dit-elle en relevant le menton.

— Je pense que c'est très peu probable.

Mr Briggs afficha un faible sourire.

—...Si j'étais plus jeune, Miss Fernside, je vous proposerais une solution très différente et bien plus honorable, mais, étant donné les circonstances, je ne crois pas que ma femme approuverait.

Jemima le dévisagea, abasourdie.

— Je ne voulais pas vous manquer de respect, dit-il précipitamment avec un air consterné.

— Non, ne vous en faites pas.

Elle sentait qu'elle avait dépassé le stade de l'embarras ; à présent, plus rien ne pouvait la choquer. La vie lui prouverait sans aucun doute le contraire très rapidement, mais cette sensation irréelle persistait, ce dont elle était plus que reconnaissante.

— Un rendez-vous sera arrangé entre vous, naturellement, dans un endroit discret. Ainsi, vous pourrez passer quelque temps ensemble pour voir si vous vous entendez. Si ce n'est pas le cas, vous serez payée la somme de dix livres pour le dérangement. Il y a une avance ici pour vous permettre de faire les préparatifs que vous jugerez nécessaires.

Mr Briggs fit glisser un sac dans sa direction et Jemima le regarda avec une expression probablement similaire à celle d'Eve lorsque le serpent lui avait présenté la pomme.

— Et si l'homme approuve ? demanda-t-elle sans détacher les yeux de la bourse.

Elle était rebondie et contenait plus d'argent qu'elle en avait vu depuis affreusement longtemps.

— Dans ce cas, voici le contrat qui vous liera.

Mr Briggs fit glisser les papiers sur le bureau.

— C'est à peu près ce dont nous avons déjà discuté. Votre bienfaiteur vous fournira une propriété confortable et bien située. Toutes vos factures seront réglées, ainsi que le montant indiqué dans le contrat, et vous aurez en plus de cela une rente mensuelle pour les petites dépenses. Si, après une période de cinq ans, vous décidez de vous séparer, vous recevrez une belle somme avec laquelle vous pourrez vivre confortablement pour le restant de vos jours.

— Et si je souhaite partir avant les cinq ans ?

— Tout dépendra des circonstances et sera négociable avec moi-même, mais soyez assurée que vous ne serez pas traitée injustement. J'y veillerai moi-même, je vous en donne ma parole.

Jemima hocha la tête.

— Vous vous êtes montré très généreux, Mr Briggs.

L'avocat poussa un petit grognement dégouté.

— Je n'en suis pas certain, et je me demande même si je ne suis pas démoniaque, je vous l'assure. Mais je suis certain que cet homme ne vous fera pas de mal, et tout porte à croire qu'il vous protégera si vous lui en laissez la chance.

— Alors c'est déjà beaucoup plus que ce que les hommes m'ont apporté jusqu'à présent, Mr Briggs, et je vois vraiment cela comme un acte de bonté. Beaucoup auraient refusé de travailler en sachant que l'argent n'était plus. Je vous dois beaucoup.

— Vous ne me devez rien, répondit-il, visiblement horrifié par l'idée. Je prie simplement d'avoir fait la bonne chose, et que Dieu me pardonnera mes péchés, car mes intentions sont bonnes : je souhaite vous aider tous les deux.

— Je suis certaine qu'il n'y a rien à pardonner, répondit Jemima avec sincérité en souriant.

Les convictions de Jemima avaient été ébranlées au cours des dernières années, et elle refusait de croire que Dieu condamnerait un homme pour avoir essayé de la sauver du triste sort qui l'attendait, à savoir pourrir dans une workhouse ; même si sa suggestion demandait le sacrifice de son honneur.

Une femme perdue.

Elle tourna les mots dans sa tête. Eh bien, mieux vaut sauter que d'attendre d'être poussée.

— Puis-je connaître le nom de l'homme dont je vais devenir la compagne, maintenant que tout est en ordre ?

Mr Briggs la regarda fixement.

— Avez-vous décidé d'accepter ?

— Oui.

La réponse résonna dans le calme du bureau et Jemima crut presque la voir se matérialiser devant elle tant le mot semblait lourd, définitif.

— Dans ce cas, oui, vous pouvez, répondit Mr Briggs.

Jemima patienta. Pour elle, c'était comme si le nom de cet homme rendrait finalement réelle toute cette scène.

— L'homme en question est Solomon Weston, baron de Rothborn.

Chapitre 16

Cher Lord Rothborn,

Tous les arrangements dont nous avons parlé ont été pris. La transaction a été acceptée. Veuillez trouver ci-joint les détails concernant l'heure et le lieu de rencontre. J'espère que vous approuverez.

C'est avec le plus grand respect que je me sens dans l'obligation d'insister sur un point. La demoiselle en question est une lady. Des circonstances malheureuses l'ont contrainte à en arriver là, je vous prie de ne pas oublier cela. Je prie que vous pardonniez au vieil homme que je suis sa franchise ; croyez-moi quand je vous dis que je n'aurais jamais osé lui proposer un tel arrangement s'il existait une autre solution et si je n'étais pas si fermement convaincu de votre bonté et de vos intentions.

— Extrait d'une lettre de Mr Gerald Briggs, du cabinet notarial Briggs and Norton, à Lord Rothborn.

7 décembre 1814. Château de Wildsyde, Écosse.

Ruth se réveilla tard et fronça les sourcils en découvrant qu'elle était seule. Mais elle s'aperçut que le matelas était encore chaud, ce qui la réconforta quelque peu. Cela ne faisait pas longtemps que Gordy était parti. Il y avait du progrès, non ? Elle se tourna sur le dos et soupira en souriant : elle s'était endormie dans les bras de son mari ! Sa détermination à ce que cela devienne une habitude devint encore plus farouche au souvenir de la réaction irritée de Gordon lorsqu'elle lui avait demandé de demeurer auprès d'elle. Il ne voulait pas rester, mais il l'avait fait. Elle ne pouvait pas s'empêcher de penser qu'il n'aurait pas accepté s'il avait réellement voulu partir. Il y avait une part de Gordon qui désirait s'emparer de ce qu'elle voulait lui offrir, elle le savait, mais il ne lui faisait pas confiance. Pourquoi en serait-il autrement ? Il l'avait épousée pour son argent et la connaissait à peine, même s'il devait commencer à avoir une idée de sa personnalité.

Elle réalisa qu'il n'avait pas fait mention de son bureau. De toutes les transformations qu'elle avait faites, c'était la seule qu'elle avait planifiée uniquement dans le but de l'énerver. Après tout, il lui avait dit qu'elle pouvait faire tous les changements qu'elle souhaitait dans le château, mais tout de même, il n'avait pas pu se préparer à *cela*, même après avoir vu la maison de son père. Pourtant, il ne lui en avait pas parlé. Alors qu'elle s'était donné beaucoup de mal pour que sa chambre lui plaise et qu'il avait sauté au plafond en la voyant. Ruth se mordit la lèvre en cherchant une explication. Peut-être réagirait-il si elle lui rendait visite directement dans son antre.

La porte de la chambre s'ouvrit brusquement et Sheenagh fit irruption dans la pièce en amenant le plateau du petit déjeuner.

— Bonjour, fit Ruth en haussant les sourcils.

— Si vous le dites, m'dame, marmonna la domestique en posant le plateau avec tant de force que la porcelaine cliqueta violemment.

— Y a-t-il un problème ?

Sheenagh marcha jusqu'à la fenêtre et ouvrit les rideaux d'un coup sec.

— Je n'crois pas êytre censée me plaindre.

— Normalement, non, en effet, répondit Ruth en enfilant son châle et en regardant la jeune femme d'un air amusé. Mais je crois que vous feriez mieux de vous libérer de ce poids avant de casser quelque chose. Ce privilège m'est réservé.

Elle savait que le personnel avait été surexcité d'apprendre qu'elle avait utilisé son mari comme cible d'entraînement.

Sheenagh la regarda avec colère pendant quelques instants avant de ricaner.

— C'est donc vrai ? Vous lui avez jeté un pichet à la tête ?

— Eh bien, pas exactement à la tête, mais oui, c'est la vérité, répondit Ruth qui ne voyait aucune raison de le nier. Une brosse à cheveux avec un manche en argent aussi. Je n'essayais pas réellement de le frapper, mais…

— Aye, répondit Sheenagh en croisant les bras et en regardant Ruth avec un intérêt non dissimulé. Mais lorsqu'ils se montrent aussi butés, ça donne envie de casser des choses. Mieux vaut que ce soit le pichet que sa tête, et je n'doute pas qu'il l'ait mérité !

— Oh, il l'avait mérité, confirma Ruth.

Elle était sur le point de s'avancer pour se servir une tasse de thé, mais à sa grande surprise, la jeune femme la devança. Pour une fois, elle avait même fait l'effort de le préparer comme elle l'aimait.

— Vous a-t-il écouté après cela ?

Ruth ricana et secoua la tête.

— Malheureusement non, répondit-elle avec un sourire amer.

Sheenagh soupira en secouant la tête avant de tendre la tasse de thé à Ruth.

— Eh bien, il y aura toujours une prochaine fois.

Ruth éclata de rire et Sheenagh sourit.

— J'adore ce que vous avez fait de son bureau. Je m'suis glissée à l'intérieur quand le vieux sournois n'regardait pas. Je n'ai jamais eu aussi peur de ma vie ! Je n'arrive pas à croire que le laird n'vous ait pas étripée.

La jeune domestique secoua la tête d'un air incrédule et Ruth ne put s'empêcher de glousser. Même si Sheenagh n'était pas censée parler de ses employeurs aussi crûment, Ruth découvrit que cela lui plaisait.

— Je crois qu'il a peur des représailles, répondit-elle avant de prendre une gorgée de thé. Après tout, je pourrais également m'attaquer à sa chambre.

La jeune fille parut enchantée et Ruth ressentit une vague de triomphe. Elle se souvint soudainement que Sheenagh était arrivée de très mauvaise humeur.

— Mais dites-moi, Sheenagh. Quelle est cette chose qui vous a ennuyée ce matin ?

L'expression de la jeune femme s'assombrit, elle croisa les bras, une expression haineuse familière flotta dans les yeux.

— C'est cette espèce de vieux cochon sournois, grommela-t-elle.

— Quel vieux cochon sournois exactement ? s'enquit Ruth qui savait que la jeune femme ne parlait à aucun membre du personnel anglais.

— La grande perche.

— Ah, Garrick, supposa Ruth, car le majordome était sûrement le plus grand de ses employés.

— Aye, répondit Sheenagh d'un ton amer. Lui.

Ruth s'installa sur la chaise devant son plateau et souleva le couvercle de l'assiette. Des harengs frits dans du gruau. Elle soupira. Elle n'avait jamais particulièrement aimé ce petit poisson, mais c'était un aliment phare de la région ; surnommés les « chéris d'argent », ils représentaient une part importante de l'économie locale et allaient probablement contribuer aux revenus du domaine : Gordy avait fourni cinq bateaux de pêche aux familles qui vivaient sur ses terres, le long de la côte. Il valait mieux qu'elle s'habitue au goût de cette maudite chose.

— Qu'est-ce qui vous déplaît chez Garrick ? demanda-t-elle à Sheenagh en prenant une bouchée déterminée de poisson et en le mastiquant.

— Il est toujours *partout*, bon sang, répondit Sheenagh, exaspérée. Je me retourne et il est là, avec son regard noir, et me demande si j'ai fait ci ou ça.

— Et lorsqu'il vous interroge, êtes-vous capable de répondre par l'affirmative ?

Sheenagh rougit et serra plus fermement les bras contre sa poitrine.

Ruth réprima un sourire et fit signe à Sheenagh de s'asseoir. Après un instant d'hésitation, la jeune femme s'installa sur le bord du lit en regardant Ruth avec une expression méfiante.

— Garrick et Mrs Crust, tout comme Mrs MacLeod, doivent veiller à ce que tout soit en ordre, Sheenagh. Chaque personne vivant et travaillant au château, y compris moi-même, joue un rôle dans le bon déroulement des activités et le maintien de ce lieu qui nous fournit à la fois un abri et un travail. Vous êtes un maillon important de cette chaîne. Quand vous ne remplissez pas correctement votre rôle, cela nuit à l'image de tout le personnel et, de ce fait, à la mienne également.

Sheenagh ricana.

Ruth posa sa fourchette et son couteau.

— Vous ne me croyez pas ?

— Si j'étais un maillon important, il n'me regarderait pas comme si je sortais d'un morceau de fromage.

Ruth se mordit la lèvre pour ne pas éclater de rire devant cette description vivide.

— Sheenagh, avez-vous la moindre idée de l'importance de votre position ? À Londres, la femme de chambre a tous pouvoirs sur la réputation de sa maîtresse, qui est à la merci de cette femme qui l'habille et la coiffe. Le manque d'habileté de cette employée peut avoir des conséquences désastreuses.

— Peut-être, mais ce n'est pas la mêyme chose ici à Wildsyde, répliqua-t-elle sèchement.

— Non, admit Ruth. Pas pour l'instant, mais j'ai des amis qui vont probablement nous rendre visite et l'une d'elles est duchesse. Je vais probablement moi-même aller les voir, si l'occasion de retourner à Londres se présente. Allez-vous me faire honte en refusant d'apprendre votre métier correctement ? Dois-je faire venir une domestique anglaise pour prendre votre place, une femme qui comprend l'importance de cette position ?

Sheenagh lui lança un regard profondément haineux en bondissant sur ses pieds.

— Eh bien, pourquoi pas ? De toute façon c'est c'que vous allez faiyre ! Ce n'est pas comme vous en aviez quelque chose à faiyre de m'emmener dans de beaux endroits où je vous ferai honte par mon ignorance !

Ruth soutint son regard sans se laisser impressionner par son accès de colère.

— Je vous somme de vous asseoir et de garder un langage correct, dit-elle froidement avec un air mettant la jeune fille au défi de lui désobéir.

Sheenagh s'exécuta de mauvaise grâce et se vautra en fulminant.

— Je n'ai pas l'intention de me débarrasser de vous, pas si vous effectuez votre travail comme il se doit, déclara Ruth en gardant un ton ferme. Mais je n'accepterai ni agressivité ni bouderies, je vous préviens. Je pense que nous pourrions nous entendre à merveille, si vous m'accordez une chance. Ne souhaitez-vous pas continuer, Sheenagh ?

— Aye, s'écria la jeune fille avec tant de férocité que Ruth fit un bond. Mais j'en suis incapable !

Ruth prit une profonde inspiration, secouée par le désespoir qui se lisait sur le visage de Sheenagh.

— Pourquoi ?

Ruth patienta en observant, désarmée, la jeune fille déglutir et lutter pour garder le contrôle sur sa détresse manifeste. Elle enroula ses bras autour d'elle avec un air profondément affligé avant de répondre.

— Parce que je n'sais pas comment faiyre, voilà pourquoi. Que sais-je de la mode, des coiffures, et je n'parle même pas de vous aider à vous habiller comme il faut ? Je n'sais pas comment m'occuper de toutes ces jolies robes coûteuses ; je n'connais même pas la moitié des tâches qui m'incombent ni comment les accomplir. Je n'vous suis d'aucune utilité et le grand dadais le sait bien. C'est pour ça qu'il me déteste.

— Oh, ce n'est que cela ? répondit Ruth, soulagée, en riant légèrement.

Sheenagh lui renvoya un regard outré.

— Que cela ?

Ruth soupira et mit son petit déjeuner de côté. Elle se leva, s'installa sur le lit aux côtés de Sheenagh. Elle prit sa main et la serra.

— Vous êtes une demoiselle très capable et je sais que vous me rendrez fière. Non… laissez-moi finir, la prévint-elle en serrant les doigts de la jeune femme avant qu'elle ne puisse l'interrompre. Je vous apprendrai tout ce que vous devez savoir, mais je vous préviens, en ce qui concerne la mode, il ne faut pas m'écouter. Il est évident que vous savez bien mieux que moi ce qui me va. Mes amies se désespèrent de mon goût, je dois vous le dire.

Sheenagh réfléchit quelques instants.

— Cette robe orange était vraiyment choquante, admit — elle en hochant la tête.

Ruth soupira.

— Je sais, mais j'adorais la couleur.

Sheenagh la regarda comme s'il lui manquait une case. Ruth s'esclaffa.

— Vous voyez, c'est exactement ce que je voulais dire. Vous allez avoir du fil à retordre avec moi. Bon, dit-elle en se levant et en ouvrant l'un des tiroirs de sa table de chevet.

Elle souleva une pile épaisse de magazines comprenant les derniers numéros de « La Belle Assemblée », « Les Archives d'Ackerman », « Le Musée Mensuel des Femmes » et du « Journal des Dames et des Modes ».

— Voici pour vous. Je vous suggère de les étudier. Je trouverai quelque chose qui décrit avec précision les tâches qui reviennent à une femme de chambre ; en attendant, vous pouvez compter sur moi pour vous donner des conseils. N'hésitez pas à me solliciter lorsque vous en ressentez le besoin.

Sheenagh contempla la pile de magazines que Ruth venait de lui remettre.

— Vous allez vraiment m'aider ?

— Bien évidemment, répondit Ruth en secouant la tête avec impatience. Vous n'allez pas me croire nigaude au point de renvoyer quelqu'un simplement parce qu'il n'a pas été correctement formé ? Qu'est-ce donc que ce genre de raisonnement ? J'ajouterai que Garrick et Mrs Crust sont une mine d'informations et se montreront plus que disposés à vous aider. Je pense même que si vous le leur demandez poliment, ils seront ravis de vous aiguiller du mieux qu'ils peuvent.

— Je n'en suis pas si sûre, marmonna la jeune fille, visiblement sceptique.

— Je vous mets au défi d'essayer, répondit Ruth en lui souriant. Présentez vos excuses à Mr Garrick. Dites-lui que vous voulez apprendre votre métier à la perfection et que vous lui seriez reconnaissante de toute aide qu'il pourrait vous apporter. Je vous parie qu'il sera enchanté. Si j'ai tort, vous pourrez récupérer la robe orange et en faire ce que vous voulez.

— Vous êytes sérieuse ? répondit Sheenagh en haussant les sourcils.

— Je ne dis jamais quelque chose que je ne pense pas, Sheenagh, vous feriez mieux de vous y habituer.

— Aye, répondit la fille en souriant un peu. J'imagine que c'est vrai.

— Bon, fit Ruth en se tournant à nouveau vers son déjeuner avec moins d'enthousiasme que d'habitude. À présent, activez-vous. Il me faut de l'eau chaude, je vous prie. Je dois m'habiller. J'ai des choses à faire.

— Aye, m'dame, répondit Sheenagh en effectuant une petite révérence avec un air presque respectueux. Tout de suite.

🎩 🎩 🎩

Ruth était ravie lorsqu'elle eut fini de s'habiller. Sheenagh avait pris très à cœur ce qu'elle venait de lui dire et l'avait bombardée de questions concernant son rôle, sa garde-robe actuelle, et avait également émis quelques remarques très cinglantes sur certaines des tenues qu'elle n'appréciait pas. Bien qu'un peu épuisant, c'était un plaisir de la voir si enthousiaste. Ruth ne voulait pas faire quoi que ce soit qui affecte son émerveillement sincère à l'idée d'apprendre son métier, elle fit donc de son mieux pour répondre à ses questions avec autant de détails et de patience qu'elle le put.

— Bonjour, Garrick, dit-elle en descendant l'escalier.

Le majordome leva la tête vers elle et lui sourit.

— Bonjour, Mrs Anderson.

— Avez-vous parlé à Sheenagh ce matin ? demanda-t-elle en observant avec intérêt l'expression de son visage.

Les yeux de Garrick étincelèrent, approbateurs.

— Ah, dit-il en souriant. Voilà qui confirme mes soupçons. Vous avez eu une conversation avec la jeune fille.

— Oui.

— Dieu merci, si vous voulez bien excuser ma franchise. Je ne savais plus quoi faire d'elle. Je dois avouer que si vous n'aviez pas émis le désir de laisser sa chance au personnel écossais, je l'aurais renvoyée.

Ruth hocha la tête. Elle n'était pas surprise ; Garrick menait une équipe d'exception. Contrairement à la plupart des majordomes, il n'optait pas pour l'intimidation et veillait à ce que tous les employés soient traités justement. Mais en temps normal, telle grossièreté aurait mené à un renvoi direct.

— Et à juste titre, je n'en doute pas. Mais je crois que nous sommes parvenues à un accord. Du moins, je l'espère, et je vous prie d'aider la jeune femme dans la mesure du possible. Je crois que beaucoup de sa colère émane d'un manque de confiance en elle. Quelques mots d'encouragement de votre part devraient suffire à remédier à cela.

Garrick parut un peu sceptique, mais répondit aussitôt :

— Vous pouvez compter sur moi.

— Oh, c'est ce que je fais, Garrick, répondit Ruth en riant. C'est ce que j'ai toujours fait.

— Et j'en suis honoré, Mrs Anderson.

Ruth lui sourit.

— Quel flatteur vous faites. Vous allez faire gonfler mon ego au-delà du supportable et vous le regretterez ensuite. Dites-moi, savez-vous où se trouve mon mari à cette heure-ci ?

— Je crois qu'il est dans le bureau, répondit Garrick avec une expression prudemment impassible.

Parfait.

Ruth lui lança un regard complice et le majordome fit de son mieux pour ne pas réagir.

— C'est parfait, murmura-t-elle.

Elle partit prestement, bien décidée à avoir une petite discussion avec Gordy dans l'enfer rose qu'elle avait créé de ses mains.

— Entrez.

La réponse laconique aux coups qu'elle avait frappés sur la porte lui indiqua que Gordy n'était pas de bonne humeur, ce qui n'était pas étonnant. Était-il seulement *capable* d'être de bonne humeur ? Elle préférait rester obstinément optimiste et croire que c'était possible.

Ruth ouvrit la porte en se préparant à ce qui allait suivre. Son mari était assis derrière le bureau et regardait une pile de courriers d'un air mécontent. Il leva les yeux vers elle ; Ruth vit une lueur de surprise traverser son regard.

— Bonjour, mon cher et tendre, dit-elle en le gratifiant d'un sourire affectueux. Avez-vous bien dormi ?

L'expression de Gordon s'assombrit davantage.

— Je n'ai pas bien dormi. Vous vous êtes accaparé toute la couverture.

— Est-ce la vérité ? demanda Ruth qui, à son grand dam, sentit ses joues devenir cramoisies. Je vous prie de m'excuser. Il me faudra plus de pratique pour apprendre à partager, ajouta-t-elle, bien déterminée à ne pas se laisser décontenancer.

Il ricana avant de regarder à nouveau la pile de papiers sur son bureau.

Ruth jeta un coup d'œil inquiet à la pièce. Honnêtement, elle avait oublié à quel point c'était affreux. Elle se sentit presque coupable. Presque.

— Vous admirez votre travail ?

— Oui, répondit-elle en lui lançant un sourire radieux. Il y a beaucoup d'inspiration là-dedans, ne trouvez-vous pas ?

— Aye, j'ai presque été inspiré au point de m'ouvrir les veiynes, rétorqua-t-il en jetant un coup d'œil sur les murs en frissonnant. Je n'arrive pas à me débarrasser de cette sensation d'être observé.

Malgré tous ses efforts pour contenir son hilarité, Ruth ricana. Elle se couvrit la bouche de la main.

— Je vous prie de m'excuser, fit-elle sans le penser une seule seconde.

Gordy recula sur sa chaise et croisa les bras.

— Allez-y, vous pouvez rire, dit-il en plissant les yeux. Je suppose que vous êytes en droit de savourer votre victoire. Je n'savais pas que ma femme était si vindicative.

— Oh, vous n'avez rien vu, rétorqua Ruth avec sincérité en soutenant son regard.

— Est-ce une menace ? demanda-t-il.

Elle haussa les épaules tout en allant rectifier le ruban qui tombait du bois d'un cerf aux yeux éteints.

— Peut-être.

Il la fixa avec une expression réellement paniquée. Elle ne pouvait pas l'en blâmer ; cela ne faisait que quelques minutes qu'elle était dans la pièce et elle se sentait déjà mal à l'aise. Tous ces yeux vitreux accrochés sur ce mur rose, c'était affreusement malaisant.

— Que voulez-vous ?

— Ce que je veux ? répéta-t-elle d'un air innocent, soulagée de se détourner du cerf. Que voulez-vous dire ?

— Vous le savez très bien. Vous êtes venue affronter le lion dans sa tanière, aye ?

Ruth jeta un coup d'œil aux murs roses et se mordit la lèvre.

— Aye, et vous auriez sans doute mis la tête d'un lion sur les murs si vous en aviez eu un sous la main, maudite créature.

Il lui fallut un effort considérable pour ne pas éclater de rire, mais elle soutint son regard en faisant de son mieux pour avoir l'air désolée. Elle fut étonnée en remarquant quelque chose qui ressemblait à de l'admiration dans son regard.

— J'ai bien peur de ne pas m'être montrée très gentille, dit-elle doucement. Je suis désolée, Gordy. Je ferai les modifications nécessaires. Ce que vous voudrez, je vous le promets.

Il ricana.

— Argh, je l'ai bien mérité. Vous n'vous vouliez sûrement pas un époux comme moi.

Elle sourit et répondit sans parvenir à cacher la tendresse dans sa voix :

— C'est là que vous vous trompez, mais je ne vous embarrasserai pas en essayant de vous dire des choses que vous ne souhaitez pas entendre.

Même si elle s'attendait à ce qu'il détourne le regard, elle se sentit quand même affligée lorsqu'il le fit. Il empila proprement les papiers étalés sur son bureau et les rangea dans un tiroir.

— Le travail semble avancer à bon rythme, dit-elle en espérant ne pas l'avoir fâché trop vite.

Elle savait bien qu'il ne fallait pas lui dire ce genre de choses.

— Êtes-vous satisfait de ce que vous avez accompli ?

— Aye, dit-il à contrecœur en se levant.

— Les bateaux de pêche ont-ils été bien accueillis ? Les prises ont-elles été aussi abondantes que vous l'espériez ?

—Aye.

— Les travaux à Freswick sont-ils finis ?

— Non.

Ruth prit une profonde inspiration en restant calme. Elle savait qu'il faisait cela pour l'énerver.

— Y a-t-il encore beaucoup de travail à accomplir ?

—Aye.

Elle changea de tactique.

— Que pensez-vous du violet, mon doux rayon de lune ?

Gordy fronça les sourcils, le regard soupçonneux.

— Violet ?

— Oui, mon chéri, violet. La couleur.

Elle lui envoya un sourire aveuglant et il prit un air vaguement horrifié.

— Espèyce de diablesse méprisable et calculatrice ! gronda-t-il.

Elle crut percevoir à nouveau cette lueur d'admiration.

— Oui, mon cœur, mais je suis *votre* diablesse méprisable et calculatrice.

Il poussa un grognement en secouant la tête avant de soupirer lourdement.

— Très bien, répondit-il avec la mâchoire serrée, l'air résigné. Je suis optimiste en ce qui concerne la pêyche, même si la saison n'est pas idéale pour l'annoncer avec certitude. Mais cela donne du travail aux hommes, et les femmes sont occupées à saler le poisson et le transporter jusqu'à Wick. Il faudra attendre le début de la pêche au chalut en juillet pour en être assurés ; si elle s'avère aussi fructueuse que je l'espèyre, j'achèterai d'autres bateaux. J'ai bon espoir que l'entreprise soit rentable. L'état des cottages de Freswick était encore pire que je ne l'imaginais, mais les travaux sont bien entamés ; une fois ceux-ci terminés, je compte faiyre construire d'autres habitations ; la pêche m'amènera d'autres familles.

— Je suis si fière de vous, Gordy, déclara Ruth sans essayer de cacher l'émotion dans sa voix. C'est la vérité. Vous faites tellement de bien.

À son grand étonnement, il rougit, et elle vit de la confusion dans ses yeux avant qu'il ne se détourne à nouveau. Il regarda par la fenêtre et déclara, dos à elle :

— Vous êtes la femme la plus contradictoire que j'ai jamais rencontrée.

Elle éclata de rire.

— Je n'en doute pas.

Il lui jeta un regard par-dessus son épaule en fronçant les sourcils, il était visiblement perdu et ne savait pas quoi penser d'elle.

— Voudriez-vous voir mon nouveau projet, Gordy ?

Il afficha une fois encore une expression méfiante.

— Va-t-il me donner des cauchemars ? demanda-t-il tandis que son regard s'attardait sur les yeux sans vie qui le dévisageaient de tous les côtés de la pièce.

Ruth hésita, et il poussa un gémissement de détresse.

— Seigneur, qu'avez-vous encore fait ?

— Oh, non, dit-elle en secouant la tête sans parvenir à cacher son inquiétude. Ce n'est rien de tel, mais… mais, eh bien… je ne sais pas comment vous allez réagir. Je veux dire, je crois savoir ce que vous allez dire, mais j'ai l'impression que ce que vous dites et ce que vous ressentez sont des choses complètement différentes.

— Arrêtez de parler par énigmes, dit-il en lui lançant un regard noir.

— Ce n'est pas ce que je fais, répondit-elle en ne baissant pas les yeux. Vous voyez très bien ce que je veux dire. Suivez-moi, je veux avoir votre opinion.

Ruth tendit la main dans sa direction et il s'approcha, mais ne la saisit pas. Il ouvrit la porte pour elle en lui faisant signe de passer devant. Elle ne s'en offusqua pas, consciente qu'il lui faisait déjà une faveur. Elle savait qu'il ne fallait pas le brusquer.

Elle les mena en haut des escaliers en se demandant si elle faisait une énorme erreur, mais il était trop tard. Ils pénétrèrent dans la pièce. Il n'y avait pas grand-chose à voir, elle avait été vidée et nettoyée, la cheminée avait été ramonée, les vitres, remplacées, et le mur de pierre avait été fraîchement crépi. Ruth retint sa respiration. Le regard de Gordon se posa immédiatement sur l'objet qu'elle voulait lui montrer, symbole de tout ce qu'elle essayait de lui faire comprendre. Ruth ferma la porte derrière eux en le regardant attentivement, le cœur battant.

Il tourna vivement la tête vers elle et la regarda fixement.

— Êtes-vous —

— Oh, non, répondit-elle précipitamment, trop précipitamment en se rendant compte de ce qu'il avait supposé. Pas encore.

Elle eut la très légère impression de voir sa tension se relâcher légèrement, mais peut-être se trompait-elle.

— C'est une pièce charmante, ne trouvez-vous pas ? Agréable et lumineuse. Je me demandais… peut-être… peut-être voudriez-vous m'aider à choisir quelques objets pour la meubler ? Le berceau est un cadeau de ma tante, ajouta-t-elle avec un sourire gêné.

Il s'en approcha silencieusement. Il était en bois de rose et pouvait se balancer. À sa tête, le bois était sculpté avec des paniers remplis de fleurs. Gordy le frôla et il se mit à osciller de droite à gauche. À côté de son mari, on aurait dit que le berceau avait été conçu pour contenir une chose infiniment minuscule. Sa réponse ne la surprit pas.

— Vous n'resterez pas ici. Cela n'change rien.

Son ton déterminé aurait dû faire réfléchir Ruth, mais elle releva la tête.

— Je reste. Vous ne m'aviez jamais dit que vous me feriez partir lorsque je serai enceinte, et je veux rester. Je veux rester avec vous. Je veux que nous soyons une famille, la famille que vous n'avez jamais eue. Je sais que nous faisons tous les deux des erreurs. Je sais que j'ai fait des erreurs, mais tout ceci est nouveau pour moi, Gordy. J'ai besoin de votre aide. J'ai besoin de vous.

Elle retint son souffle. Elle en avait trop dit, mais il le fallait. Si elle n'osait pas lui dire ce qu'elle pensait, il ne comprendrait jamais ce qu'elle ressentait. Il ne répondit pas, ne la regarda pas. Elle essaya à nouveau avec l'espoir d'obtenir une réaction, même infime.

— C'est ici chez moi, et vous êtes mon mari. Je ne partirai pas, enfant ou non.

Il se raidit. La tension qui le parcourait était parfaitement visible. Après un silence tendu, il tourna la tête vers elle.

— Bien sûr que si.

L'amertume avec laquelle il avait prononcé ces mots était si violente qu'elle en eut le cœur serré. Elle le regarda marcher vers la porte, mais elle se précipita devant lui pour l'empêcher de sortir.

— Vous ne pouvez pas me faire partir.

Il poussa un grognement dédaigneux.

— Vous pouvez m'obliger à monter dans un carrosse, dit-elle, aussi têtue que lui. Mais vous ne pourrez pas m'empêcher de revenir. Qu'allez-vous faire ? Barricader le château ? Me faire dormir sur le sol gelé devant les barrières ? Je n'hésiterai pas à le faire.

— Vous êtes folle, dit-il en lui lançant un regard plein de pitié.

— Vous ne me faites pas peur, espèce de gros balourd.

Elle le poussa, ce qui était aussi efficace que d'essayer de pousser les murs du château.

— Alors vous êtes encore plus bête que ce que je croyais, gronda-t-il en la regardant d'un air furieux.

Elle soupira et afficha un air aussi résolu que le sien.

— Vous aboyez, mais ne mordez pas. Vous faites tout pour me faire partir, mais lorsque vous venez ensuite dans mon lit pour me faire l'amour, tous vos efforts sont réduits à néant.

Il éclata de rire.

— Vous feriez mieux de ne pas confondre le désir d'un homme pour les plaisirs de la chair avec l'affection. Je n'éprouverais aucune envie à coucher avec une partenaire non consentante, et, si je veux que vous tombiez enceinte, il n'est pas dans mon intérêt que vous vous débattiez.

— Il n'y a pas que cela, insista-t-elle — bien que le doute la tenaille. Je sais que vous ressentez quelque chose pour moi.

— Oui, une irritation considérable, et j'ai hâte d'être débarrassé de vous. Et une fois que vous serez enceinte, je me débarrasserai de vous, soyez-en certaiyne. Peut-être ferais-je mieux de vous faire interner jusqu'à l'arrivée du bébé, pour être certain que vous n'reveniez pas ici. Vous n'êtes pas la bienvenue.

C'était délibérément cruel. Ruth cligna des yeux pour retenir ses larmes. *Il le fait exprès*, se rappela-t-elle. *Il ne vous fait pas confiance ; il pense que vous allez l'abandonner, comme tout le monde.* Mais c'était difficile de garder cela en tête devant des réponses aussi blessantes.

— Vous me feriez enfermer parce que je vous aime ?

La question, prononcée doucement, résonna pourtant dans la pièce comme un coup de fusil.

Il la contempla. Sa respiration rapide dévoilait tout ce que son expression soigneusement neutre lui cachait.

— Vous n'm'aimez pas, dit-il sur un ton méprisant, mais Ruth avait eu le temps de voir un éclair de confusion et de vulnérabilité avant qu'il ne réussisse à lui cacher. Et l'exaltation que vous ressentez à vivre avec votre sauvage des Highlands ne tardera pas à s'estomper, mais n'ayez crainte, je ferai en sorte que vous ayez suffisamment d'histoires savoureuses à raconter à vos amies raffinées. Devrais-je vous prendre ici, contre le mur ? Ou peut-être devrais-je vous tirer par les cheveux jusqu'à l'écurie pour vous allonger dans la paille ? Cela vous plairait-il ?

Elle savait qu'il ne faisait cela que pour minimiser ce qu'elle ressentait, faire comme si ce n'était que charnel, mais elle ne put réprimer la rougeur qui envahit ses joues et qui trahit son désir.

Elle détesta le petit rire qu'il poussa, comme si tous ses soupçons étaient confirmés.

— Je vous désire, confirma-t-elle en soutenant son regard — ce qui était la chose la plus difficile à faire au monde. Ce qui n'est sans doute pas digne d'une lady, mais je n'ai jamais été une lady, Gordy. J'ai toujours été différente, pas assez bien pour être épousée, issue d'une famille pas assez distinguée. Je ne suis pas assez féminine. Je n'ai pas de sang bleu dans les veines, je viens du négoce. Je suis trop grande, trop franche, trop directe. Pourquoi diable croyez-vous que j'étais encore célibataire malgré la vaste dot que vous étiez si content d'empocher ?

Ruth cligna des yeux en essayant désespérément de retenir ses larmes, de garder une voix ferme.

— Je sais que je suis parfois difficile à vivre et que j'ai un sacré caractère, mais je promets d'essayer de m'améliorer, Gordy, si vous aussi, faites des compromis. Je ne me fais pas d'illusions. Je sais que vous ne ressentirez jamais pour moi ce que je ressens pour vous. Je ne colle sûrement pas à l'image de la charmante épouse que vous aviez imaginée, néanmoins je sais ce qu'est la loyauté. Je sais ce que cela signifie, de respecter sa parole, et peu importe ce que vous croyez, je vous ai fait une promesse devant Dieu, et je compte bien la respecter. Je ne partirai *pas*, Gordy. Je resterai *toujours* à vos côtés. Vous pouvez me traiter avec cruauté si cela vous rassure, mais je n'irai nulle part.

Elle ne resta pas pour voir sa réaction. La vision brouillée par les larmes, à deux doigts de craquer, elle fit volte-face, attrapa la poignée à l'aveuglette et s'enfuit.

Chapitre 17

Ma chère Ruth,

J'ai été si heureuse de recevoir votre lettre et d'apprendre tous les progrès que vous avez accomplis à Wildsyde. L'endroit a l'air incroyablement romantique ; les descriptions du paysage que vous voyez depuis le château et du ciel étoilé que vous pouvez admirer à la nuit tombée m'ont émerveillée. J'espère pouvoir voir tout cela un jour. J'espère que vous êtes aussi heureuse que votre lettre semble l'indiquer, et que votre mari est conscient de la chance qu'il a — nous, oui.

Quant à moi, je ne comprends pas ce que vous voulez dire avec vos propos à peine voilés. Je ne <u>traque</u> pas Mr de Beauvoir ! Disons que cela ressemble plus à un siège.

— Extrait d'une lettre de miss Minerva Butler à Mrs Ruth Anderson.

14 décembre, 1814. Château de Wildsyde, Écosse.

Ruth sortit à grands pas en baissant la tête contre les bourrasques glaciales qui lui piquait les yeux et faisait monter ses larmes. Le vent violent la heurtait violemment et faisait claquer sa cape, essayant de la faire gonfler comme une voile, mais elle la tint fermement, refusant de quitter le chemin. Elle était probablement folle, à vouloir lutter ainsi contre les éléments et contre son mari entêté — mais n'était-ce finalement pas la même chose ?

Au moins, elle avait trouvé un endroit bien à elle, où elle pouvait être au calme, loin de ce château qui semblait tout temps en activité. En temps normal, elle adorait l'effervescence d'une demeure animée et appréciait le défi que représentait le fait d'être à la tête d'une grande propriété, même si Wildsyde était bien moins grand que n'importe quelle propriété de son père. La gestion de tous les détails de la vie d'une grande demeure était ce pour quoi elle était née, formée dans le but de devenir un jour la duchesse que son père — trop ambitieux — avait espéré la voir devenir. Wildsyde, en comparaison, n'était pas grand-chose et pourtant elle se sentait épuisée depuis quelques semaines. Elle n'était pas sûre d'être à la hauteur de la tâche ni de pouvoir supporter les constantes sollicitations du défilé incessant d'ouvriers et d'employés. Elle aurait pu déléguer tout ceci à Garrick et Mrs Crust, mais cela ne lui ressemblait pas ; Garrick aurait su que quelque chose clochait et il lui aurait alors fallu faire davantage d'efforts pour cacher son malheur.

Gordy s'était tenu à l'écart depuis la dispute qu'elle avait provoquée devant ce berceau et elle se maudissait encore d'avoir été aussi stupide. Il venait toujours la voir le soir, mais même si ses mains la caressaient toujours avec tendresse, il gardait avec elle une distance émotionnelle qu'elle ne savait comment franchir. Il était inutile de continuer à regretter sa propre imbécilité, mais elle ne pouvait s'empêcher. Elle savait très bien qu'elle aurait mieux fait d'agir subtilement : elle aurait fini par gagner cette bataille centimètre par centimètre, pas avec une confrontation directe. Alors pourquoi l'avait-elle acculé de la sorte ? Elle l'avait piégé dans cette pièce et il n'avait eu d'autre option que de lui faire face et d'écouter ce qu'elle lui disait. Pas étonnant qu'il ait réagi avec sarcasme et méchanceté. Ruth comprenait parfaitement que la situation demandait de la patience et de la compréhension, mais la patience n'avait jamais été son fort.

Elle savait qu'il ne lui faisait pas confiance, qu'il n'avait même pas envie d'essayer, mais ignorait comment lui prouver qu'elle en était digne. Sa seule tactique était de garder sa parole et de rester à ses côtés, mais il ne voulait même pas la laisser faire cela. Une partie d'elle avait envie de tout avouer à ses amies, en particulier celles qui étaient mariées, et de les supplier de lui donner quelques conseils, mais Gordy détesterait cela. Il détesterait le fait que son passé devienne un sujet de conversation ; il verrait cela comme la trahison qu'il redoutait de la part de Ruth. Il fallait donc qu'elle continue d'avancer doucement en faisant parfois des erreurs et en croisant les doigts pour ne pas avoir ruiné toutes les chances qu'elle aurait pu avoir avec lui.

Elle leva la tête en apercevant les ruines du château de Bucholie. Des guillemots piaillaient au-dessus d'elle, leur cri rauque perçant même le martèlement des vagues qui se fracassaient contre la roche en contrebas et qu'elle sentait résonner à travers elle. C'était un endroit féerique. Elle l'avait découvert lors d'une promenade quelques semaines plus tôt et l'avait trouvé follement romantique. Le château avait été bâti sur le cap avec les mêmes pierres plates qui constituaient la falaise, il était donc difficile de le distinguer de la paroi rocheuse dont il semblait surgir de lui-même. Mr Clugston lui avait raconté qu'un pirate norvégien du nom de Sweyn l'avait construit au douzième siècle. Il n'en restait pas grand-chose, seulement le mur ouest et quelques morceaux en ruine du côté sud. Ruth supposait qu'une grande partie des vestiges avait dû être dérobée il y a des siècles de cela, et que les pierres se trouvaient désormais dans les murs de Wildsyde. Le paysage qui entourait le château à des kilomètres à la ronde était aussi sauvage qu'ailleurs. En dehors de la minuscule silhouette sombre de Wildsyde que l'on pouvait apercevoir au loin, les décombres du château de Bucholie représentaient le seul point culminant à des kilomètres à la ronde, et sa position surélevée semblait mettre au défi les tempêtes de l'assaillir, défi qu'elles avaient relevé. Les plaines plates s'étendaient à perte de vue devant les ruines, semblables à l'océan qui s'étalait à l'infini derrière les décombres ; terre et mer se reflétaient l'une l'autre sous les hurlements du vent qui soufflait sur ces vastes étendues.

Ruth frissonna et se plaqua contre le mur, à l'abri des rafales les plus violentes. Ses oreilles bourdonnaient tant le froid était mordant. Elle rit et le son fut balayé en un instant, emporté par le vent à l'instar des oiseaux de mer qui s'engouffrait dans la tempête et dont les cris ressemblaient à des gloussements hystériques. C'était exaltant, son cœur battait plus vite à mesure qu'elle s'approchait du bord de la falaise. Elle sentait le vent tirer sa cape au risque de faire basculer dans le vide. Loin en dessous d'elle, elle pouvait admirer la mer écumante se briser contre les rochers déchiquetés. Les embruns salés lui piquèrent le visage dans une décharge de froid glacial. Elle recula un peu tout en admirant le scintillement du soleil sur ce bleu infini. Elle se sentait ridiculement petite, ses problèmes semblaient dérisoires devant cette immensité présente depuis l'aube des temps qui demeurerait ainsi, immuable, bien après sa mort. Il était étrange qu'un paysage aussi sinistre puisse lui apporter du réconfort, mais il calmait le tourbillon incessant de ses pensées ; les problèmes qui lui semblaient insurmontables au sein des murs de Wildsyde devenaient des choses ne nécessitant rien de plus que du temps pour être résolues et elle revenait toujours en se sentant sereine, comme si la férocité du vent et de la mer domptait la sauvagerie de la tempête qui faisait rage en elle.

Elle demeura ainsi peut-être une heure, contemplant la mer d'un azur éblouissant. Elle était glacée jusqu'aux os, mais la férocité de sa propre frustration était dorénavant apaisée. Sentant qu'elle était dans un meilleur état d'esprit pour affronter le reste de la journée, elle se retourna et commença à entamer le chemin de retour vers Wildsyde. En dépit du froid glacial et du vent qui lui brûlait la peau, elle sourit. L'endroit avait capturé son cœur. Il était difficile, sauvage, indomptable et pourtant entêtant, imprégné d'une magie sombre et étrange qui envoûtait une partie mystérieuse de son âme. Elle avait toujours aimé les histoires que l'on racontait, celles qui parlaient de fantômes, de sorcières, de fées et de changelins. Il y avait en Ruth quelque chose d'indéniablement ancien, une connexion à son passé lointain qui vibrait en elle et la faisait se sentir forte et ancrée à cet endroit. À Londres, elle ne s'était jamais sentie à sa place, toujours à la dérive, comme si elle s'accrochait à sa position dans la société du bout des doigts. Pas ici. Ici, elle se sentait entière et vraie d'une façon qu'elle ne pouvait décrire. Elle avait envisagé d'expliquer cela à Gordy, tout en sachant qu'elle ne trouverait jamais les mots exacts. Il penserait sans aucun doute que *quelque chose n'tournait pas rond dans sa têyte.*

— Mrs Anderson !

Ruth leva la main pour saluer Mr Clugston qui se dirigeait vers elle.

— La femme qu'il me faut, dit-il avec un sourire affectueux. Voudriez-vous venir jeter un coup d'œil ? J'étais en train de penser à ce que vous aviez dit, au sujet de l'utilisation des pierres de la tour effondrée…

Ruth sourit et hocha la tête en écoutant Mr Clugston parler avec enthousiasme. Elle posait des questions et donnait son avis lorsque le besoin s'en faisait sentir. L'homme dégageait une aura optimiste qu'il n'avait pas lorsqu'elle l'avait rencontré et elle eut la sensation d'avoir fait quelque chose de bien.

— Vous êtes satisfaiyte ? demanda Mr Clugston en interprétant correctement le sourire qu'elle ne put réprimer.

Elle hocha la tête en regardant le château. L'extérieur était encore entouré d'échafaudages, comme si le château était une espèce d'énorme hérisson roulé en boule pour se protéger. Des hommes s'y déplaçaient, telles des fourmis, tandis que d'autres se pressaient dans la cour extérieure, allant et venant avec des brouettes et des outils en sifflotant gaiement ou en plaisantant, des nuages de condensation s'élevant devant leurs bouches dans l'air glacé.

— Je suis contente de voir que j'ai apporté du positif ici, ou du moins, que mon argent a fait cela, précisa-t-elle.

Elle ne voulait pas que Mr Clugston pense qu'elle s'attribuait les efforts de Gordy. Ruth rougit, mais se dit que Mr Clugston ne s'en apercevrait pas, car son visage était déjà rouge de froid. Il était tellement vulgaire de mentionner une chose telle que l'argent. Trop tard. Une lady n'aurait jamais fait cela.

Mr Clugston la regardait d'un air étrange, et elle sentit son estomac bondir de la même façon que lorsqu'elle était dans un bal et qu'elle faisait ou disait quelque chose d'aussi maladroit devant l'aristocratie.

— Vous n'pouvez pas croire que c'est votre simplement argent qui a fait cela, tout de mêyme ? demanda-t-il d'une voix étonnamment douce.

— Oh, non, bien sûr que non, répondit-elle précipitamment, mortifiée. C'est Mr Anderson qu'il faut remercier. Il a tant fait. Je suis très fière de lui.

L'homme s'esclaffa en secouant la tête.

— Aye, le laird a fait du bon travail, mais ce n'est pas ce que je veux dire. Vous avez apporté un grand changement sur Wildsyde et ceux qui y travaillent. J'ai remarqué que beaucoup des employés anglais étaient retournés dans les propriétés de votre père, remplacés par des locaux. J'ai vu le respect que vous témoignent Mrs MacLeod, Sheenagh et les autres. Ça n'fait pas longtemps que vous êtes ici, et les gens se rendent déjà compte que votre présence est un cadeau.

Ruth réalisa soudainement qu'elle le regardait d'un air ébahi avec la bouche grande ouverte et la referma lentement, perdue. Elle s'aperçut alors que son opinion, tout comme celle des autres membres du personnel, avait de l'importance pour elle. Cela comptait vraiment beaucoup, et entendre cela, recevoir son approbation, ou plutôt *leur* approbation, de la voix bourrue de

Mr Clugston, c'était presque suffisant pour la faire fondre en larmes.

— Je ne partirai pas, dit-elle avec une détermination calme.

— Je sais, répondit-il d'une voix chaleureuse, ses yeux bleus pleins d'admiration.

Elle hocha la tête et déglutit avec difficulté en se forçant à répondre :

— Il va essayer de m'y obliger.

À son grand désarroi, sa voix se mit à trembler et elle déglutit à nouveau en essayant de retrouver la sérénité que la promenade dans les ruines lui avait apportée.

Si elle avait cru que cette conversation serait la plus grosse surprise de la journée, elle se trompait lourdement. Mr Clugston lui attrapa les mains et les serra avec une force tranquille.

— Vous n'êtes pas seule, dit-il en la regardant avec une expression résolue. Vous avez ici des amis qui vous soutiendront. Plus que vous n'le pensez. J'espèyre que vous savez que vous pouvez me compter parmi eux.

Ruth poussa un gémissement qui se situait entre rire et sanglot et sourit à Mr Clugston en espérant qu'il s'aperçoive de sa gratitude, car elle n'aurait pas pu prononcer un autre mot sans fondre en larmes. Elle avait du mal à contenir son émotion. Cette scène si attendrissante vola subitement en éclats.

— Enlevez vos mains de ma femme !

Ruth sursauta en entendant la voix furieuse de Gordy derrière elle. Elle essaya de dégager vivement ses mains, mais Mr Clugston les serra un peu plus fermement, et détacha les yeux de Gordy pour la regarder à nouveau en disant :

— N'oubliez pas, Mrs Anderson.

Il prit son temps pour libérer ses mains puis fit une petite révérence, hocha la tête en direction de Gordy et partit.

— Que diable a-t-il voulu dire ? demanda Gordy.

Ruth observa la façon dont il suivit du regard Mr Clugston qui traversait la cour. Il est jaloux, réalisa-t-elle avec surprise. Si elle avait été une autre femme, elle aurait pu utiliser cette faille, et peut-être était-elle idiote de ne pas le faire, mais elle n'avait aucune envie de causer de la détresse à son mari. De plus, rien que le fait de savoir qu'il était capable d'une telle émotion avait chassé tout désir de le punir.

— Mr Clugston a eu la gentillesse de me remercier pour les changements que j'ai apportés à Wildsyde, répondit-elle en s'adressant à lui avec le ton apaisant qu'elle aurait pu employer pour calmer un enfant capricieux. Je lui ai expliqué que c'était votre œuvre et que je n'avais fait que fournir l'argent nécessaire, mais il s'est montré très aimable.

Son mari ricana et lui lança un regard curieux.

— Aye, vous n'avez fait que fournir l'argent, n'est-ce pas, femme ? Me croyez-vous demeuré ? Pensez-vous que je ne remarque pas que mes employés viennent désormais à vous au lieu de venir me voir pour obtenir des instructions ?

Ruth se raidit en constatant la frustration qui se cachait derrière cette question, devant cette attaque oblique qu'elle n'avait pas vue venir.

— Vous m'avez dit de faire comme bon me semblait avec l'intérieur du château, Gordy, et lors des occasions où j'ai voulu obtenir votre opinion, vous avez refusé de me l'offrir. N'est-ce pas la vérité ?

— Aye, c'est la vérité, admit-il.

Au moins, il était honnête.

— Ai-je fait quelque chose de mal, Gordy ? demanda-t-elle d'une voix plus douce.

Si seulement il voulait bien lui parler. Elle vit un muscle de sa mâchoire tressaillir.

— Non, répondit-il.

Il aurait fallu être sourd pour ne pas entendre l'amertume dans sa voix.

— En êtes-vous certain ? insista-t-elle, frustrée de ne pas obtenir de réponse précise, même négative.

Il la regarda pendant un long moment, se retourna, et partit sans dire un mot.

Gordy retourna à grands pas vers le château. Il ressentait une colère inexplicable. Bon sang, qu'est-ce qui n'allait pas chez lui ? C'était la faute de cette maudite femme, se dit-il avec rage en faisant de son mieux pour diriger sa colère vers elle. C'était elle, qui sapait son autorité, c'était à cause d'elle qu'il entendait sans cesse le même refrain : *oh, Mrs Anderson a déjà veillé à cela*, ou, *Mrs Anderson a dit que ce serait mieux ainsi*, ou même, *j'en ai déjà discuté avec Mrs Anderson et nous avons décidé…* mais Ruth avait raison, il lui avait donné la permission de faire comme bon lui semblait, il n'avait donc aucun droit de râler. Mais il s'accrocha à cette excuse, car l'autre raison de son irritation le dérangeait bien plus. Malgré tous ses efforts, sa frustration s'estompa ; ce n'était pas cela qui l'avait fait voir rouge et avait fait s'emballer son cœur. La réelle émotion, ce mélange désagréable de colère, de jalousie et de peur, était née lorsqu'il avait vu Clugston tenir les mains de Ruth, lorsqu'il avait aperçu l'admiration évidente briller dans les yeux de ce salaud et le sourire que sa femme lui avait offert en réponse.

Il se souvint de toutes les choses qu'elle avait dit cette nuit-là, devant le berceau, sa promesse de rester, de ne jamais le quitter, peu importe les circonstances ; mais elle avait dit beaucoup de bêtises ce soir-là. Elle avait dit qu'elle n'était pas une lady, pas féminine, qu'elle était trop grande et d'autres idioties révoltantes. Franchement, s'attendait-elle à ce qu'il avale de telles bêtises ? Aucun homme sur terre ne pourrait poser les yeux sur elle sans penser qu'elle avait la magnificence d'une reine, d'une impératrice. Il fallait être aveugle pour contempler sa silhouette voluptueuse et se dire qu'elle n'était pas féminine. Elle était aussi féminine, appétissante et dangereuse qu'une sirène dont le chant ensorcelant pouvait inciter n'importe quel homme à la suivre dans les eaux profondes.

N'importe quel homme voudrait une telle femme.

Elle vous quittera. Vous le savez. Pourquoi resterait-elle avec vous ?

Il repoussa la question. Il ne voulait pas y penser. Bien. Il voulait qu'elle parte. Là n'était pas le problème. Il avait besoin de son aîné et de son puiné, et ne voulait pas le moindre doute quant à la paternité, voilà tout. Elle ne prendrait pas d'amant avant d'avoir eu ses deux fils. Une boule impossible à déloger lui restait en travers de la gorge à la pensée qu'elle serait libre d'agir à sa guise lorsqu'il l'aurait renvoyée à Londres. Elle pourrait avoir tous les amants qu'elle désirait et il n'en saurait rien. Une rage chaude teintée de quelque chose qui ressemblait affreusement à de la peur s'éleva dans sa poitrine. Non. Elle n'aurait pas d'amant, il l'interdirait.

Et qu'allez-vous faire, espèce d'imbécile ? Si vous la renvoyez, elle ne reviendra pas.

Mais il le fallait, il fallait qu'elle s'en aille, et ce avant qu'elle ne décide de partir d'elle-même en piétinant toute la fierté de Gordy. Il avait survécu lorsque sa propre mère lui avait tourné le dos, il avait survécu lorsque ses sœurs avaient fait de même. Il avait survécu à la haine de son père, à la détermination de ce dernier de le voir sombrer, et avait survécu à l'envie de son propre géniteur de faire comme s'il n'existait pas du tout. Il s'était raccroché à ce château en guise de revanche, avec une furieuse envie de montrer à tout le monde qu'il n'avait besoin de personne, qu'il ne voulait personne à ses côtés, et à présent, il était si proche de son but, si proche de savourer sa victoire, et voilà qu'elle lui volait ce privilège ! C'était intolérable, mais il ne savait pas comment empêcher cela, et sa propre incapacité à remédier à la situation le rendait fou de rage.

Même s'il voulait la faire partir pour qu'elle ne puisse plus l'ennuyer, il ne pouvait pas le faire avant qu'elle ne soit enceinte. Même s'il voulait l'utiliser comme un simple moyen d'obtenir une progéniture, il en était incapable, car il se languissait de son contact, de ses mains sur son corps. Même s'il avait refusé de passer une autre nuit avec elle, il était chaque fois plus difficile de se résoudre à la quitter. Il se languissait des mots doux qu'elle lui soufflait, des petites attentions qu'elle lui prodiguait sans même y penser, il avait envie de rester à ses côtés comme un chien mendiant pour des miettes d'affection, et il se méprisait d'être aussi faible.

Il allait devoir faire davantage d'efforts.

Chapitre 18

Vous avez raison, bien sûr, un homme qui a été traité si affreusement par sa famille continuera à fuir plutôt que de prendre le risque d'accorder à nouveau sa confiance à qui que ce soit. Vous essayez de conquérir quelque chose de sauvage, Ruth. Il faut voit les choses sous cet angle, comme si vous essayiez d'apprivoiser un loup ; il faut lui apprendre qu'il n'y a pas nécessairement de taloche qui l'attend lorsqu'il s'approche.

— Extrait d'une lettre de Mrs Ethel Stephens à Mrs Ruth Anderson.

14 décembre 1814. Bal de Noël du duc et de la duchesse de Lorny. Beverwyck, Londres.

Minerva contempla l'immense salle de bal. Elle aimait voir tous les invités parés de leurs plus beaux atours. Les grands piliers de marbre avaient été enveloppés d'épais rubans rouges et verts, donnant au lieu un air de fête, et le scintillement de centaines de bougies faisait miroiter les bijoux des dames de la société alors qu'elles sautillaient et se balançaient au rythme d'une contredanse. En dépit de l'atmosphère conviviale et du plaisir qu'elle ressentait à porter sa nouvelle robe, elle se sentait inquiète et insatisfaite. Elle baissa les yeux, lissa le tissu brillant qui était d'un jaune ensoleillé. C'était sa couleur favorite, elle savait qu'elle s'accordait parfaitement avec les reflets dorés de sa chevelure blond pâle.

Mais quel intérêt, si l'homme dont elle voulait attirer l'attention n'était pas présent ?

Son absence ne la surprenait pas. C'était une réception réservée au gratin de l'aristocratie. Mr Inigo de Beauvoir était beaucoup de choses — un gentleman, un érudit, l'un des esprits les plus brillants du pays, l'homme auquel elle ne cessait de penser — mais il ne pouvait pas obtenir d'invitation dans ce genre de bal. De toute façon, il n'en voudrait pas.

Elle essaya de le visualiser au milieu des invités et échoua lamentablement. Elle essaya alors d'imaginer une vie où elle ne mettrait jamais les pieds dans ce genre d'événement et ressentit un léger pincement au cœur, mais pas le désespoir que certains auraient pu imaginer d'elle. Quiconque en train de la regarder la rangerait immanquablement dans la même catégorie que le reste des jeunes femmes en apparence vaines et qui pullulaient dans ce genre de réception. Ces demoiselles étaient probablement tout aussi intelligentes que les hommes, et même davantage, car il fallait un certain talent pour maîtriser l'art subtil de paraître stupide tout en gardant éveillé l'intérêt d'un homme. On leur apprenait à plaire à la gent masculine, à ne jamais exprimer d'opinion, à se contenter d'acquiescer à ce qu'un gentleman disait, à rire à ses blagues, à flatter son ego et à se conformer à ce qu'il attendait d'elle. Minerva avait été l'une d'entre elles. Elle avait fait partie des plus redoutables, bien déterminée à mettre la main sur un bon parti pour obtenir un statut plus élevé. Elle avait cru, probablement comme toutes les autres, que c'était sa seule option. Mais elle avait changé.

Elle pouvait remercier sa cousine. C'était Prue, qui lui avait demandé ce qu'elle désirait de la vie. Minerva avait été choquée de découvrir que cette ambition d'obtenir un titre de noblesse n'était que celle de sa mère, et que ses propres espoirs — ceux qui étaient enterrés profondément en elle, car considérés comme impossible — étaient très différents.

Tout en sachant que sa mère aurait une crise d'apoplexie si elle se doutait de la nature de ses pensées, Minerva autorisa son esprit à vagabonder. Elle se souvint de la première fois où elle avait posé les yeux sur Mr de Beauvoir, dans la librairie de Tunbridge Wells. Elle se souvint de ses yeux, de ce mélange étrange de gris et de vert, de l'intelligence féroce qui semblait émaner de lui et le consumer. Son cœur se serrait de tendresse chaque fois qu'elle pensait à sa silhouette trop fine et à ses vêtements mal ajustés. Il avait manifestement perdu du poids et ne prenait pas soin de lui. Il était le genre d'homme si absorbé par son travail qu'il en oubliait de manger. Elle s'interrogea sur la sensation que pouvait provoquer le fait d'être l'objet de son attention, d'être la chose qui le fascinait au détriment de tout le reste. Montrerait-il la même obsession en amour ? L'idée la fit frissonner tout en provoquant une vague de chaleur en elle. Elle laissa échapper un petit rire en réalisant que c'était elle, qui était obsédée par lui. Mr de Beauvoir faisait tout son possible pour l'ignorer et n'avait toujours pas répondu à sa dernière missive. Mais il n'était pas tout à fait indifférent ; elle en était certaine. Elle se rappela de la sensation de sa bouche contre la sienne durant les secondes bien trop fugaces où elle avait osé saisir la chance qui s'offrait à elle en l'embrassant. Seigneur, comme il avait été outré ! Lorsqu'elle avait continué à lui envoyer des lettres, elle lui avait assuré qu'il était en sécurité, car elle ne pouvait pas utiliser ses charmes par écrit. Sa réponse l'avait laissée sans voix et pleine d'espoir.

— *Ne sous-estimez pas vos talents d'écriture.*

Minerva sourit. Elle aurait tant aimé le voir ce soir. Il lui fallait attendre un temps interminable avant de pouvoir participer à sa conférence. Elle se souvint de son défi : *se rendre dans un lieu où vous n'êtes pas censée aller,* et se demanda à quel point il serait difficile de découvrir l'adresse de son laboratoire et de lui rendre visite sans que sa mère ne le découvre.

— Qu'est-ce qui fait briller vos yeux à ce point ?

Minerva sursauta, tirée de sa rêverie. Le regard vert impérieux de lady Héléna Adolphus était fixé sur elle, curieux.

— Mes yeux brillent ? Que voulez-vous dire ? rétorqua Minerva.

Héléna la gratifia d'un regard légèrement irrité, but une gorgée de son verre et grimaça.

— Vous savez exactement ce que je veux dire. Je suis prête à tout pour obtenir un verre de champagne ce soir. Cette limonade est infâme.

— Vous avez juste du vague à l'âme parce que votre Mr Knight n'est pas ici.

Minerva se retrouva fusillée par un regard glacial. Elle se souvint qu'elle parlait à la fille d'un duc.

— Ce n'est pas *mon* Mr Knight, répondit Héléna d'un ton précis et sec, avant de sourire et d'ajouter avec un regard malicieux : pas encore.

Minerva ricana.

— Le pauvre homme. Il n'a pas une chance.

Héléna gloussa, bruit étonnamment guttural pour une personne si féminine.

— Non, acquiesça-t-elle avec un grand sourire. Aucune.

Elle prit une seconde gorgée de limonade, refit une grimace puis demanda :

— Allez-vous enfin me révéler l'objet de vos rêveries ?

Il y eut un long silence, Minerva réfléchit. Héléna n'était son amie que depuis le mariage de Prue avec son frère le duc, et, même si elles s'appréciaient beaucoup, cela ne faisait guère longtemps qu'elles partageaient des conversations réellement intimes.

— Je jure que vous pouvez me faire confiance, déclara Héléna avec sincérité. Nous sommes comme des sœurs, maintenant, vous savez. Vous faites partie de la famille.

Minerva ricana.

— Ma mère serait enchantée d'entendre cela.

Un autre gloussement guttural retentit.

Vous ne pouvez être blâmée pour votre mère, très chère, de plus, je l'apprécie. Elle est ambitieuse et ne s'en cache pas. Je respecte cela.

— Vous n'avez pas à vivre avec elle, marmonna Minerva.

Elle poussa un long soupir en acceptant le bras tendu que lui offrait Héléna pour se promener dans la pièce.

— Eh bien ?

Minerva leva les yeux au ciel. Héléna ne la laisserait pas en paix.

— Je doute que vous le connaissiez. Vous ne fréquentez pas les mêmes cercles.

— Dites-moi toujours.

— Mr Inigo de Beauvoir.

Héléna haussa les sourcils.

— Le philosophe naturel ? fit-elle avant d'éclater de rire devant l'étonnement manifeste de Minerva. Je ne suis pas une complète écervelée, Min, chérie, de plus, mon frère est fasciné par la science. Il participe aux conférences et il pourrait en parler pendant des heures pendant le dîner si l'on ne l'arrêtait pas. Je crois qu'il s'intéresse au travail de Mr de Beauvoir.

— Oh.

Minerva absorba cette information en se demandant comment elle pouvait l'utiliser à ses propres fins.

Héléna énonça à voix haute ce que Minerva pensait presque à la perfection :

— Bon, comment pouvons-nous tourner cela à votre avantage ?

Elle parut réfléchir sérieusement à la question et Minerva se pencha spontanément pour l'embrasser sur la joue.

— Je suis si heureuse que Prue ait épousé votre frère !

— Moi aussi, acquiesça solennellement Héléna dont les yeux pétillaient de plaisir. Il est tellement plus amusant d'avoir une partenaire de crime.

Elles continuèrent à déambuler dans la salle de bal et Minerva exposa les nombreuses et diverses raisons pour lesquelles Mr de Beauvoir avait conquis son cœur. Héléna l'écouta avec toute la sympathie et la compréhension que Minerva aurait pu espérer de sa part, puis elle écouta à son tour Héléna lui exposer son plan pour dompter Mr Knight.

— Oh, regardez, fit Héléna en s'arrêtant net et en pressant le bras de Minerva.

Cette dernière suivit son regard à travers la salle. Matilda dansait avec Mr Burton.

— Oh, bonté divine. Je ne savais pas qu'il était de retour !

— Pensez-vous qu'elle est heureuse de le voir ?

Minerva réfléchit en observant le sourire sur le visage de Matilda et la lueur possessive qui brillait dans le regard de Mr Burton. Au premier regard, on voyait là un couple heureux et bien assorti, mais en y prêtant attention, les épaules de Tilda étaient raides et son sourire était plus poli que chaleureux.

— Non, pas totalement, dit-elle en se demandant ce que Matilda allait faire au sujet de Mr Burton.

Elles se retournèrent en entendant des murmures s'élever, le genre d'exclamations qui suivaient l'arrivée d'un invité important. Minerva comprit en levant les yeux.

— Eh bien, voilà qui ne va pas faciliter les choses, déclara Héléna d'un ton sec en regardant le marquis de Montagu pénétrer dans la salle.

— Oh, attendez de voir son expression lorsqu'il les apercevra, murmura Minerva en agrippant le bras d'Héléna et en retenant son souffle.

Le regard froid de Montaigu balaya la salle avec une expression ennuyée. Il ne s'arrêta pas lorsqu'il atteint Matilda et Mr Burton et continua à parcourir l'endroit ; son expression demeura impassible. Il se retourna pour saluer son hôtesse, Prue, qui lui réserva un accueil glacial.

— Elle s'est remarquablement bien accommodée de son nouveau rôle de duchesse.

Héléna ricana. Les salutations froides et précises, outrageusement formelles dont Prue gratifiait le marquis rappelaient expressément à ce dernier qu'il était d'un rang inférieur au sien. Bien sûr, elles savaient que leur amie agissait de la sorte par instinct de protection envers Matilda, et non parce qu'elle se sentait réellement supérieure.

— Elle était furieuse de devoir l'inviter, déclara Héléna.

— Pourquoi a-t-elle dû le faire ?

— Robert lui a dit que c'était impératif, répondit Héléna en haussant les épaules. Sûrement pour les affaires ou quelque chose de ce genre. Il faut s'attendre à des conséquences lorsque l'on attaque un tel homme.

— Mais votre frère est duc, protesta Minerva. Il peut sûrement… ?

Héléna lui lança un regard condescendant.

— Très chère, Montagu est puissant, peu importe si son rang est moindre. Sa lignée est excellente et possède plus d'argent et d'influence que quiconque puisse le croire. Il collectionne les informations et connaît des secrets que personne d'autre ne soupçonne. Il paraît que même Prinny[6] en a peur.   ·

Minerva observa la silhouette austère qui contemplait, solitaire, la salle de bal grouillante d'activité et frissonna.

— Pauvre Matilda.

Héléna hocha la tête.

— En effet.

Matilda fit une révérence à la fin de la danse et Mr Burton la gratifia d'un sourire chaleureux.

— C'est si bon de vous revoir, même si je ne reste qu'une seule semaine en ville, car j'ai promis à ma famille de revenir pour les vacances de Noël. J'ai souffert de malchance dernièrement, des commandes se sont égarées et les problèmes ne cessent de surgir de tous les côtés, dit-il en fronçant les sourcils avec une expression inquiète.

Il releva le visage en secouant la tête.

— Sans compter une nouvelle affaire qui a accaparé beaucoup de mon temps, mais qui semble très prometteuse. Mais elle m'a tenu éloigné de la ville bien plus longtemps que prévu. Je serai de retour pour la nouvelle année. Il y a beaucoup de choses ici qui requièrent mon attention, et… il s'interrompit pour lui lancer un regard très direct. Et des projets que j'espère voir se concrétiser.

— Votre présence nous ravit, Mr Burton, répondit Matilda avec prudence en ignorant le sous-entendu évident.

---

[6] NdT : Surnom donné à George IV.

Elle se laissa conduire hors de la piste de danse et lui jeta un regard en coin. Il s'était montré tout ce qu'il y avait de plus charmant et prévenant ce soir, ce qui lui avait remis en mémoire les raisons pour lesquelles elle trouvait son intérêt attrayant. Elle ne discernait aucune trace de l'attitude possessive, semblable à celle du chien qui défend son os, qu'elle avait constatée chez lui lors de la réception de lord Saint-Clair et elle se demanda si elle l'avait imaginée.

— Peut-être m'autoriserez-vous à venir vous rendre visite la semaine prochaine ? demanda-t-il avec un enthousiasme si sincère que Matilda ne put s'empêcher de lui sourire.

— Je serais heureuse de vous recevoir, répondit-elle.

Elle ne savait toujours pas si elle était sincère ou pas, mais il fallait qu'elle lui laisse une chance. Ce n'était pas comme si les prétendants se bousculaient pour l'épouser.

Il s'inclina respectueusement, le regard plongé dans le sien, affectueux et visiblement plein d'admiration pour elle, avant de partir. Elle regarda s'éloigner dans la foule la silhouette fine et masculine de l'homme que n'importe quelle femme aurait été fière de considérer sien.

— Je vois que vous tenez toujours votre toutou en laisse.

Matilda se raidit, son cœur se mit immédiatement à tambouriner deux fois plus vite. La panique monta en elle, accompagnée d'une envie de fuir. Avant qu'elle ne puisse réfléchir à ce qu'elle faisait, elle s'éloigna sans se retourner. Comme il se tenait derrière elle, elle n'eut pas l'audace — ou l'imprudence — de regarder le marquis de Montagu avant de partir, mais, même si personne n'avait donc pu remarquer qu'elle l'avait délibérément ignoré, lui, le savait.

Elle parvint tant bien que mal à rejoindre l'autre extrémité de la salle en avançant à l'aveuglette dans la foule et attrapa au passage une coupe de champagne du plateau d'un serveur. Elle avala une bonne gorgée et faillit s'étrangler avec les bulles. Elle prit une profonde et lente inspiration pour se calmer. Juste au moment où elle crut avoir quelque peu repris le contrôle d'elle-même, elle leva la tête et vit le marquis se diriger droit sur elle. Cette fois, elle ne pouvait pas prétendre ne pas l'avoir vu, et n'était pas assez idiote pour recommencer son manège.

Il s'arrêta juste devant elle. Mathilda fit une révérence bâclée qui ne comportait pas le respect qu'il était nécessaire de manifester devant un marquis. Montagu inclina la tête, mais resta silencieux. Son regard froid posé sur la jeune femme, il paraissait réfléchir.

— On s'enfuit parce que l'on a peur, miss Hunt ?

Matilda serra la mâchoire.

— Peur ? De vous ?

Elle ricana de façon fort peu distinguée et leva son verre de champagne dont elle but une gorgée trop importante.

— Non, pas de moi.

Il avait répondu d'un ton amusé. Matilda lui lança un regard noir.

— Oh, je vois, dit-elle en comprenant ce qu'il sous-entendait. Vous croyez que je redoute votre présence par peur d'être submergée par le désir, dit-elle en lui adressant un sourire figé. Je vous en prie, ne vous inquiétez pas pour moi, monsieur. Je crois qu'il y a peu de risque que je déchire mes vêtements pour vous supplier de me prendre sur cette piste de danse.

— Peu de risques, répéta-t-il en hochant la tête comme si elle venait de dire une chose très intéressante. Comme je ne m'attends à ce genre de comportement de la part de personne, vous restez la plus susceptible de me faire une démonstration aussi séduisante.

Matilda ouvrit la bouche et la referma.

— Ce n'est pas ce que je voulais dire, et vous le savez très bien. Arrêtez de prendre ce que je dis au pied de la lettre.

— Mais je suis ensorcelé, miss Hunt, vous souvenez-vous ? Je ne peux m'empêcher de m'accrocher au moindre de vos mots.

— Ah, finalement il semblerait que je possède deux toutous, dit-elle avec un petit sourire sarcastique. Enfin, vous êtes le seul à me suivre dans toute la salle.

Un de ses sourcils blonds se haussa très légèrement et il braqua son regard argenté sur elle. Comparer Montagu à un toutou était comme comparer un chaton nouveau-né à un tigre à dents de sabre. Elle savait très bien qu'il ne la suivait pas comme un petit chien, et que sa méthode lente et calculatrice pour l'avoir à l'usure avait un côté bien plus prédateur ; il la traquait. Elle serait idiote de ne pas s'en rendre compte et de sous-estimer sa détermination. Il avait raison : elle avait peur de son propre désir immoral pour lui.

Elle l'avait cherché ce soir. Malgré la fureur qu'elle avait ressentie lors de leur dernière rencontre et la colère qu'il avait provoquée en elle, elle l'avait cherché et avait été affreusement déçue de constater son absence. Dès la seconde où il était apparu, elle avait été aussi consciente de la présence de Montagu que de sa propre jubilation à l'idée qu'il la voie danser avec Mr Burton.

— J'espère que vous m'avez gardé une danse.

Matilda secoua la tête.

— J'ai bien peur que non.

Sans un mot, il tendit la main pour attraper son carnet de bal et comme elle pouvait difficilement se battre pour le récupérer, elle le laissa faire.

— Vous semblez avoir plusieurs disponibilités, observa-t-il en levant les yeux pour croiser son regard.

— Non, répondit-elle tout en ayant la sensation énervante au fond d'elle de n'être honnête ni envers lui ni envers elle. Je ne suis tout simplement pas d'humeur à danser ce soir.

— Moi non plus, dit-il en lui présentant son bras.

— Je n'irai nulle part en votre compagnie.

Il sembla insensible au fait qu'elle avait prononcé cette phrase avec une expression de dégoût.

— Mr Burton approche, déclara-t-il avec un regard placide.

Elle jeta un coup d'œil par-dessus son épaule. Il avait raison. Mr Burton était de retour avec cet air de chien venant défendre son os.

— Oh, bon sang, jura Matilda.

Elle attrapa le bras du marquis et l'autorisa à la guider sans effort à travers la foule. Cela ne s'était pas passé de cette façon-là lorsqu'elle avait tenté de traverser la pièce seule, elle en était certaine. Les gens semblaient simplement s'écarter devant lui, lui laissant le champ libre. Elle était si captivée par cette observation qu'il lui fallut un moment pour remarquer qu'ils avaient quitté la salle de bal.

— Où m'emmenez-vous ? demanda-t-elle en tirant sur son bras et en essayant de ne pas s'attarder sur le sentiment d'excitation qu'elle ressentit en palpant le muscle solide qui se cachait derrière le tissu fin.

— Faire une simple promenade, répondit-il, imperturbable. Regardez, il y a de nombreux couples autour de nous qui ont eux aussi échappé à la foule et au bruit. C'était tout à fait respectable.

— Votre présence me fait douter de cela, marmonna-t-elle.

Mais il avait raison, de nombreuses personnes étaient sorties pour avoir un peu de répit et arpentaient la longue galerie en bavardant, quelques-uns étaient installés sur les sièges mis à leur disposition.

— Qu'ai-je fait pour mériter un tel blâme ? demanda-t-il en baissant le ton et en administrant un signe de tête à un autre couple qui les croisait. Je n'ai essayé qu'une seule fois de vous embrasser et je n'ai pas insisté lorsque vous avez refusé.

Matilda fronça les sourcils, elle n'aimait pas la tournure que prenait la conversation et se sentait en danger.

— Vous n'avez nul besoin de *faire* quoi que ce soit, monsieur. Vous parlez, vous insinuez, vous sous-entendez, et parfois, vous êtes direct. Vos intentions ont été clairement énoncées.

— Je suis un homme franc, répondit-il doucement.

Matilda éclata de rire.

— N'êtes-vous pas d'accord ?

Matilda le regarda d'un air incrédule. Il était si beau que cela lui serrait le cœur ; elle aurait aimé que cela ne soit pas le cas. Il était presque impossible de regarder ce visage d'ange et de réussir à se souvenir qu'une personnalité froide, calculatrice et perverse se cachait derrière. Il avait baissé le regard en même temps que sa voix, presque avec pudeur, et les iris d'argent furent momentanément cachés par ses longs cils blond pâle. Ses cheveux brillaient d'un éclat d'or presque argenté et il lui fut difficile de conserver un ton cinglant.

— Je ne doute pas une seule seconde que votre esprit soit un labyrinthe rempli d'autant de méandres que votre personnage.

— Eh bien eh bien, miss Hunt, déclara-t-il d'un air visiblement amusé, tout en ouvrant une porte et en la faisant pénétrer à l'intérieur de la pièce. Je ne suis pas dans vos petits papiers ce soir.

— Ni ce soir ni jamais, rétorqua-t-elle, exaspérée.

Elle découvrit, trop tard, qu'il n'y avait plus d'autres invités. Elle ne savait pas où ils se trouvaient, mais ils n'étaient plus dans la galerie. Ils étaient seuls. Elle jeta un coup d'œil à cette pièce qui n'était qu'ombres et éclats de lune, avant de lever les yeux vers lui, la panique montant dans sa poitrine.

— Jamais ?

Il pencha la tête en la regardant avec un air curieux.

— Non.

Elle avait répondu avec fermeté, avant de s'éloigner de lui et de s'approcher de la fenêtre. Il ne fit pas mine de s'approcher et elle ressentit une vague de soulagement. Mais son regard était toujours braqué sur Matilda, et brillait dans la pénombre. Elle sentit son cœur s'emballer. Elle essaya de se rassurer en se disant que ce n'était que de la peur. Peut-être la peur était-elle responsable, mais pas totalement.

— Nous devrions retourner là-bas, dit-elle en maudissant sa voix étouffée. Je ne souhaite pas que l'on me retrouve seule en votre compagnie.

Il sourit.

— J'ai bien peur qu'il soit un peu tard pour cela.

Pour une fois, il n'y avait ni moquerie ni cruauté dans sa réponse. Pas besoin. C'était la simple vérité.

— Ma place dans la société ne tient qu'à un fil, comme vous le savez. Un rien pourrait sceller mon sort.

Elle le regarda réfléchir, puis s'avancer vers elle. Le temps semblait suspendu, il était de plus en plus proche, puis, à sa grande surprise, il lui présenta à nouveau son bras. Elle laissa échapper un soupir sans savoir si elle était déçue ou soulagée, et enroula sa main par-dessus la manche de son manteau. Il se tourna, comme s'ils allaient aussitôt repartir, mais s'immobilisa.

— N'êtes-vous pas fatiguée de votre numéro d'équilibriste ? demanda-t-il d'une voix basse, caressante.

Matilda leva les yeux vers lui et regretta aussitôt de l'avoir fait. Le noir et blanc sévère de son costume lui allait à merveille, flattant les contours aigus de ses pommettes hautes et son ossature parfaite, ainsi que ses yeux argentés troublants. Elle le dévisagea tout en se demandant comment il se débrouillerait à sa place, si sa position était incertaine, et faillit éclater de rire. Il n'avait rien d'incertain à propos de cet homme. Il était parfaitement sûr de lui, de sa valeur, de sa place dans la société, et estimait que presque tout le monde lui était inférieur. Elle le méprisa pendant un instant, puis se demanda à quoi ressemblait une telle vie.

— Vous sentez-vous seul ?

La question avait franchi ses lèvres avant même qu'elle n'y réfléchisse. Trop tard. Peut-être était-ce les reflets de lune qui adoucissaient ses traits sévères, ou qui attendrissait le cœur et l'esprit de Matilda, mais elle avait soudainement désespérément besoin d'entendre sa réponse, car elle était certaine de la connaître.

Elle ne vit aucune réaction sur son visage, pas même un frémissement de paupières et se demanda si ce n'était pas quelque chose de révélateur.

— Je ne manque pas de compagnie.

Il n'y avait aucune émotion dans sa voix et sa réponse ne lui donna aucun indice sur ce qu'elle cherchait à savoir.

— Ce n'est pas ce que j'ai demandé, insista-t-elle.

Elle était bien déterminée à obtenir une réponse honnête, mais l'attention du marquis était ailleurs ; il fixait ses lèvres.

— Je veux vous embrasser.

Elle perçut la sincérité de cette requête, ainsi qu'un besoin impérieux dans le ton de sa voix. Elle se figea, soudainement consciente du changement d'atmosphère. L'air semblait crépiter. Elle s'attendait presque à voir voler des étincelles si jamais il posait la main sur elle.

— Je ne vous le permets pas, souffla-t-elle d'une voix tremblante.

Il serra la mâchoire et la contempla pendant un long, très long moment, avant de lâcher un soupir rauque.

— Suivez-moi, dans ce cas, dit-il en se remettant en mouvement vers la porte.

Matilda se risqua à jeter un coup d'œil à son visage. Était-il en colère ? Elle n'arrivait pas à lire son expression, et encore moins de profil. Il n'avait pas l'air furieux, mais il semblait traversé par une tension, elle pouvait la sentir, comme la dernière note d'un opéra qui vous fait frissonner.

Un bruit sourd à l'extérieur, suivi d'un gloussement aigu et d'un rire très masculin attira leur attention. La poignée frémit et la porte s'ouvrit avec fracas. Ils étaient trop loin de la sortie pour s'échapper avant qu'on ne les voie. Avant que Matilda n'ait le temps de réagir, Montagu l'avait attrapée et projetée vers la fenêtre. Il referma vivement les rideaux sur eux. Heureusement, il y avait un léger renfoncement, mais il n'était pas assez important pour qu'ils soient tous les deux à l'aise. Il la poussa davantage vers la vitre, jusqu'à ce qu'elle ne puisse absolument plus reculer, les jupons contre les jambes de Montagu. Matilda prit instantanément conscience de la fenêtre glacée devant elle et du mur que Montagu formait dans son dos. Paniquée, elle bascula lorsque ses genoux heurtèrent le rebord bas et elle vacilla, mais le marquis la rattrapa par la taille avant qu'elle ne tombe contre le verre. Ils se figèrent tous les deux.

Matilda osait à peine respirer ; son cœur tambourinait comme si elle venait de courir un kilomètre. Elle ne pouvait qu'espérer le départ rapide des deux individus qui avaient cherché un tête-à-tête dans cette pièce sombre. Elle tendit l'oreille en priant pour entendre à nouveau la porte s'ouvrir et se fermer, mais tout était étrangement silencieux.

— Que font-ils ? murmura-t-elle.

Elle avait bien trop conscience de la chaleur que dégageait le corps masculin derrière elle, et de la nuit glacée de décembre au-delà de la vitre, devant elle. Un gémissement féminin répondit à sa question avec un peu trop de précision. Incrédule, elle jeta un coup d'œil par-dessus son épaule et vit Montagu fermer les yeux avec une expression qui ressemblait à de la douleur.

— Oh, malédiction, murmura-t-il.

— Est-ce que… sont-ils… ? commença-t-elle, outrés, avant de s'interrompre en entendant l'homme déclarer :

— Oh, ma chérie, j'ai cru devenir fou. Soulevez donc ces jupons pour moi, je veux vous prendre maintenant, oh, Seigneur, oh, oui…

Les yeux de Matilda s'écarquillèrent, son souffle s'accéléra et ses joues s'enflammèrent alors que la scène se déroulant derrière les rideaux devenait encore plus claire.

S'ensuivirent des gémissements étouffés et des soupirs, des mots d'amour murmurés au rythme de la chair contre la chair, tandis que leurs ébats devenaient de plus en plus bruyants.

Montagu était rigide, tendu, ce qui surprit Matilda. Elle aurait cru qu'il trouverait cela amusant ; après tout, lui n'avait rien à perdre, sans compter le fait qu'il pouvait enfin mettre la main sur elle.

— Seigneur. C'est intolérable.

Matilda jeta un nouveau un coup d'œil derrière elle en entendant le juron de Montagu, et réalisa qu'il n'était pas du tout emballé par la situation. Elle ne comprenait pas pourquoi, mais elle trouva cela cocasse.

— Voulez-vous dire que ce n'est pas ce que vous aviez en tête ? J'imagine que vous vouliez me débaucher vous-même, et que vous êtes déçu que mes oreilles soient souillées par les cris de plaisir d'autres personnes ? suggéra-t-elle à voix basse, même si, à son avis, une fanfare aurait pu passer à côté de la pièce sans que le couple s'en aperçoive.

— Si je me souviens bien, vous vous êtes refusée à moi, et j'ai honoré votre souhait, dit-il d'un ton un peu sec.

Matilda le contempla alors qu'il regardait fixement la nuit par-delà la fenêtre avec une expression énervée.

— Oh, Harold, oui, oui… oh, Harold !

Matilda se mordit la lèvre, mais laissa échapper un gloussement malgré elle. La main de Montagu couvrit aussitôt sa bouche et il se pencha pour lui murmurer à l'oreille — bien que cela ressemblât plus à un grognement :

— Chut. Voulez-vous qu'ils nous entendent ?

Le problème, c'était que la scène était si ridicule que Matilda n'arrivait plus à se retenir. Elle savait pertinemment que d'un point de vue rationnel, cette situation était abominable, tout comme la probabilité qu'ils soient découverts. Être surprise avec Montagu était son pire cauchemar, ou, si personne ne les surprenait… son rêve le plus délicieusement indécent. Peut-être était-ce le bras puissant autour de sa taille qui la maintenait contre le corps chaud du marquis, ou le contact de sa paume contre ses lèvres qui lui faisaient perdre la tête… cela, ou les cris ravis de la dame derrière elle, qui devenait de plus en plus exubérants.

— Oh, oui, par-là, plus fort, plus fort, oh, Harold…

— Vous aimez cela ? Vous en voulez plus ?

— Oui, oui !

Les gémissements et les cris rauques ponctuaient leur conversation fragmentée et Matilda sentait monter le fou rire monter en elle ; elle fit de son mieux pour le contenir tout en se trémoussant, hilare.

— Pour l'amour de Dieu, arrêtez cela. Restez immobile, gronda Montagu dans un souffle chaud contre son oreille.

Un frisson la parcourut en songeant au marquis collé contre son corps, à la chaleur qu'elle percevait à travers sa robe, à la folie enivrante de cette situation.

— Oh, Jenny, c'est si bon d'être en vous, vous êtes si chaude, si humide !

Matilda couvrit la main de Montagu avec la sienne, comme si cela pouvait aider à contenir son fou rire, mais elle tressaillait, impuissante, emportée par le rire et par une émotion folle, exaltante et tout à fait incontrôlable.

— Arrêtez, siffla Montagu d'une voix désespérée, mais Matilda en était incapable : c'était trop outrageant. Miss Hunt, murmura-t-il contre son oreille d'une voix de plus en plus tendue. Je fais de mon mieux pour me comporter comme un gentleman, mais j'ai des limites. Vous ne savez pas ce que vous êtes en train de faire.

C'en était trop. Matilda renversa la tête en arrière, contre la poitrine du marquis, des larmes le long des joues. Elle entendit Montagu inspirer vivement et réalisa, trop tard, ce qu'il essayait de lui dire. Elle sentit la pression de son sexe érigé contre ses fesses. Le rire s'éteignit dans sa gorge, remplacé par un halètement de surprise. Elle resta tout à fait immobile. Une vague de chaleur l'envahit, elle laissa tomber la main qu'elle avait posée sur celle de Montagu et agrippa le bras qui entourait sa taille.

De l'autre côté du rideau, le couple se montrait de plus en plus enthousiaste et plus explicite que jamais, ressentant apparemment le besoin de décrire tout ce dont ils faisaient l'expérience et ce qu'ils avaient envie de faire ensuite. Matilda sentait contre elle le corps de Montagu, dur et brûlant, manifestement désireux de lui faire une démonstration de l'acte. Elle ressentait un mélange incandescent d'embarras féroce et d'envie de le laisser faire. Sa peau n'avait jamais semblé si réceptive et elle frissonna lorsque la main de Montagu se déplaça lentement de sa bouche pour se poser à la base de son cou.

— Votre cœur bat très vite, observa-t-il.

Avec le peu de neurones qui semblaient encore fonctionner, elle enregistra qu'il était à court d'haleine.

— Le vôtre également, répliqua-t-elle en le sentant tambouriner dans son dos.

Il fit glisser ses doigts d'avant en arrière contre sa peau, le long de sa clavicule, provoquant la chair de poule sur la jeune femme, tout en se dirigeant chaque fois un peu plus près de sa poitrine. Une minuscule once d'instinct de survie indiqua à Matilda le danger qu'elle courait. Elle désirait cet homme, elle le désirait violemment, mais si elle s'abandonnait à ce désir, il aurait gagné, tous ses espoirs et ses rêves tomberaient à l'eau, simplement pour assouvir cette envie. Le désir finirait par s'atténuer, tout comme l'obsession du marquis de la posséder, et elle finirait seule lorsqu'il se serait lassé.

Montagu avait penché sa tête pour l'enfouir dans le cou de la jeune femme. Elle sentit son souffle contre sa peau et le plus léger effleurement de ses lèvres.

— Non.

Il se figea et Matilda secoua la tête pour appuyer cette déclaration.

— Je vous en prie.

La supplique du marquis était brute, teintée d'une intensité proche du désespoir.

Matilda secoua à nouveau la tête. Elle avait peur, si elle parlait, que ce ne soit pas les bons mots qui sortent de sa bouche. Elle ne voulait pas qu'il s'arrête, elle voulait se serrer contre lui, se presser davantage contre son corps, et il lui fallut quelques secondes pour réaliser qu'elle avait déjà obéi à cette pensée.

Montagu émit un gémissement rauque. Il descendit les mains sur ses hanches et la plaqua contre lui. Son érection était immanquable, pressée contre la chair tendre de la jeune femme.

— C'était cruel, murmura-t-il avant de lui mordre l'oreille.

Matilda poussa une exclamation, la petite pointe de douleur provoquée par les dents du marquis se répercuta de façon inattendue vers des endroits beaucoup plus intimes, se transformant en plaisir.

— Harold ? Qu'est-ce que c'était ?

Ils se figèrent tous les deux, horrifiés, et Matilda se maudit de son imprudence ; pourtant, même en cet instant, à deux doigts d'être découverte en fâcheuse posture, son corps vibrait, électrisé, tremblant de désir.

— Ce n'est rien, Jenny. Quelque chose à l'extérieur, sans aucun doute, oubliez cela.

— Êtes-vous… oh. Oh… oh, oui !

Les cris vulgaires devinrent de plus en plus intenses, suggérant que la fin était proche et qu'il n'y avait rien d'autre à faire que de patienter. Matilda s'efforça de chasser de son esprit les images obscènes que le discours très imagé du couple avait fait naître dans son esprit, mais c'était impossible. Elle remerciait le ciel que Montagu possède plus de force de caractère et d'honneur qu'elle ne l'aurait cru, car s'il s'était remis à la caresser, elle n'aurait pas eu la volonté de l'en empêcher. Il se tenait immobile, la respiration rauque, le menton posé sur le sommet de sa tête.

Finalement, après un temps interminable et le concert de cris de jouissance des deux protagonistes, le silence retomba. Ils entendirent le bruit des vêtements que l'on ajustait, une conversation murmurée sur le prochain rendez-vous, puis, plus rien. À peine une seconde après le départ du couple, Montagu ouvrit violemment le rideau et fit un pas en arrière.

Matilda fut subitement gelée, frissonnant de froid et de désir. Privée de la chaleur du marquis et de son soutien, elle se sentit faible, et posa la main contre le mur pour se stabiliser. Montagu marcha vivement en direction de la porte par laquelle ils étaient entrés et l'entrouvrit. Il prit soin de vérifier qu'il n'y avait personne pendant plusieurs secondes en silence. Il fit un pas en arrière et se tourna vers elle.

— Partez, dit-il d'une voix froide.

Matilda avança, les jambes aussi tremblantes que celle d'un poulain nouveau-né. Elle fit une pause en atteignant la porte, leva les yeux vers ceux du marquis et poussa une exclamation en découvrant la lueur qui brillait dans ses yeux. Ses pupilles, entourées d'une fine rondelle d'argent, étaient noires de désir. Il déclara d'une voix saccadée :

— Partez. Maintenant. Ou ne partez pas du tout.

Matilda s'enfuit.

Chapitre 19

20 décembre 1814. Château de Wildsyde, Écosse.

Ruth, assise à la table de la cuisine, fronçait les sourcils. Les domestiques avaient pris l'habitude de sa présence et n'étaient plus étonnés de la voir accomplir une tâche aussi banale que polir l'argenterie. Les quelques domestiques anglais qui étaient restés trouvaient certainement son comportement excentrique, mais les employés écossais la regardaient avec approbation et s'aventuraient même parfois à lui lancer un mot d'encouragement, maintenant qu'ils savaient qu'ils ne seraient pas renvoyés pour leur audace. Elle aimait beaucoup les plaisanteries et l'effervescence qui régnaient dans les cuisines et ne disait pas non lorsqu'il fallait goûter les délicieuses préparations qui faisaient désormais partie de l'ordinaire. La confiance de Mrs MacLeod en cuisine grandissait de jour en jour, au même rythme que celle du personnel qui travaillait sous ses ordres, apprenant petit à petit l'art culinaire sous son œil vigilant.

Ruth savait que le grand dîner qu'elle avait prévu pour le jour de Noël serait un triomphe. Dommage que personne ne le mange avec elle.

Gordy mangeait dans son bureau et cela faisait deux nuits qu'il n'était pas venu dans son lit. En réalité, elle ne l'avait pas vu du tout. Elle ne savait plus quoi faire. Elle ne savait plus comment l'atteindre. Mais il fallait trouver quelque chose. Elle attrapa une autre cuillère et l'astiqua furieusement, comme s'il s'agissait d'une lampe magique de laquelle sortirait un génie ; ainsi pourrait-elle peut-être émettre le souhait que son mari se préoccupe d'elle.

Le tissu s'agitait sur l'argent tandis qu'elle tâchait de trouver une solution au lieu d'inventer des génies imaginaires.

Une nouvelle inquiétude, qu'elle avait tenté d'ignorer, s'imposa dans son esprit. Ses menstruations auraient dû commencer la veille. Il était bien trop tôt pour s'en inquiéter, mais… mais si elle était enceinte, ses chances de réussite avec Gordon allaient considérablement diminuer. Dès l'instant où il le saurait, il la mettrait dehors.

Mais elle avait dit la vérité, elle n'avait pas l'intention de partir et reviendrait sans cesse, cependant, l'idée de s'humilier ainsi devant le personnel n'était pas une chose qui l'enchantait.

N'y pensez pas, se conseilla-t-elle.

— Si vous continuez, vous allez finir par faire disparaître la cuillère.

Ruth leva les yeux en entendant la remarque sarcastique de Sheenagh. Elle regarda la cuillère. En effet, elle était étincelante. Elle la posa, mais avant qu'elle ne puisse en attraper une autre,

Sheenagh éloigna l'argenterie hors de sa portée et saisit vivement les chiffons.

— Assez de cela, m'dame. Vous êtes levée depuis l'aube et vous n'avez rien mangé depuis le petit déjeuner, où vous n'avez avalé qu'un tout petit morceau de hareng. Ce n'est pas suffisant pour garder une souris en vie, et en plus, vous aviez promis d'écouter mes idées au sujet de votre garde-robe.

— C'est vrai, répondit Ruth en souriant et en enlevant les gants blancs avec lesquels elle protégeait ses mains.

— Du thé et des scones vous attendent dans votre chambre. Je monterai dans un petit moment, lorsque vous aurez fini de manger.

— Parfait, déclara Ruth en se levant. Merci, Sheenagh. C'est exactement ce dont j'ai besoin.

Sheenagh hocha la tête, comme si cela avait été évident depuis le début, et Ruth quitta la cuisine, amusée d'avoir été à la fois choyée et grondée. Comme prévu, du thé et des scones sucrés et salés l'attendaient dans sa chambre. Ruth savoura les deux sortes, les pieds relevés devant le feu. Un estomac bien rempli, couplé à une chambre confortable, et additionné à un manque de sommeil dû à l'inquiétude que son satané mari lui causait, il n'en fallait pas plus pour que Ruth ferme les yeux. Bien installée et à moitié endormie, elle faillit ne pas s'apercevoir de la dispute qui éclatait à l'extérieur ni du bruit étrange et métallique qui retentissait, supposant qu'il s'agissait des ouvriers faisant leur travail. Mais quelque chose qui n'allait pas dans le ton employé, la camaraderie habituelle qui régnait entre les travailleurs n'était pas discernable : les éclats de voix étaient brutaux.

Réveillée en sursaut, Ruth se leva et regarda par la fenêtre. De ce côté-là de sa chambre, elle pouvait voir la cour intérieure. Elle poussa un petit cri de panique en voyant deux hommes, chacun brandissant une gigantesque épée. Le fracas du métal résonna en elle. Ruth comprit le danger et son cœur bondit dans sa poitrine lorsqu'elle identifia les combattants.

Gordy et Mr Clugston.

Les deux hommes étaient en train de se battre, et à en juger par les éclats furieux des armes, ils ne faisaient pas semblant.

— Oh mon Dieu !

Elle partit en courant, dévalant l'escalier interminable aux marches irrégulières comme une folle alors que le moindre faux pas aurait provoqué sa chute.

— Garrick ! hurla-t-elle en courant à travers le hall en direction des portes qui donnaient sur la cour, ses jupons en main.

Garrick la contempla sans comprendre pendant quelques instants, avant de faire quelque chose d'absolument choquant pour un homme de son statut ; il se mit à courir à sa suite.

Lorsqu'elle fut parvenue sur les pavés, elle s'immobilisa, abasourdie par le fracas du métal ; les deux hommes entrechoquaient leurs énormes épées. Le bruit qui émanait de leurs contacts était épouvantable, le cœur de Ruth qui battait à tout rompre rendait la scène encore plus terrible.

— Arrêtez ! cria-t-elle en courant vers eux et en agitant les mains. Arrêtez, espèce d'imbéciles !

Tout en sachant qu'il s'agissait d'un acte, au mieux, téméraire, au pire, potentiellement mortel, elle courut dans leur direction et profita du fait qu'ils soient momentanément distraits pour s'interposer entre eux.

— Dégagez le passage, gronda Gordy.

— Non. Que diable croyez-vous faire ? J'exige une explication !

Que ce soit de l'inconscience ou du courage, campée entre les deux combattants, elle laissa libre cours à sa colère en songeant au mal qu'ils auraient pu se faire.

Gordy lui lança un regard noir, sa fureur se lisait très distinctement dans ses yeux étincelants. Les deux hommes s'étaient mis torse nu pour se battre, et Ruth tâcha de ne pas se laisser distraire par la silhouette impressionnante et les muscles lisses de son mari. En jetant un coup d'œil à Mr Clugston, elle vit, non sans surprise, que le vieil homme n'était pas le moins du monde flasque, comme on aurait pu s'y attendre. Il avait lui-même l'air d'être en très bonne forme, même s'il se battait contre un adversaire beaucoup plus imposant.

— N'vous inquiétez pas, Mrs Anderson, déclara Clugston avec une expression sombre. J'ai décidé qu'il était temps d'énoncer quelques vérités à votre mari, et de lui apprendre les bonnes manièyres.

— Fermez-la, gronda Gordon. Je vous défends de parler à ma femme et de poser les yeux sur elle. Vous pouvez considérer que vous êtes renvoyé.

— Absolument pas, rétorqua Ruth en croisant les bras et en sentant sa fureur grandir de seconde en seconde. Gordon Anderson, cet homme vous a servi fidèlement depuis votre enfance, et si c'est ainsi que vous remerciez sa loyauté, je ne vous le pardonnerai jamais. De plus, vous ne vous le pardonnerez jamais, lorsque vous serez calmé et que vous aurez réalisé à quel point votre comportement est ridicule.

— Aye, il n'est plus à mon service, c'est vrai, n'est-ce pas, Ruth ? C'est à vous qu'il obéit à présent, et il pense que cela lui donne le droit de commenter mon mariage.

Ruth gémit intérieurement et lança un regard exaspéré à Mr Clugston, qui, l'épée en position défensive, eut l'air gêné. Ses yeux allèrent de Ruth à Gordon, comme s'il évaluait la plus grande menace.

— Il n'vous traite pas comme il faut, Mrs Anderson. Nous le constatons tous. Sa seule excuse, c'est de n'avoir pas eu de figure paternelle sur laquelle prendre exemple, j'ai donc décidé qu'il était temps que quelqu'un le remette dans le droit chemin.

Ruth lui lança un regard noir.

— Mr Clugston, je ne doute pas que vos intentions soient nobles, mais je vous saurais gré de ne pas interférer dans mon mariage.

— Exactement, gronda Gordy. Ou subissez-en les conséquences !

— Quant à vous ! déclara Ruth en faisant volte-face et en marchant vers son mari, les points sur les hanches et plus furieuse qu'elle ne l'avait jamais été de toute sa vie. Comment osez-vous engager un combat *à l'épée*, pour l'amour du ciel ! Ne pouvez-vous pas vous contenter de vos poings ? Qu'auriez-vous fait si vous l'aviez gravement blessé, ou pire, tué ? C'est la décision la plus idiote que j'ai jamais vue. Je vous croyais plus sensé, mais il semblerait que j'ai surestimé votre intelligence.

Gordy eut l'air un peu surpris.

— Attendez une minute —

— Non, rétorqua Ruth d'un ton sec. Il s'agit de jalousie pure et simple. Vous avez eu l'idée saugrenue qu'il existait quelque chose entre Mr Clugston et moi, et vous avez réussi à vous convaincre de… de je ne sais quoi, mais c'est complètement ridicule.

Elle jeta les mains en l'air, frustrée, avant de marcher à grands pas vers Gordy. Elle attrapa sa tête avec ses deux mains et l'embrassa fougueusement.

— Je vous aime, espèce de tête de mule égoïste et inconsciente !

En reculant, elle ressentit une bouffée de chaleur. Tout le château était en train de profiter du spectacle.

— Puis-je savoir ce que vous regardez ? fit-elle à la ronde avec un geste sec de la main. Retournez travailler.

Tous se précipitèrent à leur tâche et, quelques secondes plus tard, la cour était déserte, il ne restait que Ruth et les idiots qui brandissaient des épées. Elle fit volte-face.

— Faites-vous des excuses, et je suis sérieuse, sinon, je ne vous adresserai plus jamais la parole.

Elle souligna cette déclaration par un regard glacial, avant de rentrer dans le château d'une démarche énervée en faisant bruisser le tissu de ses jupons.

Une fois à l'intérieur, la rage la quitta et elle prit une inspiration tremblante, désemparée.

— Allons, Mrs Anderson, venez.

Ruth leva la tête, hébétée, et vit que Mrs MacLeod lui tenait un bras, et Garrick, l'autre.

— Aidez-moi à la conduire aux cuisines où nous pourrons veiller sur elle. Sheenagh, allez chercher une goutte de whisky pour madame, le bon whisky bien sûr. En fait, apportez la bouteille. Je pense qu'elle aura besoin de plus qu'un verre.

— Mrs Anderson, dit Garrick d'une voix basse mais impressionnée. De toute ma vie, je n'avais jamais vu…

— Aye, je parie qu'il y a un peu de sang de *gallowglass* en elle.

Ce commentaire énigmatique de Mrs MacLeod suscita un murmure d'approbation de la part de certains membres du personnel. Ils l'installèrent sur une chaise près du feu dans la cuisine. On s'occupa d'elle, plaçant des coussins dans son dos et un châle sur ses épaules. Mrs MacLeod lui fourra un verre généreux de whisky dans la main.

— Gallowglass ? murmura-t-elle.

— Des guerriers, ma fille, déclara Mrs MacLeod avec un sourire. Les plus féroces d'entre eux. Vous avez au moins du sang écossais dans les veines, à en juger par votre tempérament.

— Avez-vous vu l'expression du laird lorsque m'dame lui a remonté les bretelles ? demanda Sheenagh en gloussant de joie.

— Aye, déclara la petite Flora qui pour une fois, donna son avis. Il n'a pas compris ce qui lui arrivait.

Ruth prit une gorgée de whisky. Elle sentit le liquide lui brûler la gorge.

— Cela suffit.

Tout le monde se figea et la regarda.

— Ce qu'il y a entre Mr Anderson et moi-même ne regarde que nous. Je ne tolérerai ni les rumeurs ni que l'on prenne parti pour l'un ou l'autre. Il s'est montré très bon avec vous, et vous lui devez votre loyauté. Je ne vous mettrai jamais dans une position où vous devrez choisir entre nous deux, et lui non plus.

Elle espérait que cela soit vrai, mais étant donné les circonstances, elle n'en était pas du tout certaine. La loyauté que Mr Clugston éprouvait envers elle avait failli se solder par un bain de sang.

Sheenagh agita les mains en direction du personnel restant.

— Vous avez entendu m'dame. Mettez-vous au travail. N'avez-vous donc rien de mieux à faire ?

— Merci, Sheenagh, fit Garrick en lançant un regard approbateur à la jeune femme qui rougit de plaisir.

Ruth soupira, but son whisky et serra les dents en le sentant descendre en une traînée de feu jusque dans son ventre. Mrs MacLeod étudia son visage pendant quelques instants avant de saisir la bouteille et de remplir à nouveau son verre. Ruth la remercia et prit une gorgée déterminée. Quelques instants plus tard, elle en prit une seconde, puis une troisième. Décidément, ce whisky n'était pas mauvais. Il était illégal, bien sûr, mais les Écossais n'allaient pas s'en formaliser. Une agréable flaque de chaleur prit place en elle. Elle fit s'évanouir toute la tension qui s'était accumulée. C'était, selon elle, une bonne chose. Une très bonne chose. Elle termina son verre.

Mme MacLeod avait laissé la bouteille non loin de Ruth et s'était remise au travail. En fait, tout le monde était retourné à son poste et semblait très occupé. Ruth soupira. Sheenagh apparut et lui jeta un regard inquiet.

— Je vous fais couler un bain. Vous avez une petite mine.

— Merci, dit Ruth sèchement.

— C'est vrai, et ce n'est pas étonnant après un tel choc.

Ruth fit signe à Sheenagh de la suivre dans sa chambre, puis hésita. Elle jeta un rapide coup d'œil dans la cuisine pour s'assurer que tout le monde était encore plongé dans le travail, puis s'empara du whisky et se précipita vers la sortie en le cachant dans les plis de ses jupons.

Heureusement, Sheenagh n'avait rien remarqué, l'ayant précédée tout le chemin, ou si c'était le cas, elle eut la sagesse de ne pas faire de réflexion. Ruth posa le whisky sur sa coiffeuse, où il trôna comme une bouteille de parfum surdimensionnée, et laissa sa femme de chambre s'affairer. Lorsque Sheenagh eut fini de préparer le bain, elle laissa sa maîtresse seule. Ruth plongea son regard dans l'eau fumante et parfumée et défit les attaches de sa robe de chambre. Puis elle jeta un coup d'œil à la bouteille de whisky.

Chaque fois que les hommes avaient le cafard, ils avaient tendance à se saouler. Eh bien, son mari n'avait pas le monopole des comportements ridicules, pensa-t-elle avec une pointe d'irritation. Si elle voulait elle aussi faire n'importe quoi et s'enivrer, c'était son problème. En cet instant, l'idée lui paraissait extrêmement séduisante. De plus, ce n'était pas comme si Gordy s'en souciait. Cette pensée triste suffit à sceller son destin. Elle saisit la bouteille et s'enfonça dans l'eau chaude avec une grâce peu digne d'une dame. Elle se rendit compte qu'elle avait laissé le verre dans la cuisine, mais elle n'allait pas laisser un si petit détail contrecarrer ses plans. Tirant le bouchon de la bouteille avec les dents, elle le cracha sur le bord de la baignoire, porta la bouteille à sa bouche et en prit une grande gorgée.

Erreur. Les larmes lui montèrent aux yeux et un incendie se déclara dans sa gorge. Elle toussa et cracha, luttant pour respirer. Il fallut plusieurs bonnes minutes pour que la sensation de brûlure, d'étouffement et de mort s'estompe, puis la chaleur se transforma en une jolie petite lueur et un agréable engourdissement se répandit dans son cerveau. Un peu plus prudente, elle décida de ne prendre que des gorgées dignes d'une dame. *Beaucoup* de gorgées dignes d'une dame. Finalement, le whisky lui plaisait bien.

Chapitre 20

Cher Mr de Beauvoir,

Je me suis promis de ne plus vous écrire, mais il semblerait que lorsque cela vous concerne, je n'arrive plus à me contrôler. Pourquoi n'avez-vous pas répondu à ma dernière lettre ? Savez-vous à quel point il est ennuyeux d'attendre une réponse qui ne vient jamais ?

J'ai participé à des bals, des dîners et des réceptions, fait d'innombrables visites de courtoisie et je m'ennuie à mourir. J'ai porté la plus splendide des robes jaunes l'autre soir, tout le monde m'a dit que j'étais absolument ravissante, et cela n'avait aucune importance, car vous n'étiez pas là. Leurs compliments n'avaient aucune valeur à mes yeux. Je préférerais vous entendre me sermonner pour vous avoir embrassé, plutôt que de souffrir une autre ode dédiée à la beauté de mes yeux. N'allez-vous pas au moins me répondre pour m'expliquer à quel point je vous ennuie ?

— Extrait d'une lettre de miss Minerva Butler à Mr Inigo de Beauvoir.

20 décembre 1814. Château de Wildsyde, Écosse.

Gordy remua sur la balle de foin sur laquelle il était installé, essayant de déloger ce qui lui rentrait dans le derrière. Mr Clugston était assis à ses côtés, d'une humeur tout aussi morose.

— Donnez-moi ça, marmonna Gordy en arrachant la bouteille de whisky des mains de son compère. Il prit une grande gorgée et s'essuya la bouche avant de la lui rendre.

— Vous n'vous rendez pas compte de c'que vous avez entre les mains, Gordy, mon vieux, déclara Mr Clugston en secouant la tête. C'est l'genre de femme qu'on n'trouve qu'une fois dans sa vie.

Gordy lui lança un regard noir. Clugston s'était accaparé la bouteille et en avait bu beaucoup plus que lui.

— Vous croyez que je n'le sais pas ? marmonna Gordy, irrité.

Lorsque sa femme était sortie du château, ses yeux lançant des éclairs, prête à en découdre avec deux hommes armés, il avait été subjugué. Il était malade à l'idée de ce qui aurait pu lui arriver s'ils ne l'avaient pas vue à temps, trop absorbés par leur combat. Il chassa cette pensée avant qu'elle ne puisse le perturber davantage. Il regarda Clugston, qui avait soulevé la bouteille de whisky, et dont la pomme d'Adam se mouvait de haut en bas avec régularité.

— Vous allez regretter ça demain, lui fit remarquer Gordy.

— C'est toute cette journée que je regrette, déclara Clugston d'un ton sombre.

Gordy soupira.

— Aye, et bien… je… j'ai peut-être dit des choses que je ne pensais pas.

Son compagnon ricana, et Gordy lui lança un regard furieux, les sourcils froncés.

— Vous êytes un idiot.

— Je crois que vous l'avez déjà dit, rétorqua Gordy en lui arrachant à nouveau la bouteille des mains.

— Je n'essaie pas de vous voler votre femme, espèyce d'imbécile. Même si je le voulais, ce serait impossible, elle est amoureuse de vous — Dieu seul sait pourquoi, ajouta Clugston avec dégoût.

Gordy lui rendit un regard tout aussi irrité.

— Elle n'est pas amoureuse de moi, grommela-t-il en s'efforçant d'ignorer le coup de poignard que cette déclaration asénait à son cœur. Que pourrait-elle bien me trouver ?

— Si j'le savais, répondit Clugston d'une voix de plus en plus pâteuse. Si *j'étais vous*, j'irai le lui d'mander.

Il poussa un rot et l'odeur aigre du whisky flotta entre eux. Gordy grimaça et tendit la bouteille à Clugston. Il réfléchit à l'idée de poser la question à Ruth. Non. Il ne voulait pas lui parler. Lorsqu'il parlait avec Ruth, cela finissait toujours par éveiller des… des *sentiments*, beaucoup trop de fichues émotions qui lui serraient la poitrine et tournoyaient en lui. C'était comme le malaise qu'il ressentait lorsqu'il était enfant et savait que son père allait lui mettre une raclée pour la simple et bonne raison qu'il avait l'audace d'exister — fait qui avait le don de faire enrager son père.

Il s'interrogea sur ses chances d'être accueilli dans son lit après ce qu'il avait fait aujourd'hui. Non qu'elle eût déjà refusé ses avances, pourtant il s'était comporté de manière assez affreuse avec elle jusque-là. Cette sensation de chaleur qui tournoyait dans sa poitrine s'éveilla une fois de plus et il s'en indigna. Énervé, il se leva. S'il voulait coucher avec sa femme, c'était son droit, bon sang. De plus, elle aimait cela et il lui avait sans doute manqué ces dernières nuits. Il prit un instant pour réfléchir à cette éventualité attirante, se demandant si elle avait pensé à lui, si elle avait espéré qu'il vienne à elle aussi violemment qu'il avait eu envie d'aller la rejoindre.

Malédiction.

— Ditt'lui q' vous l'aiymez.

Gordy leva les yeux au ciel et ne daigna pas répondre à cette suggestion éructée. Il s'éloigna d'un Mr Clugston dont l'état d'ébriété s'intensifiait de minute en minute et prit la direction du château. D'humeur rustre, énervé, il ne passa pas par sa chambre pour se nettoyer et se rendre présentable et alla directement à celle de Ruth. Il frappa sommairement puis pénétra dans la pièce en fermant la porte derrière lui, avant de passer une minute entière à se demander pourquoi il avait le souffle coupé à chaque fois qu'il franchissait cette fichue porte.

Elle était dans son bain. L'odeur des huiles parfumées flottait dans l'atmosphère humide. Sa tête était penchée en arrière, et elle chantait une petite mélodie à voix basse, une bouteille de whisky nichée entre ses seins nus. Le rêve de tout Écossais.

— Argh, femme, qu'essayez-vous de me faiyre ? murmura-t-il d'une voix désespérée.

Des yeux somnolents aux paupières lourdes se posèrent sur lui. Un sourire serein se dessina sur sa bouche pulpeuse.

— Gordy, soupira-t-elle. Comme c'est bon d'vous voir ! Voudriez-vous un peu d'whisky ? Il est délicieux.

Elle essaya d'attraper la bouteille, qui tomba dans un bruit d'éclaboussures dans le bain.

— Oups.

Gordy la dévisagea, puis, malgré lui, ses lèvres se retroussèrent vers le haut.

— Vous êtes saoule.

Elle lui lança un regard impérieux, le genre de regard qui habituellement lui donnait l'impression d'avoir six ans, mais ce soir, il était moins efficace, car elle semblait avoir beaucoup de mal à rester concentrée sur lui.

— Pasdutout.

— Oh, aye ? Prouvez-le.

— Monsieur, vous êtes idiot, dit-elle en prononçant soigneusement chaque mot tout en agitant un bras dans sa direction.

— Je ne me disputerai pas avec vous ici, *mo leannan*, dit-il, incapable d'empêcher l'adjectif affectueux de sortir de ses lèvres. Mais vous devez encore me prouver que vous êtes sobre. Allons, levez-vous. L'eau ne me semble pas très chaude, ajouta-t-il en voyant que ses tétons étaient durs.

Difficile de résister à l'envie de poser sa bouche sur eux, de la réchauffer avec son corps, mais il n'était pas rustre au point de profiter de sa femme dans cet état.

Il regarda Ruth lever le menton dans un geste provocateur qu'il connaissait bien, puis elle essaya de se mettre debout. Elle retomba dans une gerbe d'éclaboussures, glissant complètement sous l'eau et Gordy bondit en avant pour l'attraper et la sortir du bain dont elle émergea en toussotant et en crachant.

— Gordy ! cria-t-elle en le regardant, les cils parsemés de gouttes d'eau. C'est si bon d'vous voir !

— Ah, Ruth. Le plaisir est partagé.

Il était impossible de ne pas lui sourire. Il sentit un côté dur et tranchant en lui s'adoucir malgré tous ses efforts pour s'agripper à sa colère et sa fierté. Elle partirait, elle le quitterait, et cela le détruirait plus que n'importe quoi d'autre.

Il ne fallait pas y penser. Pas maintenant. Il n'avait jamais vu Ruth dans cet état, et il apercevait quelque chose de vulnérable en elle qu'il n'était pas prêt à revoir de sitôt. Elle était si forte, sa femme, plus forte que lui, et pour une fois, c'était agréable de se sentir maître de la situation.

Il la tint contre lui d'une main, et de l'autre, attrapa une serviette dont il enveloppa Ruth. Elle attrapa sa chemise trempée et fronça les sourcils.

— Z'êtes tout mouillé, dit-elle en secouant la tête, consternée. Êtes-vous tombé dans une flaque d'eau ?

— Non.

— Enlevez-moi ces vêtements, conseilla-t-elle avant de hoqueter. Vous allez attraper froid.

— Ne vous inquiétez pas pour moi, dit-il d'une voix apaisante tout en essayant de la sécher sans la lâcher — il doutait qu'elle réussisse à tenir debout sans vaciller.

Elle prit son visage entre ses mains, le regard fixé sur lui.

— Non. Vous n'allez pas bien. Non, non, non. Pauvre Gordy. Mon pauvre amour. Brisé, dit-elle en secouant la tête. Brisé à l'intérieur. J'ai voulu arranger les choses. J'ai essayé. J'ai ess-essayé.

À sa grande horreur, une grosse larme roula sur la joue de Ruth.

— Vous ne voulez p-pas de moi, dit-elle avec tristesse alors qu'une autre larme suivait la première. Personne ne v-veut de moi.

— Ruth, dit-il, horrifié qu'elle puisse penser une telle chose. Ruth, ne dites pas des choses pareilles. Ce n'est pas vrai. Je… je n'suis pas digne de vous. Aucun homme ne l'est.

Elle secoua la tête, les larmes coulaient les unes à la suite des autres maintenant, puis elle se mit à sangloter franchement.

— Ne pleurez pas, la supplia-t-il, le cœur déchiré. Je n'en vaux pas la peiyne. Ne le voyez-vous pas ?

— Vous n-ne m'appréciez pas, sanglota-t-elle en s'accrochant à sa chemise détrempée.

Gordy la souleva dans ses bras. Il ne savait pas quoi faire.

— Si, Ruth. Je vous apprécie énormément, dit-il en la portant vers le lit.

Il fit du mieux qu'il put pour la sécher, frotta ses cheveux avec la serviette, puis ramena les couvertures au-dessus d'elle, mais elle se roula en boule et frissonna, hoquetant et pleurant. C'était de sa faute, se dit-il avec dégoût. C'était lui qui avait transformé cette femme forte et magnifique en une petite chose misérable et tremblante. Bon sang, il méritait des coups de cravache.

Il grimpa dans le lit et la ramena vers lui, couvertures comprises, enroulant son corps autour de son dos.

— C'est tout, *neach-gaoil, mo chridhe.* Il n'faut pas pleurer à cause de moi. Je suis un misérable et je ne mérite pas vos larmes.

— S-si, vous les méritez…, sanglota-t-elle.

Tous les mots se mélangèrent entre eux, résultat de l'alcool et de l'émotion.

— … Je vous aime.

Gordy ferma les yeux et planta un baiser sur sa tête en la serrant plus fort.

— Cela passera. Ce n'est pas le genre de sentiment qui s'attarde. Je n'peux pas garder les gens auprès de moi, mais c'est entièrement de ma faute, pas de la vôtre.

— Jamais, murmura-t-elle d'une voix fatiguée. Je n'arrêterai jamais de vous aimer. Rien dire à propos du bébé…

Elle colla son index sur sa bouche.

— … Chut. Secret.

— Bébé ?

Il se figea. Soudain, il n'entendit plus que le battement dans ses oreilles. Un bébé. Son bébé. Elle portait son bébé. Il se mit à respirer très vite, et quelque chose de chaud et de désagréable lui piqua les yeux. Il déglutit. Bon, eh bien voilà. Il avait fait son devoir, et Ruth serait débarrassée de lui. Plus vite elle serait libérée de sa présence toxique, mieux ce serait.

Gordy baissa les yeux vers elle. Elle dormait, la respiration profonde et régulière, ses joues étaient encore sillonnées de larmes. Quelque chose était serré dans sa poitrine, il ressentait le désir de la serrer, de la garder ici, avec lui, et ce désir se battait contre la peur d'être à nouveau abandonné. Il ne pouvait pas y penser maintenant, en cet instant, pas avec Ruth, vulnérable et confiante lovée dans ses bras. Alors il se recroquevilla contre elle, comme s'il pouvait la protéger de tout ce qui pouvait la blesser, tout en sachant que ce qui lui ferait le plus de mal, ce serait lui.

21 décembre 1814. Château de Wildsyde, Écosse.

Ruth se réveilla avec la certitude qu'elle était en train de mourir. Il n'y avait aucun espoir de guérison. Personne ne pouvait sentir aussi mal et vivre.

— Enfin, s'écria une voix insupportablement joyeuse. J'ai cru que vous alliez dormir toute la journée.

Ruth fournit un effort herculéen pour entrouvrir un œil. La lumière du jour lui perfora le cerveau avec tant de violence qu'elle referma aussitôt la paupière.

— Sheenagh, croassa Ruth. Tuez-moi.

Un ricanement amusé qui parut très cruel à Ruth retentit et la domestique s'approcha du lit.

Non, m'dame. Vous n'pouvez pas mourir, même si c'est ce que vous voulez en ce moment. Vous n'avez pas eu la main légèyre hier, n'est-ce pas ?

— Non, gémit Ruth en posant les mains sur sa tête.

Elle ne savait pas si elle voulait la conserver attachée à son cou ou si elle espérait l'en arracher.

— J'ai exactement ce qu'il vous faut pour votre têyte, asseyez-vous.

Ruth émit un son pitoyable dont elle aurait eu honte en temps normal. Mais elle continua de gémir alors que Sheenagh l'aidait à se redresser et plaçait des coussins derrière elle. Lorsqu'elle fut assise — même si, à en juger par le degré d'inclinaison de la pièce, elle n'était pas tout à fait sûre de se tenir droite — Sheenagh lui tendit un verre.

Ruth le regarda. Puis elle regarda Sheenagh.

— Qu'est-ce que c'est ? demanda-t-elle d'un ton franchement suspicieux, car son estomac était mal en point et semblait disposé à refuser absolument tout.

— Une danse écossaise.

Ruth plissa les yeux en regardant le verre, encore plus méfiante.

— C'est bon pour ce que vous avez, m'dame. Mon père ne jure que par ça. Il s'agit simplement de babeurre épaissi avec de la fécule de maïs, du sel et du poivre. Rien qui mérite de froncer le nez. Vous aurez moins l'impression d'être à l'article de la mort, je vous le promets.

Ruth souleva le verre avec des mains tremblantes sans grand enthousiasme.

— Cul sec, dit Sheenagh en lui souriant. Ruth fronça les sourcils, des envies de meurtre lui caressant l'esprit, puis obéit.

En vérité, cinq heures plus tard, sa mort ne lui semblait plus aussi imminente. Ruth avait simplement l'impression d'être très mal en point, ce qui était un énorme progrès. Elle avait passé toute la journée à se cacher dans sa chambre, en essayant tour à tour de lire et de parfumer la pièce. L'odeur de whisky semblait avoir imprégné les murs et lui donnait envie de vomir.

On frappa doucement à la porte. C'était Sheenagh qui vérifiait son état ; elle était venue à intervalles réguliers, lui apportant des tasses de thé et tout ce qu'elle pensait pouvoir inciter Ruth à manger.

— Vous sentez-vous mieux ? demanda-t-elle.

— Merveilleusement bien, répondit Ruth, impassible.

Sheenagh la regarda avec un air compatissant puis fit une grimace et croisa les bras.

— Eh bien, *il* a demandé à vous voir. Je lui ai dit que vous n' vous sentiez pas suffisamment en forme, mais il m'a ordonné d'aller vérifier. Dois-je l'envoyer promener ?

Ruth ricana en entendant la note d'espoir que contenait la demande. Elle n'eut aucun mal à savoir de qui elle parlait.

— Cela ne sera pas nécessaire.

Elle soupira et reposa son livre. Elle se mordilla la lèvre en réfléchissant au fait de descendre. Elle n'était pas certaine de vouloir voir Gordy, mais essentiellement pour la sécurité de ce dernier. Elle se sentait de très mauvaise humeur, elle avait une migraine et des douleurs partout et doutait donc de sa capacité à maintenir un ton courtois. Tant pis pour lui.

Elle descendit les escaliers avec précaution et fut accueillie chaleureusement par Garrick. Elle le rassura sur son état, lui disant qu'elle se sentait bien mieux qu'elle ne le paraissait — un mensonge éhonté — puis se dirigea vers le bureau. Elle prit exemple sur le style de son mari, frappa un coup à la porte et pénétra aussitôt dans la pièce. Elle faillit reculer, agressée par les murs roses. Elle se redressa en grimaçant. Ses chiens étaient lovés devant le feu, et Murdo se leva en battant de la queue, comme s'il savait très bien que son maître était dans le pétrin et qu'il voulait s'excuser pour lui. Elle lui grattouilla la tête puis se tourna vers Gordy, qui regardait par la fenêtre. Il se retourna lorsqu'elle ferma la porte, et Ruth soupira intérieurement en remarquant l'expression distante et froide qu'il arborait.

Un souvenir surgit du brouillard de la nuit dernière, la sensation de ses bras autour d'elle.

— *Je n'suis pas digne de vous. Aucun homme ne l'est.*

Elle ne se rappelait pas grand-chose après être entrée dans son bain, c'est donc avec scepticisme qu'elle accueillit ce souvenir. Était-il présent ? Avait-il dit cela ? Elle envisagea cette possibilité puis se traita d'idiote. Il suffisait de le regarder, de constater le gouffre qui les séparait en ce moment ; cela suffisait à illustrer à quel point il ne voulait pas qu'elle s'approche de lui. C'était sans aucun doute un rêve induit par le whisky.

— Vous vouliez me voir ?

Il hocha la tête en la dévisageant, et, l'espace d'un instant, elle eut l'impression de voir du regret dans ses yeux, mais il serra la mâchoire et son expression se fit dure.

— Je voulais savoir si vous vous sentiez assez bien pour voyager demain.

— Voyager ? répéta Ruth, troublée.

Une petite pointe de glace lui transperça le cœur, et le froid s'insinua en elle alors qu'elle saisissait ce qu'il avait en tête.

— Je suis au courant pour le bébé, Ruth. Notre marché prend fin. Il est grand temps pour vous de rentrer chez vous.

Ruth le dévisagea, sans savoir quelle erreur elle devait corriger en premier. Elle choisit la réponse qui lui semblait la plus pertinente.

— C'est ici, chez moi, rétorqua-t-elle.

— Non, femme. C'est ma maison, et vous y résidez seulement parce que je le souhaite. Vous avez rempli votre devoir.

Elle sentit la douleur lui transpercer le cœur face à la cruauté de ces mots.

— Il n'y a *pas* de bébé, dit-elle à voix basse en essayant de maîtriser ses émotions.

Elle ne voulait pas pleurer.

— Je vais demander à Sheenagh d'emballer vos affaiyres. Elle peut partir avec vous si elle le désire.

— Gordy. Je ne suis pas enceinte…, répéta-t-elle.

Son cœur battait trop vite, elle se sentait malade.

— … C'est la vérité !

— Si vous voulez que l'on vous envoie des choses en particulier, vous pouvez m'écrire et j'y veillerai.

Ruth déglutit. Elle avait l'impression d'être coincée dans un cauchemar. Il allait la faire partir, peu importe ce qu'elle dirait. Il refuserait tout bonnement de l'écouter et d'accepter la vérité.

— Gordy, je vous en prie, dit-elle d'une voix brisée. Je vous jure que je ne suis pas enceinte.

Il lui jeta un regard exaspéré et furieux.

— Ne me mentez pas, Ruth. Vous me l'avez dit vous-même…

Ruth fronça les sourcils. Comment pouvait-il croire… mais subitement, être accusée de mentir sur un tel sujet fit voler en éclats toute pensée rationnelle. Peut-être aurait-elle retardé l'annonce de la chose, mais elle n'aurait jamais menti sur l'existence d'un enfant s'il lui avait posé la question. Un calme étrange et furieux s'installa en elle. Elle ouvrit la porte du bureau.

— Dehors.

Elle fit signe aux chiens de partir. Ils tournèrent la tête vers elle, puis vers leur maître, avant de se dépêcher de sortir, l'un derrière l'autre, la queue entre les pattes. Garrick pénétra dans le hall et son regard se posa sur les chiens, puis sur Ruth.

— Garrick, dit-elle, ne pénétrez dans cette pièce sous aucun prétexte.

Elle ferma la porte en ignorant l'air confus et les sourcils froncés de son époux. Il fallait qu'il l'écoute et elle allait, d'une façon ou d'une autre, réussir à attirer son attention. S'il ne voulait pas avoir une conversation normale et écouter ce qu'elle avait à dire, elle allait devoir y mettre les formes. Le cœur battant à tout rompre, elle se dirigea vers la cheminée, souleva l'affreuse horloge en bronze doré qu'elle détestait cordialement et la fracassa sur le sol. La chute spectaculaire de l'objet illustra de façon pertinente son état d'esprit actuel.

Gordy sursauta lorsque l'horloge heurta le sol et fit un pas en arrière. Le regard de Ruth parcourut la pièce et s'arrêta sur une réplique en plâtre de Robbie Burns. Parfait. Elle se dirigea vers le buste avec un calme apparent, le saisit et le laissa tomber sur le sol. Il explosa en un millier de fragments blancs, dessinant un motif étoilé de poudre blanche sur le sol et laissant un nuage de poussière sur l'ourlet de sa robe.

— Ruth…, dit prudemment Gordy en tendant une main, les yeux écarquillés. Ruth, ne pouvons-nous pas discuter de cela comme des gens civilisés ?

Le regard de Ruth se posa sur une carafe de whisky.

— Argh, non !

Avant qu'elle n'ait le temps de l'atteindre, Gordy l'avait attrapée et plaquée contre sa poitrine.

— Ruth, c'est de la folie ! Vous feriez mieux de vous calmer. Ce n'est pas bon pour le marmot, s'exclama-t-il d'un ton si raisonnable que Ruth eut envie de hurler.

— De la folie ? s'écria Ruth qui oscillait entre le désespoir et l'hystérie pure et simple. Eh bien, si c'est le cas, c'est de votre faute. Pourquoi refusez-vous de m'écouter ?

Gordy avait posé la carafe de whisky et se tenait au milieu de la pièce, les mains tendues devant lui comme s'il s'approchait d'un cheval nerveux.

— D'accord, parlons-en, dit-il en la regardant avec inquiétude.

Peut-être allait-il réellement la faire interner. Elle venait de lui fournir suffisamment de raisons.

— Parler ? dit-elle en s'accrochant de toutes ses forces au peu de calme qui restait en elle, bien déterminée à ne pas pleurer. Très bien. Je vais parler, et cette fois, vous allez m'écouter. Je ne suis *pas* enceinte, Gordy, je me suis trompée. Mes menstrues ont commencé ce matin. Je suis sûre que Sheenagh pourra vous fournir des preuves satisfaisantes de ce fait, si ma parole ne vous suffit pas.

Il fronça les sourcils, visiblement perplexe.

— Mais, la nuit dernière…, commença-t-il.

Soudain, des souvenirs surgirent dans la mémoire de Ruth.

Gordy l'aidant à sortir du bain, la façon dont il avait souri en découvrant qu'elle était ivre, la douceur de son regard.

Je n'suis pas digne de vous. Aucun homme ne l'est.

Toute sa colère et sa frustration s'évanouirent et elle expira vivement, choquée. À présent, elle regrettait d'avoir réagi si violemment.

Oh, Gordy.

— C'est réellement… la vérité ? demanda-t-il d'un ton incertain et hésitant.

— Oui, dit-elle d'une voix serrée. Je ne suis pas enceinte.

Il laissa échapper un soupir, et, pour la première fois, elle vit du soulagement dans son regard, elle vit ses larges épaules s'affaisser, et la vérité fut soudain aussi évidente que la lumière du jour. Il ne voulait pas qu'elle parte. Elle le contempla et il se raidit aussitôt en reprenant ce masque froid et défensif, mais c'était trop tard, elle l'avait vu.

— Eh bien, dit-il d'une voix à nouveau ferme. Cela n'a pas d'importance. Ce n'est qu'une question de temps, je suppose.

Elle contempla son mari, cette silhouette imposante qui semblait s'accaparer chaque centimètre de l'espace de chaque pièce dans laquelle il pénétrait, et ne vit rien d'autre qu'un petit garçon effrayé, bien déterminé à ne pas montrer aux adultes qu'il était blessé. Ruth laissa échapper un long soupir, et s'éloigna du bureau. À mesure qu'elle s'approchait de lui, son regard se faisait plus menaçant, mais elle ne se découragea pas.

— Qu'est-ce que vous… ?

Il s'arrêta net lorsqu'elle l'entoura de ses bras et se serra contre lui en posant la tête contre son torse. Elle pouvait entendre son cœur tambouriner furieusement contre sa cage thoracique, trahissant tout ce qu'il s'efforçait de lui cacher.

— Je vous aime, dit-elle doucement mais fermement. Je sais que je ne m'y prends pas de la meilleure des façons, Gordy, *j'essaie* de comprendre. Je m'excuse pour… pour cet accès de colère, mais vous n'avez pas idée de la frustration que je ressens lorsque vous m'excluez de la sorte et que vous n'écoutez pas un mot de ce que je dis.

Elle prit une inspiration tremblante, et poursuivit :

— Je sais que vous ne me croyez pas encore, mais je vous aime vraiment. Pourriez-vous nous laisser une chance, je vous prie ?

Elle attrapa sa main qui pendait le long de son flanc, car il n'avait pas levé les bras pour la serrer contre lui. Ruth la leva et en embrassa la paume, avant de la relâcher et de partir en direction de la porte.

— Où allez-vous ? demanda-t-il.

Sa voix semblait étrange, tremblante.

— Prendre l'air.

Elle se tourna vers lui et lui offrit un sourire faible.

— Je serai bientôt de retour. Nous pourrions peut-être alors… discuter ? Je promets de ne rien casser. Plus jamais, ajouta-t-elle, se sentant malheureuse de ce qu'elle avait fait.

Elle referma la porte et s'y adossa en laissant échapper un soupir tremblotant. Elle leva les yeux et vit Garrick et Sheenagh côte à côte, la regardant avec inquiétude.

— Mrs Anderson ? demanda le majordome d'une voix douce.

— M'dame ? Tout va bien ?

Sheenagh était pâle et avait un air anxieux.

Ruth sourit en hochant la tête avec plus d'assurance qu'elle n'en avait réellement.

— Tout va bien. Garrick, veillez à ce que l'on ne dérange pas mon mari. Il y aura besoin de faire… un peu de ménage, lorsqu'il aura quitté la pièce.

— Bien sûr, Mrs Anderson.

— Il me faut mon chapeau et mon manteau, je vous prie, Sheenagh. Je pars me promener.

Sheenagh fit une révérence et revint quelques instants plus tard pour emmitoufler sa maîtresse en insistant pour l'envelopper d'un tartan en laine supplémentaire.

— Merci, dit Ruth en lui adressant un sourire chaleureux.

— C'est un plaisir, m'dame, répondit Sheenagh.

Ruth lui saisit impulsivement la main et la serra, puis sortit.

Chapitre 21

Chère Ruth,

Comment allez-vous ? Votre dernière lettre remonte à un certain temps. Est-ce que cette fichue tête de mule réalise enfin la chance qu'il a ? Dois-je brandir ma cuillère ?

— Extrait d'une lettre de Mrs Bonnie Cadogan à Mrs Ruth Anderson.

21 décembre 1814. Château de Wildsyde, Écosse.

Ruth contemplait l'horizon. Il était si vaste. Il était à peine trois heures de l'après-midi, mais le soleil se couchait déjà et la mer se transformait en or liquide sous ses yeux. Le ciel était en feu, parsemé de nuages couleur cannelle et ambre qui lui rappelaient quelque peu les yeux de Gordy. En dessous d'elle, les vagues s'écrasaient contre la roche.

Soyez ferme comme la falaise sur laquelle sans cesse se brisent les vagues ; elle demeure immobile tandis que viennent mourir autour d'elle les bouillonnements du flot.

Elle sourit. Même si elle avait oublié ce conseil cet après-midi, à présent, elle s'y accrochait. Elle était une Stone, comme sa tante lui avait rappelé ; elle serait le rock de Gordon et il finirait par comprendre qu'elle était ce rocher immuable sur lequel il pourrait toujours compter. Sa fureur et sa peur finiraient par s'éteindre et il lui accorderait sa confiance.

Elle gonfla ses poumons d'air pur et glacé tout en marchant le long des ruines du château de Bucholie. Elle s'arrêta un instant sur ce qu'il restait d'une porte voûtée. Elle était protégée d'une bonne partie du vent ici, elle s'adossa contre les murs anciens en ressentant un nouveau cette connexion avec tout ce qui l'entourait, cette sensation de paix et de calme en dépit des remous de ces derniers jours. Peut-être Mrs MacLeod avait-elle raison ; peut-être y avait-il un peu de sang écossais en elle, et c'était la raison pour laquelle elle avait l'impression d'être ici chez elle.

La jeune femme poussa un soupir de regret en réalisant qu'il ferait bientôt nuit ; elle était restée dehors plus longtemps que prévu. De plus, il faisait un froid de canard. Son nez et ses joues étaient probablement rouge vif. Séduisant. Elle resserra le tartan sur ses épaules puis fit demi-tour pour retourner sur le chemin. Un lapin surgit soudainement et elle poussa un cri de surprise en reculant. Elle trébucha et tenta de garder son équilibre, mais l'herbe était couverte d'une couche de givre et son pied glissa sur une petite pente. Toujours en déséquilibre, elle bâtit l'air des bras en essayant de ne pas tomber. Elle fit un pas en avant, mais vacilla et se tordit douloureusement la cheville. Elle leva son pied en poussant un juron, et c'est alors que le sol céda. Ruth poussa un cri terrifié et bascula par-dessus le bord de la falaise dans un éboulis de pierres. Elle atterrit dans un bruit sourd.

La jeune femme resta absolument immobile, étonnée de l'arrêt brutal de sa chute. Elle avait le souffle court et rapide, après avoir attendu, terrifiée, l'impact contre les rochers et le contact avec l'eau gelée. Le cœur battant, elle écouta les pierres dévaler le flanc de falaise jusqu'à la mer. Elle tâtonna avec précaution le sol autour d'elle, et découvrit avec soulagement qu'elle était tombée sur une plate-forme rocheuse large et solide. Elle s'assit dos à la falaise, et jeta un coup d'œil par-dessus le bord. Son estomac fit un bond en découvrant la chute vertigineuse qui s'offrait à elle.

— Ne regardez pas en bas, se dit-elle sévèrement.

Elle leva donc la tête et s'aperçut qu'elle n'était pas tombée très bas : le haut de la falaise se trouvait à environ un mètre cinquante. Cela ne devrait pas être trop difficile de remonter.

Malheureusement, lorsqu'elle essaya de se lever, une douleur vive traversa sa cheville. Ruth poussa un cri et se figea. Tout à coup, l'ascension lui parut beaucoup moins aisée.

— Zut.

Il n'y avait rien d'autre à faire qu'attendre en espérant que quelqu'un vienne la chercher. Mais il y avait un problème : elle n'avait révélé sa destination à personne. Maintenant, elle se rendait compte que cela n'avait pas été très malin de sa part.

— Idiote.

L'insulte ne semblait pas tout à fait adaptée à la situation : la nuit s'apprêtait à tomber, la température était déjà glaciale, et elle allait devoir passer la nuit au bord d'un précipice.

— Bon sang de bougresse d'idiote !

Elle regroupa ses jupons contre ses chevilles et se blottit sous son châle avec dans son esprit des images vivides de son grand lit douillet et du souper merveilleux que Mrs MacLeod avait préparé.

Elle chassa de ses pensées ces images cruelles et se mordilla la lèvre en se disant que Gordy allait se faire du souci. Malgré son acharnement à vouloir prouver le contraire, il tenait à elle et désirait qu'elle reste. Ce n'était peut-être pas de l'amour, et peut-être n'en serait-ce jamais, mais il avait besoin d'elle, plus qu'il n'acceptait de le montrer, il avait besoin de quelqu'un sur qui compter, de savoir que quelqu'un était là pour prendre soin de lui. Il s'inquiéterait de ne pas la voir rentrer. Bon, au moins, quelques personnes remarqueraient son absence, c'était déjà cela, de plus, elle n'avait plus mal à la tête.

— Regardez toujours le bon côté des choses, murmura-t-elle avant de s'abandonner au spectacle du dernier rayon de soleil qui sombrait dans la mer.

Gordy contempla les dégâts. Il y avait des morceaux de plâtre, des parties de l'horloge cassée et beaucoup de verre. Le besoin pressant de boire le fit se déplacer. Il se fraya un chemin vers la carafe de whisky et l'emporta jusqu'à son bureau. Il remercia le ciel de l'avoir sauvé de la destruction.

Il s'installa sur son siège et se servit un verre qu'il but d'un trait. Il soupira en sentant la chaleur de l'alcool inonder ses veines et dissiper la tension de ses muscles. Ce n'était pas suffisant pour qu'il comprenne ce qu'il venait de se passer, mais cela aidait. Il resta assis à contempler le verre vide pendant un long moment en réfléchissant à ce qu'elle avait dit, à ce qu'il avait ressenti. Son baiser l'avait marqué, sa paume semblait encore lui picoter à l'endroit où les lèvres de Ruth s'étaient posées. Il avait encore l'impression de ressentir son étreinte, même si cela faisait longtemps qu'elle avait quitté les lieux.

Il réfléchit au sens de ses paroles.

Je sais que je ne m'y prends pas de la meilleure des façons, Gordy, mais j'essaie de comprendre.

Un sentiment de honte s'empara de lui. Elle essayait. Ce qui avait le don de l'énerver la plupart du temps, mais… Elle n'avait pas baissé les bras. Elle persévérait. Peu importe ce qu'il faisait, peu importe le nombre de fois où il la rejetait, elle était inébranlable. Oh, certes, elle lui avait montré très clairement ce qu'elle pensait de son comportement, lui donnant parfois l'impression d'être un petit garçon mal élevé, mais elle revenait toujours à cette même déclaration : *je vous aime. Je ne vous quitterai pas*. Mais il avait bien trop peur pour la croire, ou simplement essayer de l'écouter et baisser sa garde.

Et si vous tombiez amoureux d'elle et qu'elle changeait d'avis ? Elles changent toujours d'avis. La voix dans sa tête semblait paniquée et furieuse, mais une autre, plus forte, se fit entendre. *Et si elle vous aimait réellement, et que vous la faisiez partir ? Et si c'était votre seule chance ?*

Il cessa de respirer. Et si c'était vrai ? Après tout ce qu'il lui avait fait, toute la cruauté dont il avait fait preuve, si elle avait voulu le quitter, elle l'aurait déjà fait, non ? Pourquoi s'obstinait-elle à ce point à vouloir demeurer avec lui ?

Je sais que vous ne me croyez pas encore, mais je vous aime vraiment.

De toute façon, il est trop tard. Cette révélation s'imposa violemment à lui, comme c'était toujours le cas avec la vérité. Il était bien trop tard. Il ne servirait à rien de la faire partir ; la douleur de ne plus la voir serait tout aussi féroce, et l'envie de la revoir le hanterait. Il avait compris cela la veille et avait tenté de l'ignorer, mais la vérité ne s'ignorait pas et il avait été idiot de croire le contraire.

Pourriez-vous nous laisser une chance, je vous prie ?

Non. Il ne pouvait pas la laisser partir. Mais elle partirait peut-être. En dépit de tout ce qu'elle promettait, il avait du mal à croire qu'elle veuille rester avec lui, mais il valait mieux essayer d'en profiter et de faire en sorte que chaque jour passé à ses côtés compte, pour lui donner des raisons de rester.

Gordy reposa son verre de whisky et sortit en vitesse.

— Garrick ! beugla-t-il.

Sa voix résonna dans le hall désert.

— Garrick !

Bon sang, cet homme était comme une odeur désagréable qui flottait en permanence autour de vous jusqu'au moment où l'on avait besoin de lui.

— Monsieur ? fit Garrick en franchissant la porte qui menait aux cuisines.

— Où est ma femme ?

Gordy regarda une expression qu'il n'apprécia pas du tout traverser le regard du majordome.

— Justement, monsieur, nous n'en sommes pas certains. J'étais sur le point de venir vous voir pour suggérer que quelqu'un parte —

— Que voulez-vous dire, bon sang ? Cela fait plus d'une heure qu'elle est partie. La nuit est sur le point de tomber. Où est-elle allée ?

Garrick déglutit, le visage pâle.

— Mrs Anderson est toujours un peu vague sur… sur les endroits où elle part se promener. Elle tient à sa vie privée.

Gordy regarda par la fenêtre. Les derniers rayons du soleil striaient le ciel de plus en plus sombre.

Non. Non, non, non.

— Allez de ce pas réunir tous les hommes valides !

— Tout de suite, monsieur !

Garrick partit au pas de course et Gordy se mit à courir vers l'écurie. Il y trouva Clugston en train de seller son cheval.

— Dougal, avez-vous vu Ruth ?

L'homme secoua la tête.

— Non. Garrick m'a dit qu'elle n'était toujours pas de retour, donc j'étais sur le point de partir à sa recherche. Une fois, elle a mentionné qu'elle aimait se promener aux vieilles ruines.

— Le château ?

Le cœur de Gordy bondit dans sa poitrine. Il fut envahi d'une terreur glaciale.

— Le château, acquiesça Mr Clugston d'un air sombre. Je suis certain qu'elle va bien. C'est juste que… je m'inquiète, il est possible que —

— Donnez-moi votre cheval, exigea Gordy qui n'attendit de réponse ; il bondit sur l'animal et attrapa vivement les rênes en ajoutant :

— Formez une équipe de recherche et rejoignez-moi. Apportez une corde et des couvertures au cas où… au cas où…

Il se révéla incapable de terminer la phrase, mais Clugston hocha la tête.

— J'y veillerai. Allez la retrouver, aye ?

—Aye.

Gordy donna un coup de talon à son cheval et poussa un cri pour encourager l'animal dont les sabots résonnèrent sur les pavés de la cour. Une fois sorti de l'enceinte du château, il galopa à toute vitesse. Le froid lui brûlait les yeux et il maudit le soleil qui avait disparu à l'horizon. La lumière du jour avait été remplacée par la nuance argentée de la lune et sa terreur augmenta. Les falaises pouvaient être dangereuses, les bords n'étaient pas sûrs. Si elle s'était approchée trop près…

Je vous en prie, Seigneur, pas ça. Il ne pouvait pas la perdre. Il avait perdu tellement de temps à essayer de la faire partir ; à présent, l'idée de ne plus la revoir, de ne plus avoir la chance de lui dire ce qu'il avait sur le cœur était trop affreuse pour être envisagée.

Pardonnez-moi, Seigneur. Pardonnez-moi. Je vous en prie, faites qu'elle soit saine et sauve.

Ruth réprima un frisson et souffla sur ses mains en essayant de les réchauffer à travers les gants de cuir. Elle n'avait jamais eu aussi froid de toute sa vie. Le vent s'était amplifié, et, de temps en temps, elle sentait les embruns se déposer sur elle, petites gouttelettes d'eau glacée qui trempait ses vêtements et lui picotaient la peau. *Des pensées positives, Ruth.* Au moins, la vue était splendide. La pleine lune brillait sur le velours noir qui s'étendait autour d'elle. La nuit était magnifique, et très, très froide.

Gordy viendra, se dit-elle. Peu importe ce qu'il se passera, il viendra. Elle s'accrocha fermement à cette conviction et conserva son calme. Ce qui ne voulait pas dire que son moral était au beau fixe. Il lui faudrait peut-être des heures avant de découvrir où elle se trouvait. Elle aurait pu partir se promener n'importe où, et si personne n'avait remarqué son absence, les ruines ne seraient peut-être pas le premier endroit où il songerait à chercher. Mais elle ne douta pas un seul instant qu'il fût parti à sa recherche. Il avait probablement entrainé tout le château, mais, aussi rassurante cette pensée fût-elle, elle ne soulageait pas la douleur lancinante de sa cheville et ne lui offrait aucune protection contre le froid.

Le vent soufflait en rafales et gémissait de façon lugubre en longeant les ruines et les falaises. C'était à vous glacer le sang, et cela fit remonter toutes les histoires effrayantes que Ruth avait un jour entendues.

— Oh, *vraiment*?, lança Ruth, irritée. Je dois en plus m'inquiéter de fantômes et de cavaliers sans tête ? Comme si cette situation ridicule ne suffisait pas !

Comme si elle venait de réveiller la créature fantomatique d'entre les morts avec son commentaire sarcastique, un bruit de sabots lui parvint et son cœur s'affola.

— Ruth !

La voix paniquée de Gordy retentit par-dessus le mugissement du vent et le bruit des vagues qui s'écrasaient en contrebas. Le cœur de Ruth cessa de sautiller comme le lapin affolé responsable de sa chute et fit un grand bond lorsqu'elle reconnut la voix.

— Ruth ! Ruth, mon amour, êtes-vous ici ?

— Gordy ! cria-t-elle, enchantée de son arrivée. Gordy, ici !

— Ruth ? Où êtes-vous, mon amour ? demanda-t-il.

Sa voix semblait plus proche, son anxiété était palpable.

— Ici, répéta-t-elle. En bas.

— Ruth ! Bonté divine ! Êtes-vous blessée, *mo leannan* ?

Ruth se contenta de l'observer pendant quelques secondes, muette de joie.

— Ruth ? Ma douce, êtes-vous blessée ? Répondez-moi.

— Je vais bien, dit Ruth, émue par la tendresse avec laquelle il s'était adressé à elle et surprise de voir la peur briller dans son regard. Je… je me suis tordu la cheville, mais ce n'est rien de grave. Je n'ai juste pas réussi à remonter.

— Seigneur, Ruth, dit-il en la regardant et en passant une main tremblante sur son visage. Vous m'avez fait une peur bleue. J'ai cru… j'ai cru que je ne vous reverrai jamais.

Ruth ricana malgré elle.

— Vous ne vous débarrasserez pas de moi aussi facilement, Gordon Anderson.

Il éclata d'un rire mitigé.

— Aye, et je remercie le ciel pour cela. Que diable faisiez-vous près de ce vieux tas de pierres ?

— J'aime cet endroit, rétorqua-t-elle, un peu sur la défensive. Il est romantique.

— Romantique ? dit-il en faisant une grimace révoltée. C'est un piège mortel, voilà ce que c'est. Je vous interdis de revenir ici, et je pense qu'il faut que l'on parle sérieusement de votre définition du romantisme.

— Vous me *l'interdisez* ? Ruth lui jeta un regard courroucé et il s'immobilisa pour — elle l'espérait — réfléchir à ce qu'il venait de dire.

— Je *préférerais* que vous ne reveniez pas ici, dit-il prudemment après quelques instants.

Ruth croisa les bras et le dévisagea.

— Argh, pour l'amour du ciel, femme. Auriez-vous au moins l'amabilité de venir accompagnée, et de me dire où vous allez ? demanda-t-il en ayant l'air à deux doigts de craquer.

— Très bien. Cette requête me paraît raisonnable.

Il laissa échapper un soupir soulagé en marmonnant des choses à propos des femmes obstinées, et Ruth réprima un sourire. Il se mit sur le ventre et tendit les bras vers elle.

— Attrapez mes mains, mon amour.

Ruth leva les mains et s'apprêtait à obéir jusqu'à ce qu'elle réalise qu'elle tenait là une opportunité.

— Non, répondit-elle en croisant les bras.

— Que voulez-vous dire ? demanda-t-il, perplexe.

— Pas avant d'avoir mis les choses au clair entre nous, fit Ruth en relevant le menton et en lui lançant un regard décidé.

— Vous voulez parler de cela maintenant ? demanda-t-il avec un air tellement indigné qu'elle faillit éclater de rire.

Il était terriblement séduisant au clair de lune. Un vrai héros écossais romantique.

— Ne faiytes pas l'imbécile. Vous allez attraper la mort. Rentrons chez nous nous mettre au chaud, et ensuite…

Ruth lui lança le regard sévère que toutes les femmes de la famille Stone se faisaient un devoir de perfectionner avant leur seizième anniversaire. La version de sa tante était particulièrement redoutable.

— J'ai toute votre attention et je n'ai rien eu à casser. L'occasion est trop belle. Je suis contente d'entendre que ce château est *chez nous*. Il n'y a pas si longtemps que cela, c'était chez vous, et je n'étais là que parce que vous le tolériez.

Gordy la contempla, appuyé sur les coudes, les sourcils froncés.

— Argh, Ruth, ne…

Il gémit et pressa la paume de ses mains contre ses yeux pendant un long moment. Lorsqu'il la regarda de nouveau, elle vit de la détermination sur son visage.

— Ruth, je… j'ai peut-être dit des choses, des choses que… que…

— Oui ?

— Que je n'aurais pas dû dire.

— Vraiment ? dit-elle d'une voix sèche comme la poussière.

Gordy baissa les yeux et regarda ailleurs, honteux et mal à l'aise.

— Je suis… *désolé*, dit-il avant de la regarder à nouveau.

Son regard était quelque peu perdu, comme s'il avait dû aller chercher ces mots dans un endroit profondément enfoui, comme s'ils étaient dans une langue étrangère et qu'il n'était pas certain de leur pertinence.

— C'est vrai, Gordy ? demanda-t-elle d'une voix douce, car elle avait senti son cœur fondre en entendant ces excuses ; elle savait pertinemment que cela n'avait pas dû être facile pour lui de les lui présenter.

Il laissa échapper un long soupir frustré.

— Vous savez que c'est la vérité. Je ne doute pas que vous connaissiez mes sentiments depuis le départ. Je me suis comporté comme un imbécile et un fichu lâche, et je m'en excuse, de n'avoir pas été un meilleur mari, de n'avoir pas été… à la hauteur de ce que vous méritez.

— Oh, Gordy, dit-elle en secouant la tête. Je vous promets que j'ignorais tout de cela et je suis moi-même désolée. Je me suis comportée de façon horrible. Je n'aurais jamais dû faire une telle scène. Je vous jure que cela n'arrivera plus. J'espère que vous me pardonnerez d'avoir été si… insistante, et d'avoir eu à subir mon caractère de cochon.

— Je n'ai pas à me plaindre de votre tempérament. De toute façon, je détestais cette foutue horloge.

Ruth poussa un rire faible.

— Moi aussi.

— À présent, voudriez-vous rentrer ? Je vous en prie. Il tendit les mains vers elle, mais Ruth hésita.

— Est-ce chez moi aussi, Gordy ? Pour toujours ? Vous n'allez pas essayer de me faire partir lorsque… lorsque…

— Non, dit-il d'une voix ferme. Seigneur, je n'y parviendrai pas, vous vous en rendez surement compte ? Je… vous veux près de moi, Ruth. Pour toujours.

— Pour toujours, lâcha-t-elle dans une expiration tremblante, à mi-chemin entre le rire et les pleurs.

Cette fois, lorsqu'il tendit les mains vers elle, elle leva ses bras et il l'aida à se relever.

— Enroulez vos bras autour de mon cou et accrochez-vous fermement.

Ruth obéit, il la souleva en attrapant son corps de ses bras musclés et en la hissant par-dessus le bord de la falaise jusqu'à ce qu'ils s'effondrent ensemble dans l'herbe gelée. Gordy ne la lâcha pas, il la serrait si fort qu'elle pouvait à peine respirer, mais elle s'en moquait éperdument.

— Je suis désolée… pour le bébé, dit-elle en posant la main sur la joue de son époux. J'ai été un peu trop hâtive à croire que —

— Je ne suis pas le moins du monde chagriné, répondit-il en l'interrompant. Il faudra simplement continuer à essayer.

Et il l'embrassa, un baiser féroce, impatient et possessif qui la fit frissonner de désir en dépit du froid.

— Gordy ! Mrs Anderson !

Ils levèrent la tête en entendant des cris et des bruits de sabots approcher. Gordy déposa un dernier baiser sur ses lèvres et déclara :

— Il est temps de rentrer et de vous réchauffer.

Deux heures plus tard, Ruth avait pris un bain, on l'avait bordée et sa cheville douloureuse avait été bandée. Un bol de soupe vide se trouvait devant elle. Elle poussa un soupir heureux.

Le château était en effervescence lorsque Gordy était rentré en sa compagnie, et elle avait été émue de voir à quel point tout le monde s'était inquiété pour elle. Sheenagh était en larmes, et Mrs MacLeod avait même quitté sa tanière pour venir passer un savon à Ruth et la réprimander de s'être montrée aussi imprudente en se baladant le long des falaises toute seule. Sa voix s'était brisée en même temps que son masque de colère et elle était retournée précipitamment dans son antre, un mouchoir sur le visage, en écartant d'un revers de tablier quiconque essayait de lui parler.

— Désirez-vous plus de soupe, m'dame ?

Ruth leva les yeux vers Sheenagh, qui s'était occupée d'elle et avait donné des ordres à tout le monde comme un général à la tête de troupes récalcitrantes. Personne ne s'en était plaint, mais Ruth doutait qu'une nouvelle tentative de ce genre soit aussi bien accueillie une fois que l'anxiété manifeste de la jeune femme se serait dissipée.

— Non, merci. Ce sera tout.

Sheenagh souleva le plateau de ses jambes en lui souriant.

— Je suis si heureuse que vous alliez bien, m'dame. J'ai eu si peur pour vous ! Tout le monde a eu peur.

Ruth cligna des yeux pour lutter contre les larmes. Tout ce bonheur était en train de la transformer en vraie Madeleine.

— Merci, Sheenagh. C'est bon d'être rentrée. Où se trouve… ?

— Votre mari est en train de faire un trou dans le tapis de l'autre côté de cette porte, répondit Sheenagh avant que Ruth n'ait le temps de finir la question. Il veut absolument rentrer, mais j'ai songé que vous auriez besoin d'un peu de paix et de repos avant de lui remonter les bretelles.

— Pourquoi voudrais-je lui remonter les bretelles ? demanda Ruth, déroutée. Il est venu à ma rescousse, n'est-ce pas ?

— Aye, mais c'est un homme, répliqua sombrement Sheenagh. Je n'doute pas qu'il soit responsable, d'une façon ou d'une autre. De toute façon, il vaut mieux le lui faire croire.

Ruth éclata de rire.

— Oh, je plains votre pauvre mari lorsque vous en prendrez un, Sheenagh. Et dire que je croyais que je n'étais pas facile à vivre !

— Oh allons ! rétorqua Sheenagh avec un mouvement de tête amusé. Après tout, il y a toujours des compensations, ajouta-t-elle avec un clin d'œil en se dirigeant vers la porte, plateau en main. Je vais dire au laird qu'il peut venir.

Ruth était encore en train de rire lorsque la porte s'ouvrit quelques instants plus tard. Gordy pénétra dans la pièce. Il paraissait mal à l'aise, debout au pied du lit, une main crispée sur la nuque.

— Comment allez-vous, Ruth ?

— Très bien, grâce à vous.

Elle lui sourit et il gigota, laissant tomber sa main avant de la relever à nouveau pour frotter sa nuque. Le pauvre chéri était nerveux, réalisa-t-elle.

— Venez, dit-elle en tendant la main vers lui.

Il s'avança puis fronça les sourcils.

— Je n'veux pas vous bousculer, si —

— Cessez de vous inquiéter. Je ne suis pas une poupée de porcelaine, et si vous ne venez pas me faire un câlin, je serai obligée de me lever et Sheenagh sera furieuse contre vous.

Il poussa un petit rire.

— Sheenagh est déjà furieuse contre moi. En réalité, je pense que tout le personnel veut me faiyre la peau, et je crois que je n' peux pas leur en vouloir.

— Ne soyez pas idiot, dit-elle en attrapant sa main et en le tirant vers elle.

Il grimpa sur le lit et même s'il fit de son mieux pour être délicat, le matelas s'affaissa. Ruth se tourna vers lui et enfouit son visage contre son torse en soupirant alors qu'il l'entourait de ses bras.

— Je vous aime, dit-elle.

Il inspira vivement, puis un petit rire s'échappa de ses lèvres.

— Je n'ai pas la moindre idée des raisons qui vous poussent à éprouver cela.

Ruth leva la main et joua avec ses cheveux, et il se déplaça pour que leurs visages soient au même niveau, face-à-face.

— Parce que vous êtes digne d'amour, répondit-elle en le regardant fixement. Vous êtes un homme bon, vous vous souciez des gens qui habitent ici, de leurs problèmes, et parce que vous n'avez pas idée d'à quel point vous êtes adorable.

Il ricana et secoua la tête.

— Adorable ? Femme, quelque chose ne tourne pas rond chez vous. Adorable, grommela-t-il avec dégoût.

Ruth pressa doucement ses lèvres entre les siennes et le regarda fermer les yeux. Elle recula et il soupira, mais ses paupières ne se soulevèrent pas avant un long moment. Elle ne dit rien et se contenta de l'observer. Gordy la regarda, puis leva la main pour caresser sa joue.

— Vous êtes si belle. J'ai le cœur serré en vous regardant, le saviez-vous ?

Ces mots, prononcés avec sincérité, frappèrent Ruth de plein fouet. Il le pensait réellement, constata-t-elle avec surprise. Ce n'était pas un compliment en l'air. Gordy n'était pas adepte de choses aussi futiles, et ne le serait jamais. Si une telle chose sortait de sa bouche, l'on pouvait être sûr qu'il ne mentait pas.

— Je l'ignorais, répondit-elle en essayant désespérément d'empêcher sa voix de trembler.

Ils restèrent allongés à se regarder, dans les bras l'un de l'autre. Ruth resta silencieuse, elle sentait qu'il y avait autre chose qu'il voulait dire, mais ne savait pas comment le formuler.

— Regrettez-vous ?

— Regretter quoi ? demanda-t-elle, les sourcils froncés.

— De m'avoir épousé.

Ruth laissa échapper un petit rire et remua pour se rapprocher de lui. Elle fit glisser la main le long de son torse en demandant :

— Cherchez-vous à recevoir des flatteries ?

— Non ! rétorqua-t-il avec un air paniqué. Bien sûr que non.

— Je crois que vous mentez, le taquina-t-elle. C'est évident, car tous les membres du personnel vous diront la même chose : votre femme est éperdument amoureuse de vous. Je crois que j'ai ressenti cela dès l'instant où vous avez franchi cette porte en hurlant à tue-tête le nom de Bonnie. Pour rien au monde, je n'aurais laissé quelqu'un d'autre mettre la main sur vous.

Il poussa un rire grave qui résonna dans sa poitrine et la fit sourire.

— Ce n'était pas de l'amour. C'était du désir. Admettez-le. C'est le kilt, n'est-ce pas ? Vous avez vu mes genoux et avez instantanément tremblé de désir pour moi.

Il était si proche de la vérité que les joues de Ruth s'enflammèrent.

— Argh ! Je le savais, dit-il d'un air triomphant, un grand sourire sur le visage.

Ruth enfouit son visage contre son torse, mais il le lui releva pour l'embrasser. Elle soupira de bonheur. La bouche de Gordy taquina tendrement la sienne, l'effleurant encore et encore avant de l'embrasser longuement et passionnément.

Il recula et Ruth lui sourit, mais l'expression de Gordy avait changé, toute la légèreté était partie de son regard, remplacée par quelque chose d'autre, quelque chose qui fit se serrer le cœur de la jeune femme.

— Vous ne me quitterez pas, Ruth ?

La question était brute, douloureusement vulnérable, il exposait son cœur.

Ruth caressa son visage en soutenant son regard.

— Jamais, répondit-elle du fond du cœur. Je resterai toujours auprès de vous si tel est votre désir.

Il baissa la tête en l'enfouissant dans le cou de Ruth et l'attira vers lui.

— Je veux que vous restiez. Je mourrai si vous me quittez.

— Je ne partirai pas, répéta-t-elle, émue et bouleversée.

Elle caressa ses cheveux en souriant malgré elle et luttant pour parler à travers les larmes :

— Je vous aime.

— *Tha gaol agam ort*, marmonna-t-il dans ses cheveux.

Ruth le serra plus fort jusqu'à ce qu'il relève la tête. Elle le vit prendre une inspiration et s'armer de courage.

— C'est du gaélique. Cela veut dire… je vous aime, expliqua-t-il avec un air gêné.

— Je sais, dit-elle en posant ses doigts sur les lèvres de son époux et en suivant le contour.

— C'est réellement ce que je ressens, dit-il avec une expression encore plus sérieuse, comme si ce point méritait d'être clarifié.

Ruth hocha la tête. Elle le croyait.

— Restez à mes côtés pour toujours, Gordy.

Il sourit, ses yeux couleur whisky pleins d'espoir et de tendresse.

— Pour toujours, promit-il.

Épilogue

Chère Matilda,

Je vous envoie simplement ce message afin de vous remercier, ainsi que toutes les Demoiselles Surprenantes, pour les nombreuses lettres et mots d'encouragements que j'ai reçus depuis que j'ai quitté Londres. Ils m'ont beaucoup réconfortée, même si je sais que je n'ai pas été une correspondante très assidue. Mais il s'est passé tellement de choses depuis mon arrivée en Écosse que je ne sais par où commencer. C'est pourquoi je me contenterai pour l'instant de vous dire ceci…

Je suis incroyablement et merveilleusement heureuse. Mon mari est une tête de mule d'Écossais qui préférerait risquer sa vie plutôt que d'exprimer ses sentiments, donc, oh, Tilda, quand il le fait, cela compte tellement plus !

Je l'aime. Je l'aime si fort que j'arrive à peine à respirer. Et plus étonnant encore, il m'aime aussi ! Je remercie le ciel pour ces défis idiots. Sans cela, je n'aurais jamais eu le cran de faire une demande aussi scandaleuse à un étranger simplement parce que je suis tombée amoureuse de ses genoux. (J'ai bien peur que cela soit la vérité.)

*Je vous écrirai à nouveau très bientôt, mais
pour l'instant, je vous prie de souhaiter un
joyeux Noël à toutes les Demoiselles
Surprenantes de ma part ; dites-leur que je les
aime et que je pense à elles.*

***— Extrait d'une lettre de Mrs Ruth Anderson
à Miss Matilda Hunt et aux Demoiselles
Surprenantes.***

25 décembre 1814. Château de Wildsyde, Écosse.

Ruth regarda les reliefs du somptueux festin avec un soupir d'approbation. Comme prévu, Mrs MacLeod et ses assistants s'étaient surpassés. Même si les employés eux-mêmes avaient trouvé l'idée absolument révoltante, Ruth était contente d'avoir réussi à les convaincre de se joindre à Gordy et elle pour partager le repas. Après tout, leur avait-elle dit, c'était son premier Noël à Wildsyde, et si elle souhaitait les inviter en guise de remerciement pour l'avoir accueillie parmi eux et pour leur dur labeur, c'était son droit.

Il ne faisait aucun doute que les dames et messieurs de la noblesse regarderaient tout ceci d'un œil méprisant, mais ici, dans les Highlands, elle ne s'inquiétait plus de ce genre de choses. Elle était la maîtresse de sa propre demeure, de ses propres terres, et, avec Gordy à ses côtés, elle ne voulait ni n'avait besoin de l'approbation de personne d'autre.

Elle regarda à l'autre bout de la table et sourit lorsque Gordy leva son verre dans sa direction. Elle imita son geste.

— Dougal, avez-vous votre violon sous la main ?

Mr Clugston répondit à la question de Gordy par un sourire.

— Il se trouve que c'est le cas.

— Que diriez-vous de danser, dans ce cas ?

Des exclamations enjouées parcoururent les convives, et tous partirent dans le hall, où l'énorme bûche de Noël brûlait joyeusement dans l'âtre. D'autres hommes avaient apporté différents instruments à cordes frottées et des cornemuses, et bientôt, la fête battait son plein, tout le monde s'amusait, riait et criait de joie alors que le personnel écossais tentait d'initier les employés anglais aux danses traditionnelles. Ruth se tenait les côtes, morte de rire en voyant Sheenagh réussir à convaincre Garrick de danser une gigue écossaise.

— Êtes-vous heureuse ?

Ruth leva les yeux et découvrit que Gordy se tenait à côté d'elle, les yeux brillants de joie. Elle prit son bras et se pressa contre lui.

— En doutez-vous réellement ? demanda-t-elle, incapable de masquer l'amour qu'elle ressentait.

Il lui lança un sourire à la fois incroyablement timide et heureux, avant de pencher la tête pour l'embrasser. Tous les employés sifflèrent et poussèrent des exclamations et Ruth prit plaisir à voir Gordy rougir jusqu'au bout des oreilles avant de lancer à tous « *haud yer wheesht* », ce qui signifiait probablement d'après elle, quelque chose comme « fermez-la ».

Gordy prit la main de sa femme et l'entraîna loin des réjouissances, dans son bureau. L'affreux rose était parti, remplacé par un vert bouteille sur les murs et des rideaux bleus. C'était le cadeau de Noël de Ruth pour Gordy. Elle avait retiré les trophées de chasse, ne laissant qu'un grand cerf qui les regardait du haut de la pièce.

Gordy lui sourit en fermant la porte derrière eux.

— Vous l'aimez, c'est certain ? fit Ruth en désignant le nouveau décor.

— Ce n'est pas mal, dit-il en serrant les lèvres. Mais…

— Mais ? répéta-t-elle.

— Je n'peux pas m'empêycher d'avoir l'impression qu'il manque quelque chose.

Ruth fronça les sourcils en regardant la pièce, puis rougit.

— Oh, vous voulez parler de Robbie Burns ? demanda-t-elle, mortifiée. Je vous demande pardon, Gordy, je n'aurais jamais dû —

Il pressa l'index contre sa bouche pour la faire taire puis le remplaça par ses propres lèvres et l'embrassa doucement.

— Je n'parle pas de Robbie.

— Oh ? À quoi faites-vous allusion, dans ce cas ?

Gordy claqua des doigts.

— Je sais.

Ruth le regarda marcher vers la tête de cerf puis plonger la main dans son sporran. Il leva les mains, dos à elle, et Ruth se couvrit la bouche pour étouffer un éclat de rire en le voyant accrocher un ruban rose criard sur chacun des bois. Il fit un pas en arrière en penchant la tête d'un côté puis de l'autre pour admirer son travail.

— Voilà, dit-il, satisfait. Maintenant, j'ai l'impression d'être chez moi.

— Oh, Gordy, dit-elle en s'abandonnant au rire, impuissante. Il fallait dire que vous vouliez garder le rose, je l'aurais laissé.

Il ricana et secoua la tête.

— Non, c'est très bien comme cela. Tout le château sait déjà que je suis sous votre emprise, pas besoin d'en rajouter.

Elle le regarda s'approcher d'elle et enroula ses bras autour de son cou.

— Mon géant loufoque, dit-elle d'un ton affectueux.

Il la souleva comme si elle ne pesait rien du tout, et c'était un sentiment merveilleux, encore plus merveilleux lorsqu'elle enroula ses jambes autour de sa taille.

— Aye, dit-il. Mais je suis *votre* géant loufoque.

— Oui, murmura-t-elle en déposant des baisers dans son cou.

Il frissonna et elle sourit.

— Je vous veux, dit-il d'une voix pleine de sous-entendus.

Ce fut autour de Ruth de frissonner.

— Je suis vôtre.

Il l'embrassa en la serrant et l'entraîna vers le sol, devant le feu. Ruth rit lorsqu'il roula sur le dos en la gardant contre lui. Penchée au-dessus de lui, elle regarda ce visage qui lui était si cher. Elle se dégagea de son emprise, et s'assit sur ses tibias tout en admirant le tableau qui se dressait devant elle, cet homme imposant vêtu uniquement d'un kilt et d'une chemise — il avait retiré son manteau depuis longtemps.

— Vous aviez raison, dit-elle comme si elle avait réfléchi à la question. C'était bel et bien le kilt.

Gordy ricana, et elle lui sourit, avant de se pencher et de faire remonter sa main le long de ses cuisses, sous le tissu du tartan. La respiration de Gordon eut un raté lorsque ses mains remontèrent un peu plus haut. Elle sentit les muscles puissants de ses cuisses se contracter. Le kilt remonta petit à petit tandis qu'elle continuait son ascension, révélant la peau de son mari à son regard avide, jusqu'à ce que ses pouces atteignent la peau douce en haut de ses cuisses.

Sa respiration était rapide, et elle sourit, pleine de désir pour son époux.

— Touchez-moi, *mo chridhe*, la supplia-t-il.

C'était le plus beau des cadeaux de Noël, le sentir impuissant et désespéré en dessous d'elle, encore mieux que le bel anneau de claddagh, représentant deux mains qui entouraient un cœur en rubis, qu'il lui avait offert ce matin-là.

Elle fit ce qu'il demandait, se délectant de la chaleur et de la lourdeur de son membre ; elle le caressa en regardant ses yeux prendre une lueur sombre et fauve à la lumière du feu.

— Argh, Ruth, vous me tuez, gémit-il doucement.

Plus que satisfaite de cette réponse, elle se demanda jusqu'où elle pouvait aller, et se pencha. Elle entendit sa respiration devenir saccadée et le soubresaut impuissant de son corps lorsqu'elle mit son sexe dans sa bouche. Les poings de Gordy étaient serrés sur le sol et ses muscles se contractèrent lorsqu'elle fit glisser sa bouche de haut en bas une nouvelle fois. Il poussa un tel gémissement qu'elle recommença, emballée par sa réaction. Il commença à marmonner des mots impatients en gaélique qu'elle ne comprit pas, mais son plaisir était évident.

— Ruth, la supplia-t-il, après qu'elle l'eût tourmenté presque au point de lui faire perdre de la raison. Ruth, je vous en prie, je veux être en vous.

La jeune femme n'eut pas besoin d'encouragements, son excitation était aussi à son comble, battant en elle au même rythme que son cœur. Elle souleva ses jupons, remonta le long de son corps en se penchant pour l'embrasser. Il la tira plus près de lui, se plaça correctement et lui arracha un cri de plaisir en s'enfonçant en elle d'un puissant coup de reins.

— Dites-le, exigea-t-il alors que le plaisir montait en elle, rapide et pressant.

— Je vous aime, répondit-elle en sachant que c'était ce qu'il voulait entendre.

Il la fit basculer sur le dos et s'appuya sur ses avant-bras en accélérant le rythme, elle s'accrocha à lui en sentant l'orgasme l'appeler, s'emparer de ses sens, la tirant toujours plus loin, de plus en plus vite.

— Encore, demanda-t-il en la regardant fixement.

— Je vous aime, je vous aime, répondit-elle en riant.

Elle enfonça ses doigts dans ses cheveux et rapprocha son visage du sien pour l'embrasser.

— Je vous aime, dit-il d'une voix rauque contre sa bouche un bref instant avant de jouir en elle et de s'abandonner, impuissant, à l'orgasme qui le traversait.

Il s'accrocha à son épouse comme à une ancre en criant, traversé par le plaisir qui emportait également la jeune femme et qui les laissa vidés et comblés, allongés ensemble, la respiration saccadée.

— Oh, Seigneur, murmura-t-il en riant légèrement. C'était… vous êtes… vous êtes le cadeau le plus merveilleux, et le plus magnifique qu'un homme puisse recevoir.

Ruth gloussa.

— C'est ce que vous dites *maintenant*, dit-elle.

Il se mit sur le côté pour la regarder, un sourire sur le visage, mais le regard sérieux.

— Je suis sincèyre. Vous le savez. Je pense chacun des mots de ce que je viens de dire. J'ai une chance incroyable, Ruth. Je n'oublierai pas cela.

— Joyeux Noël, Gordy, dit-elle en lui caressant la joue.

Il posa la main sur celle de Ruth et tourna la tête pour lui embrasser la paume.

— Il n'y a pas Noël plus joyeux, ma chérie, dit-il doucement. C'est le premier qui soit ainsi pour moi, mais maintenant, je sais que ce ne sera pas le dernier.

Ruth sourit en comprenant qu'enfin, il la croyait, elle avait réussi à obtenir tout ce dont elle avait jamais rêvé.

Les Audacieuses– *En chaque jeune fille timide bat le cœur d'une lionne, d'une femme passionnée prête à tout pour atteindre ses rêves, à condition de trouver en elle le courage de se lancer, Lorsque ces filles auxquelles personne ne prête attention décident de conclure un pacte qui changera leur vie, tout devient possible...*

Douze filles —Douze défis à accomplir. Qui aura l'audace de tout risquer ?

Le prochain tome de la série :

Une Expérience Osée

Les Audacieuses, Livre 8

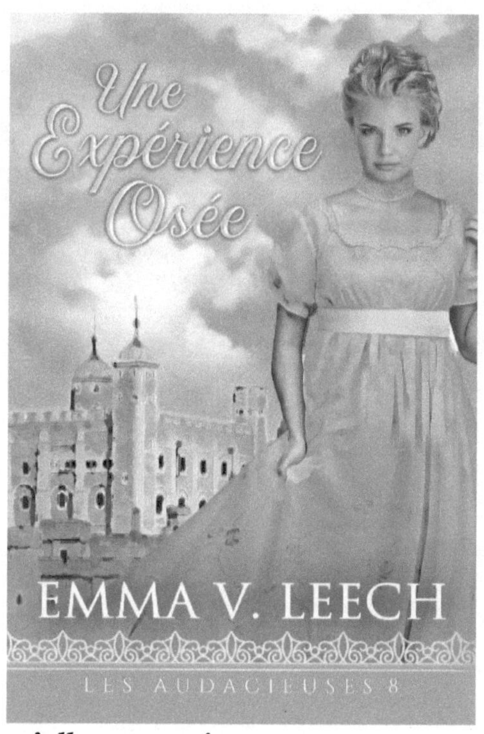

Une attirance qu'elle ne peut ignorer...

Minerva Butler en a assez des ambitions de sa mère ; cette dernière souhaite que sa fille épouse un duc, comme sa brillante cousine Prue. Blonde, ravissante, disposant d'une dot respectable grâce à la générosité de Prue, il semblerait que Minerva puisse enfin faire son choix parmi les bons partis de la haute société. C'est donc naturellement à ce moment-là qu'elle tombe éperdument amoureuse du brillant mais pauvre philosophe naturel Inigo de Beauvoir.

Une femme qui perturbe sa sérénité…

Passionné par son travail, Inigo de Beauvoir néglige tout le reste, y compris sa santé, jusqu'au jour où une ravissante demoiselle de l'aristocratie s'engage dans une guerre sensuelle pour lui prouver qu'il a tort de penser que l'amour n'est qu'un désir charnel sanctifié par une alliance.

Une liaison risquée…

En apparence, miss Butler est celle qui a tout à perdre, pourtant Inigo ne tardera pas à réaliser que cette expérience sur fond de désir représente une menace bien réelle pour son cœur.

Tournez la page pour lire un extrait de la prochaine aventure passionnante des Audacieuses…

Chapitre 1

Cher Mr de Beauvoir,

Je me suis promis de ne plus vous écrire, mais il semblerait que lorsque cela vous concerne, je n'arrive plus à me contrôler. Pourquoi n'avez-vous pas répondu à ma dernière lettre ? Savez-vous à quel point il est ennuyeux d'attendre une réponse qui ne vient jamais ?

J'ai participé à des bals, des dîners et des réceptions, fait d'innombrables visites de courtoisie et je m'ennuie à mourir. J'ai porté la plus splendide des robes jaunes l'autre soir, tout le monde m'a dit que j'étais absolument ravissante, et cela n'avait aucune importance, car vous n'étiez pas là. Leurs compliments n'avaient aucune valeur à mes yeux. Je préférerais vous entendre me sermonner pour vous avoir embrassé, plutôt que de souffrir une autre ode dédiée à la beauté de mes yeux. N'allez-vous pas au moins me répondre pour m'expliquer à quel point je vous ennuie ?

— Extrait d'une lettre de miss Minerva Butler à Mr Inigo de Beauvoir

20 décembre 1814. Church Street, Isleworth, Londres.

Inigo contempla la lettre qu'il tenait entre ses mains et se souvint de la promesse qu'il s'était faite.

Pas question d'y répondre.

Son cœur se mit à battre de façon erratique, et il maudit miss Minerva Butler. Il ne servait à rien de regretter le jour où il avait posé les yeux sur elle, cela ne réglait pas le problème, et elle *était* un problème.

La menace qu'elle avait lancée de son écriture élégante et stylisée dans sa lettre précédente lui avait glacé le sang.

Je dois avouer que j'ai poussé un soupir de découragement en lisant qu'il n'y avait rien de romantique dans cette invitation, mais je ne doute pas qu'un homme tel que vous réfléchisse à des choses plus importantes qu'un simple baiser volé. Après tout, j'ai bien volé ce baiser, n'est-ce pas ? Je ne peux pas prétendre le contraire. Je suis une voleuse, et je suis tombée si bas dans cette vie de crime que la rédemption me sera à jamais interdite. Vous feriez donc mieux de rester sur vos gardes et de garder vos biens sous clé. Il y aura une scélérate en liberté à Soho Square, et elle compte voler une chose bien plus importante qu'un baiser : votre cœur.

Il n'aurait jamais dû lui proposer de venir et ne l'avait fait que pour éviter qu'elle mette sa menace à exécution en s'invitant à une conférence de la *Royal Society* et qu'elle cause Dieu seul sait quel genre de scène. Il avait les mains moites rien que d'y penser. À trente ans, il était un homme de science respecté et admiré pour son travail, et n'aurait pas dû se laisser déstabiliser par un joli petit bout de femme. Il le savait. Il le savait pertinemment, mais cela ne changeait rien et cela le rendait furieux.

Si seulement Harriet Stanhope — la nouvelle comtesse de Saint-Clair — n'avait pas été victime de son propre désir et épousé un autre homme, il aurait été à l'abri de ce genre d'attaque. Ils auraient fait un mariage parfaitement satisfaisant, basé sur l'admiration mutuelle de leur intelligence et leurs capacités. Mais Harriet prétendait être tombée amoureuse. Inigo grimaça de dégoût. Comment une femme aussi intelligente pouvait-elle croire à de telles inepties ? L'amour n'était rien de plus qu'une série de réactions chimiques et un besoin biologique profond de procréer afin de préserver l'espèce. Ce désir instinctif était aussi naturel chez les hommes qu'il l'était chez les chiens, les oiseaux, les insectes et toutes sortes d'animaux. Y voir quoi que ce soit d'autre était aussi ridicule que de prétendre que la poule s'était entichée du coq.

Inigo voulait bien admettre que l'homme était une créature plus complexe qui ressentait le besoin d'expliquer chaque aspect de sa vie, que ce soit en inventant des dieux avides de sacrifices ou en utilisant, comme lui, une approche rationnelle. Il comprenait ce désir de trouver des raisons, acceptait complètement ce besoin de vouloir découvrir comment les choses fonctionnaient, mais cela requérait une approche froide et méthodique qui n'était pas basée sur les émotions. Malheureusement, sa capacité à demeurer impartial et objectif semblait sérieusement compromise lorsque cette maudite jeune femme était à proximité.

Non, c'était pire que cela. Il n'y avait même pas besoin qu'elle soit présente. Ces maudites lettres suffisaient, remplies de sous-entendus, d'admiration à son égard et d'un désir évident de le taquiner et de jouer avec ses nerfs. Il aurait fallu faire enfermer Minerva pour sa propre sécurité, si ce n'était pour la santé mentale d'Inigo. La créature inconsciente jouait avec le feu. Inigo était un homme, après tout, fait de chair et de sang et tout aussi susceptible d'être en proie au désir que n'importe lequel de ses pairs. S'il décidait d'oublier les règles de la société — règles qu'il trouvait ridicules — il pouvait simplement choisir de passer à l'action et de s'emparer de ce qu'elle lui offrait. Elle cherchait à provoquer sa propre disgrâce, et, peu importe le nombre de fois où il l'avait mise en garde, elle refusait de l'écouter. La seule chose qui retenait Inigo de profiter d'elle était la certitude idiote de Minerva qu'il existait un *sentiment amoureux* dans cette histoire. Il serait réellement détestable de sa part de profiter d'une femme qui était visiblement en pleine désillusion. Mais si elle persistait, il allait lui ouvrir les yeux.

Après tout, *lui* faisait face à la réalité, donc ce n'était que justice. Pourquoi devrait-il être le seul à souffrir de tels tourments ?

Il n'arrivait plus à dormir, car son inconscient était envahi de rêves de Minerva. Il n'arrivait plus à se concentrer sur son travail, obnubilé par le souvenir de ce baiser. Son esprit, si prompt à analyser les détails, était à présent fixé sur la douceur de ses lèvres, le bleu impossible de ses yeux et le parfum de jasmin et de vanille qui l'enivrait plus puissamment que n'importe quelle liqueur.

Oh, Seigneur. Il était perdu.

Il marmonna un juron, froissa la lettre puis se dirigea vers le feu. Il poussa des jurons encore plus grossiers en s'apercevant qu'il était incapable de la brûler. Il serra les dents et s'empara vivement d'une feuille vierge, trempa sa plume dans l'encre et écrivit avec une détermination presque fébrile, en dépit de la promesse qu'il s'était faite de ne pas lui répondre. Elle aurait sa réponse. Elle aurait également le choc de sa vie lorsqu'il lui aurait expliqué clairement les choses. Elle fondrait probablement en larmes, s'évanouirait ou serait en proie à une crise de vapeurs, comme il est d'usage chez ces dames de la haute société. Dans tous les cas, elle allait réaliser à quel point elle s'était fourvoyée et le laisser tranquille. Après le premier paragraphe, il s'interrompit, la plume suspendue au-dessus de la page, car un sentiment ressemblant étrangement à du regret le tourmentait.

Non.

Il fallait qu'il se débarrasse d'elle. Son travail en pâtissait et c'était intolérable. À nouveau décidé, il termina la lettre et la relut avec un sourire amer sur le visage. Bonne chance à elle pour trouver de la romance là-dedans !

Miss Butler,

> *Vous avez l'invitation que vous désiriez. Si vous vous souciez un tant soit peu de votre réputation ou de votre bonheur, je vous prie d'en rester là. Je suis certain que votre amie, la comtesse de Saint-Clair, sera tout à fait capable de vous guider si vous avez*

besoin de conseils de lecture, ou si vous souhaitez poursuivre votre éducation.

En résumé, Miss Butler, laissez-moi en paix. Si vous refusez, je vous garantis que les choses prendront une tournure à laquelle vous ne vous attendez pas. Je vous assure que mon cœur ne court aucun danger. Je ne crois pas en l'amour. Je ne crois pas au mariage ni même à la monogamie. Je crois en l'égalité des hommes et des femmes ; tous devraient pouvoir assouvir leurs désirs quand bon leur semble sans ressentir le besoin de se lier l'un à l'autre pour la vie. Mon statut d'homme me permet d'entretenir de telles opinions. Le vôtre ne l'autorise pas. Cessez de vous bercer d'illusions avec votre prétendu amour. Quelles que soient vos croyances, croyez ceci : je n'hésiterai pas à succomber aux plaisirs de la chair pour ensuite passer à autre chose sans un regard en arrière ni le moindre regret.

J'espère que vous n'oublierez pas cela.

De Beauvoir.

Minerva contempla la lettre, sa bouche formait un petit « o » choqué. Eh bien, cette fois, elle avait réussi à provoquer une réaction. Ce n'était pas surprenant. Cela faisait des semaines qu'elle taquinait le pauvre homme. Pour être honnête, elle était étonnée qu'il ait tenu autant de temps. Les mots de sa lettre étaient certes crus et directs, mais ils étaient révélateurs de beaucoup de choses qu'il n'aurait probablement pas voulu qu'elle sache. Premièrement, elle était enchantée et intriguée par sa supposition que les hommes et les femmes étaient égaux. Même si Minerva n'avait pas grande opinion de sa propre intelligence, elle avait découvert récemment, non sans surprise, qu'elle n'était pas une complète écervelée, contrairement à ce qu'elle croyait. De plus, elle connaissait des femmes brillantes, bien plus intelligentes et plus capables que beaucoup d'hommes de sa connaissance. Il semblait donc raisonnable de croire qu'il existait des femmes intelligentes et des femmes stupides, tout comme il existait des hommes intelligents et des hommes stupides, le problème étant simplement que les hommes avaient tous pouvoirs et veillaient à ce que même les femmes les plus brillantes ne possèdent pas ou peu de contrôle sur leur vie. Rencontrer un homme qui remette en question ce système était… fascinant.

Elle parcourut à nouveau la lettre en s'intéressant au passage disant qu'il ne croyait pas à l'amour, au mariage ou à la monogamie. Bon. Ceci, en revanche… c'était en réalité assez triste. La vie était bien assez difficile comme cela, alors s'il fallait l'endurer sans avoir le moindre espoir de tomber amoureux et de trouver quelqu'un qui vous aime en retour… son cœur se remplit de compassion pour cet homme. Comme il devait se sentir seul ! Comment un homme si intelligent pouvait-il se montrer aussi incroyablement bête ? Éberluée, Minerva secoua la tête. Même si elle ne se considérait désormais plus comme une idiote à la cervelle d'oiseau, elle savait que l'esprit de Mr de Beauvoir était bien supérieur au sien. L'on disait même que c'était l'esprit le plus brillant de sa génération. Mais comment pouvait-il se montrer aveugle à ce point et ignorer volontairement ce qui l'entourait ?

Minerva se figea, un mouvement derrière la fenêtre avait attiré son attention. Elle ne put s'empêcher de sourire en apercevant sa cousine Prue et son mari déambuler dans les jardins. On pouvait apercevoir un léger renflement sur le ventre de la jeune femme, et Robert y posa la main avec une telle expression que Minerva sentit sa gorge se serrer. Il se pencha pour embrasser sa femme et Minerva se détourna de la scène, car elle ne voulait pas se montrer indiscrète, cependant, elle ne pouvait pas ignorer l'envie qui résonnait dans son cœur. Elle désirait cela plus que tout. Être aimée avec une dévotion semblable et aimer passionnément en retour. Elle voulait montrer à Mr de Beauvoir qu'il avait beau être un philosophe naturel brillant, il y avait une ou deux choses qu'il pouvait apprendre d'elle, s'il était disposé à l'écouter. Sa lettre suggérait qu'une telle expérience se révélerait désastreuse, néanmoins, l'obsession de Minerva à vouloir s'occuper de lui égalait celle que l'homme éprouvait envers la science. Il semblait un peu plus décharné chaque fois qu'elle le voyait. Il avait perdu du poids, c'était certain. Il était grand, mais ses vêtements flottaient autour de lui, et de nombreux boutons ne pendaient plus qu'à un fil. Lors de leur dernière rencontre, on aurait dit qu'il avait dormi tout habillé. Ses cheveux étaient trop longs, il était pâle et avait les traits tirés ; de grands cernes étaient visibles sous ses yeux. Elle frissonna au souvenir de ses yeux. À la fois vert et gris, ils étaient incroyablement attirants, comme s'il y avait une étincelle quelque part en lui ne demandant qu'à trouver quelque chose pour s'enflammer. Il était évident qu'il ne s'était pas donné la peine de remplacer l'intendante qu'il avait effrayée. La pauvre femme s'était enfuie, terrifiée par l'une de ses expériences. Il fallait que Minerva lui rappelle de prendre soin de lui, sinon il risquait de se laisser mourir de faim ou de tomber malade.

Elle plia la lettre en soupirant et la cacha avec les autres, sous le faux fond de sa boîte à bijoux. Si sa mère découvrait qu'elle entretenait une correspondance avec un homme non marié, elle aurait une crise d'apoplexie. Et si jamais elle apercevait cette dernière lettre, il était probable qu'elle tombe raide morte d'horreur. Sa chère maman avait conservé l'idée qu'avec un peu d'effort, Minerva pouvait épouser un noble. Cette dernière n'avait pas le cœur de lui avouer qu'elle se moquait de la condition sociale de son futur époux, et encore moins d'admettre qu'elle s'était entichée d'un philosophe naturel sans le sou. La pauvre serait si déçue !

D'ailleurs, il était temps pour elle de rentrer. Prue l'invitait régulièrement à rester, ce qui était très gentil de sa part. Sa cousine savait que Minerva avait besoin de s'éloigner de temps en temps des manigances que sa mère concoctait pour lui trouver un bon parti, sans quoi elle deviendrait folle. Elle était donc restée quelques jours chez sa cousine, mais à présent, ses affaires étaient empaquetées et elle était prête à retourner chez elle. Elle soupira. Elle devait prendre le thé avec Matilda dans l'après-midi, son retour comportait donc au moins une chose plaisante.

— Minerva, très chère, je suis ravie de vous voir, et quelle robe splendide ! Ma parole, vous êtes chaque fois plus ravissante.

Minerva rit et tourna sur elle-même pour que Matilda admire sa tenue.

— Merci, Tilda. Venant de vous, ce compliment me va droit au cœur, car je suis sûre que vous savez que nous vous copions toutes sans le moindre scrupule.

— La flatterie ne vous mènera nulle part, très chère, déclara Matilda qui saisit le bras de son amie lorsqu'elle fut débarrassée de son manteau et son chapeau. En vérité, c'est un mensonge. N'arrêtez pas.

Minerva lui lança un grand sourire.

— Jemima est-elle encore ici ?

Le sourire de Matilda vacilla.

— Oui, dit-elle en fronçant ses sourcils blonds. Mais elle n'est pas présente en ce moment. Apparemment, sa tante lui a légué une jolie somme et elle a toujours quelque chose à faire. Je crois qu'elle est partie quelques jours à la campagne pour se trouver un logement.

— Elle veut vivre toute seule ? demanda Minerva, un peu choquée.

Elle comprit pourquoi Matilda avait l'air inquiète.

— Pas exactement. Elle a embauché une dame de compagnie, et je crois qu'elle aura une bonne.

— Oh, dans ce cas, tout va bien, déclara Minerva en soupirant de soulagement.

Elle avait beau trouver fascinante la théorie de Mr de Beauvoir sur l'égalité des hommes et des femmes et y adhérer de tout cœur, il avait également raison lorsqu'il disait que certaines règles s'appliquaient uniquement aux femmes. Une femme vivant seule serait sujette à toutes sortes de spéculations et de rumeurs fort déplaisantes.

— Oui, acquiesça Matilda malgré une lueur d'anxiété toujours présente dans son regard. Oui, tout va bien. Bon, j'ai sélectionné un nombre faramineux de gâteaux à la crème pour vous, et j'espère que vous allez vous montrer affreusement gloutonne, ainsi, je pourrai faire de même. Ne me décevez pas.

— Vous pouvez compter sur moi, répondit solennellement son amie en lui emboîtant le pas vers le salon.

Lorsqu'une quantité impressionnante de gâteaux à la crème eut été engloutie et qu'elles eurent chacune bu trois tasses de thé, Minerva orienta la conversation vers l'objet de sa visite ; en effet, la lettre d'Inigo n'était pas la seule qu'elle avait reçue dernièrement.

— Je suis navrée de n'avoir pas pu venir plus tôt, dit-elle en reposant sa tasse. J'étais chez Prue et Robert. Dans votre lettre, vous disiez avoir un besoin urgent de vous confier, et que vous aviez fait quelque chose… quelque chose —

— D'incroyablement stupide, termina Matilda avec un sourire en coin. Oui, je m'en souviens.

— Oh, ciel.

Minerva se tordit les doigts. Elle avait une idée assez précise de ce dont il s'agissait, ou plutôt, de qui il s'agissait.

— Montagu ?

Matilda rougit vivement, mais elle soutint le regard de Minerva en hochant la tête brièvement.

— Oh, ciel, répéta Minerva tout en sachant que cela n'aidait en rien.

Elle prit une grande inspiration et se redressa en essayant de garder un ton vif.

— Eh bien, quoi qu'il se soit produit, personne n'est au courant, donc tout va bien.

Matilda poussa un grognement et enfouit son visage dans ses mains.

— Oh mon Dieu, est-ce que… quelqu'un a-t-il vu… ?

— Non.

Matilda secoua la tête et jeta un coup d'œil à Minerva à travers ses doigts.

— Personne n'a vu, mais je ne peux pas dire que tout va bien.

Minerva s'indigna aussitôt, furieuse.

— A-t-il… ? Oh, ma parole, Matilda, est-ce que cet homme horrible vous a — ?

— Non ! s'écria Matilda, écarlate, en secouant la tête avec vigueur. Non, il n'a rien fait de mal. Enfin, il m'a emmenée dans une pièce où nous étions seuls, ce qu'il n'aurait jamais dû faire, mais nous étions sur le point de partir — à ma demande — quand quelqu'un est entré ; nous n'avons eu d'autre choix que de nous cacher.

— Oh, je vois.

— Non, répondit Matilda, affreusement gênée. Vous ne voyez pas. Les circonstances étaient quelque peu *délicates*, et notre cachette était minuscule ; nous étions très proches l'un de l'autre, et… et…

— Et je suppose qu'il en a profité ?

Les sourcils de Minerva se haussèrent en voyant Matilda secouer la tête une fois de plus.

— Non, pas exactement, répondit-elle, mortifiée. Enfin, peut-être un peu, mais… mais lorsque je lui ai demandé d'arrêter, il a obéi. Non… en réalité… c'était moi.

— Matilda ! s'exclama Minerva, plus impressionnée que choquée. Qu'avez-vous fait ? Que s'est-il passé ?

Les joues cuisantes, Matilda expliqua en bégayant ce qu'il s'était passé avec Montagu. Lorsqu'elle eut fini son récit, la pauvre femme semblait à deux doigts de pleurer de honte.

— Oh, Matilda, déclara Minerva qui se leva, s'assit auprès d'elle et lui prit les mains. Montagu est un homme très séduisant, c'est indéniable, et cela fait des mois qu'il vous court après. Ce n'est pas surprenant que vous éprouviez du désir pour lui, vous êtes humaine.

— Oui, mais pas lui, rétorqua Matilda en essuyant une larme. Il est… il est froid, calculateur, et je dois être la femme la plus stupide au monde pour vouloir un tel homme. C'est comme de tomber amoureuse d'un serpent !

Minerva soupira et se pencha vers elle.

— Si vous êtes stupide, je ne vaux pas mieux. J'ai encore écrit à Mr de Beauvoir, et j'ai reçu sa réponse ce matin. Elle… elle était très directe.

C'était maintenant autour de Minerva de rougir en donnant un compte rendu à Matilda.

— Qu'est-ce qui ne tourne pas rond chez nous ? demanda Matilda en levant les mains au ciel. Pourquoi ne pouvons-nous pas tomber amoureuses d'hommes gentils et parfaitement ordinaires ?

Minerva haussa les épaules.

— Ce ne serait pas drôle !

Matilda éclata d'un rire qui sonna un chouïa hystérique.

— Qu'allez-vous faire au sujet de Montagu ?

— Je ne sais pas. L'éviter ? répondit Matilda sans grand enthousiasme. Et vous ? Promettez-moi de vous montrer prudente, Min, chérie. On dirait qu'il est prêt à vous séduire puis à vous abandonner si vous continuez à espérer quoi que ce soit de sa part.

Minerva hocha la tête.

— Je sais, c'est pourquoi ce sera à moi de le séduire.

— Quoi ? s'exclama Matilda, horrifiée.

— Oh, non, pas comme cela, répondit Minerva en riant un peu. Enfin, pas exactement. Non, je vais faire en sorte qu'il tombe amoureux de moi.

<h1 style="text-align:center">Chapitre 2</h1>

Ce soir, je vais parler lors d'une conversazioni de Joseph Banks. Il s'agit simplement d'une conférence comme les autres. Je ne suis pas le moins du monde troublé, et ne remarquerai même pas la présence de cette femme. Après cela, je serai tranquille ; elle sera sortie de ma vie.

—Extrait du journal de Mr Inigo de Beauvoir.

22 décembre 1814. Conversazioni de Joseph Banks, Soho Square, Londres.

— Enfin ! Merci Seigneur !

Minerva tourna la tête en entendant la voix d'Héléna. Elle avait la sensation d'être une somnambule se réveillant dans un lieu étrange ; autour d'elle, les gens bavardaient et se levaient. Elle sourit à Héléna d'un air compatissant.

— Vous n'avez pas apprécié la conférence ?

Héléna la regarda d'un air perplexe.

— Vous, oui ? Grand Dieu, il aurait tout aussi bien pu parler russe. J'ai eu un peu d'espoir lorsqu'il a commencé à parler de diamants, mais j'ai vite déchanté. Comment peut-il comparer un diamant à un morceau de charbon ? C'est une hérésie ! Et lorsqu'il a évoqué l'idée de brûler un diamant… mon Dieu, j'ai failli m'évanouir.

Minerva éclata de rire en secouant la tête.

— La partie sur les diamants était fascinante, bien qu'un peu déprimante. Les trouvez-vous moins romantiques, maintenant que vous savez de quoi ils sont faits ?

— Je crois que oui, grommela Héléna.

Elle regarda le bracelet de diamants qu'elle portait et fronça le nez. Elle fit pivoter son poignet et soupira en regardant les joyaux scintiller comme de minuscules arcs-en-ciel, puis déclara :

— Un homme comme lui risque de vous offrir un sac de charbon et estimer que cela suffit.

Minerva gloussa en imaginant la réaction d'Héléna si l'un de ses prétendants essayait de faire une telle chose, et les yeux d'Héléna pétillèrent d'amusement.

— Je ne comprends pas, vous savez, ajouta-t-elle en baissant la voix. L'attrait que cet homme exerce sur vous.

— Moi non plus, admit Minerva. C'est juste que… j'adore l'entendre parler, découvrir tout le savoir qu'il a en lui. C'est incroyable de comprendre tout cela, d'expliquer la façon dont le monde fonctionne et de quoi sont faites les choses, dit-elle en secouant la tête, émerveillée. Je le trouve fascinant.

Héléna leva les yeux au ciel, exaspérée.

— Eh bien, c'est la même chose avec votre Mr Knight, rétorqua Minerva, indignée. Je ne comprends pas l'attirance que vous éprouvez pour lui non plus. Il est effrayant et a l'air d'avoir un affreux caractère.

— *Votre* Mr de Beauvoir n'est pas franchement *très avenant*, répliqua Héléna. Je pouvais sentir ses yeux nous foudroyer chaque fois qu'il regardait dans notre direction, ce qui est arrivé beaucoup trop souvent à mon goût. J'étais tout bonnement soulagée de ne pas être l'objet de son attention. Il est terriblement intense.

— Je sais.

Minerva poussa un soupir rêveur et Héléna leva les mains au ciel.

— Vous savez, j'ai compris pas mal de concepts durant cette conférence, ajouta Minerva, légèrement sur la défensive.

— Bonté divine ! s'écria Héléna en posant une main gantée sur sa poitrine et en affichant une expression scandalisée. Min, très chère, vous ne seriez quand même pas une… une *intellectuelle* ?

Minerva essaya de s'empêcher de ricaner et échoua lamentablement. Elle se leva en rougissant sous le regard réprobateur de l'homme âgé assis à ses côtés.

— Venez, dit-elle en prenant la main d'Héléna et en la guidant loin des chaises, en direction la foule qui se regroupait autour de De Beauvoir.

Elle regarda l'attroupement avec consternation.

— À ce rythme-là, je ne réussirai jamais à lui parler.

Héléna l'éloigna de la cohue en déclarant :

— Ce n'est jamais une bonne idée de paraître trop enthousiaste. Venez manger. Regardez, il y a de délicieux hors-d'œuvre ici. Ah, et aussi du champagne, ajouta-t-elle en applaudissant avec délice. Le déplacement en valait presque la peine !

Minerva soupira, mais laissa son amie la guider vers la table des rafraîchissements. Héléna semblait enchantée par la nourriture et par le champagne, mais Minerva était trop nerveuse pour songer à avaler quoi que ce soit. La foule autour de De Beauvoir avait quelque peu diminué, mais il restait du monde et elle se demandait si elle allait pouvoir lui parler. Elle soupira, dépitée. Elle ne se sentait pas capable de jouer des coudes au beau milieu de cet attroupement intimidant de scientifiques et d'intellectuels.

Héléna ayant aperçu une connaissance, elle partit la saluer et Minerva retourna donc près de la table des rafraîchissements, hésitant à avaler quelque chose. Même si elle n'était pas la seule femme et qu'elle avait pris soin de s'habiller plus sobrement que d'habitude en enfilant cette robe de velours couleur prune, elle ne se sentait pas à sa place. Au moins, avec un peu de nourriture dans les mains, elle pourrait se donner une contenance. Elle souleva une petite viennoiserie et la déposa sur une assiette, davantage pour s'occuper que par réel désir de la manger. Puis, avec un soupir résigné, elle la saisit et était sur le point de la mordre quand une ombre s'abattit sur elle.

Minerva se retourna, leva la tête et cessa de respirer.

Ces inhabituels yeux gris-vert étaient braqués sur elle, énigmatiques et aussi intenses qu'Héléna l'avait dit. Minerva ne put rien faire d'autre que le fixer en retour. Elle réalisa avec irritation que toutes les petites phrases intelligentes qu'elle avait préparées en prévision de sa rencontre avec Inigo s'étaient évaporées de son esprit ; elle ne pouvait rien faire, rien dire, seulement le regarder. Pour la défense de la jeune femme, il semblait tout aussi perdu, et le temps s'étira entre eux.

Minerva sentit ses joues s'embraser et se maudit, essayant désespérément de trouver quelque chose — *n'importe quoi* — à dire.

— Vous devriez manger, dit-elle en levant intérieurement les yeux au ciel devant cette remarque idiote — au moins, c'était mieux que de ne rien dire. Laissez-moi vous préparer une assiette.

Soulagée d'avoir quelque chose à faire pendant qu'elle reprenait ses esprits, elle déposa un assortiment de petites bouchées appétissantes sur une assiette avant de se tourner à nouveau vers lui.

— Tenez, dit-elle en souriant.

Ses sourcils noirs se froncèrent. On aurait dit qu'elle lui proposait une assiette de cloportes.

— C'est de la nourriture. Mangez. Je sais qu'un homme de votre intellect ne doit pas consacrer beaucoup de temps à satisfaire des besoins aussi primaires, mais il faut prendre soin de vous. Je crois que vous avez encore perdu du poids.

Il la regarda d'un air furieux.

— Je n'ai pas besoin que l'on me traite comme un enfant.

Minerva haussa les sourcils.

— Non, mais il faudrait au moins embaucher quelqu'un pour préparer vos repas et recoudre vos boutons. Ce ne serait également pas une mauvaise idée de faire repasser vos vêtements. Avez-vous dormi dans ce manteau ? On en jurerait.

Il se raidit et Minerva soupira.

— Oh, non. Je vous prie de m'excuser. Nous sommes partis du mauvais pied. J'espérais tant que cela ne soit pas le cas ! Je vous en prie, mangez au moins quelque chose. Je ne peux pas supporter l'idée que vous travailliez autant l'estomac vide.

Minerva reçut le genre de regard qu'il devait réserver aux résidus étranges qui se trouvaient au fond de ses tubes à essai après ses expériences, mais il soupira et prit l'assiette. Satisfaite, elle le regarda en dévorer le contenu en un rien de temps. Lui-même parut surpris de constater que tout avait disparu. Elle s'empara de l'assiette avec un grand sourire, la garnit à nouveau puis la lui rendit.

— À quand remonte votre dernier repas ?

Il soupira, visiblement irrité, et elle dut attendre qu'il finisse de mâcher pour obtenir la réponse.

— Mais je mange !

— Oui, répondit-elle d'un ton impassible. Au moins autant que vous dormez, j'imagine.

— Passez-vous beaucoup de temps à m'imaginer dormir, miss Butler ?

Il la regarda d'un air provocateur et, bien que cela fût difficile, elle ne baissa pas les yeux, fermement décidée à ne pas se laisser intimider.

— Pas seulement en train de dormir.

À sa grande surprise, ce furent les joues d'Inigo qui prirent une teinte rose. Les yeux soudainement noirs, il répondit :

— N'avez-vous pas reçu ma dernière lettre ? Ne comprenez-vous pas ce que vous êtes en train de faire ?

Il affichait à nouveau une couleur normale et avait repris son air furieux.

Minerva hocha la tête.

— Si, je l'ai reçue, et oui, je crois que je comprends. Je mets ma réputation en péril, et vous mettez votre cœur en péril. Le pari me semble honnête.

Son expression d'indignation et d'étonnement fut si féroce qu'elle faillit éclater de rire.

— Je ne risque rien, petite inconsciente, murmura-t-il en la regardant fixement.

Elle comprit qu'il était en colère car elle se mettait en danger. Touchée qu'il s'inquiète de son sort, elle répondit avec un sourire :

— Alors vous n'avez rien à perdre en acceptant ce pari. Ou peut-être devrais-je en appeler au philosophe naturel en vous et vous proposer une expérience ?

Matilda pencha la tête, curieuse de voir comment il réagirait.

— Une expérience ? répéta-t-il avec une lueur d'intérêt dans les yeux. Que voulez-vous dire ? Quel genre d'expérience ?

— Une expérience qui prouvera l'existence de l'amour.

Un grognement exaspéré s'échappa de l'homme.

— Ou plutôt pour prouver l'absurdité de la notion.

— Parfait, répondit Minerva en acquiesçant. Cela me va, prouvez donc sa non-existence si vous préférez. J'ai bien l'intention de vous montrer que vous avez tort. Vous êtes voué à l'échec.

Il la dévisagea. La chaleur envahit la jeune femme et elle se souvint qu'elle s'était interrogée sur ce que cela pouvait faire, d'être l'objet de son attention. Elle décida que c'était fantastique. Elle n'arrivait pas à déchiffrer de son expression de façon certaine, mais elle pouvait y lire de la curiosité.

— Vous ne me piégerez pas dans un mariage, miss Butler.

Elle rit.

— Ce n'est pas ce que je veux, Mr de Beauvoir. Si vous m'épousez, ce sera parce que vous m'aimez et parce que mon absence vous cause du désespoir, je n'accepterai de devenir votre femme sous aucun autre prétexte. Je n'ai aucun désir d'obliger qui que ce soit à m'épouser.

Il lâcha un soupir, affichant un air aussi exaspéré que celui qu'Héléna lui avait lancé un peu plus tôt.

— Miss Butler, ce que vous suggérez —

— Est une expérience, l'interrompit-elle avant qu'il fasse sonner cela comme une histoire sordide.

— Est une liaison, la corrigea-t-il avec une expression sévère.

Le cœur de Minerva bondit de façon étrange dans sa poitrine, la mettant mal à l'aise. Il avait raison, bien sûr, et elle comprenait les enjeux.

— Non, dit-elle prudemment. Je propose une série de… tests. Passons du temps ensemble, apprenons à nous connaître, et… et je vous offrirai un baiser à la fin de chaque rencontre. Puis nous évaluerons ce que vous ressentez pour moi.

Elle se disait que c'était assez raisonnable — raisonnablement insensé, oui — mais ne voulait pas lui laisser croire qu'elle lui offrait sa virginité, car ce n'était pas le cas. Elle était prête à prendre des risques, mais elle n'était pas complètement stupide.

De Beauvoir était affreusement immobile. Le cœur de Minerva tambourinait dans ses oreilles.

— Êtes-vous sérieuse ?

Il paraissait remettre en question non seulement sa santé mentale, mais aussi sa sincérité.

— Très sérieuse.

— Minerva, très chère, présentez-moi à votre ami !

Minerva sursauta lorsqu'Héléna apparut en jetant un regard froid et critique à de Beauvoir. Elle tâcha de se reprendre en espérant que son amie n'ait rien entendu de leur conversation.

— Mr de Beauvoir, laissez-moi vous présenter lady Héléna Adolphus.

De Beauvoir s'inclina avec raideur.

— Lady Héléna. Je crois avoir correspondu avec votre frère.

Héléna hocha la tête.

— Lorny s'intéresse à la science. Il m'a d'ailleurs demandé de vous inviter à dîner, si jamais j'avais l'occasion de vous parler. Il a mentionné quelque chose à propos des éléments, dit-elle avec un geste dédaigneux de la main. Je crois que votre travail l'intéresse.

— J'en serais honoré, répondit-il avec un air un peu surpris.

Un lourd silence s'installa et Minerva pinça le bras d'Héléna pour qu'elle les laisse seuls.

— Eh bien, il est temps pour nous de partir, Minerva, déclara Héléna en ignorant le signal de son amie. Il se fait tard.

Minerva lança un regard furibond à Héléna dont les lèvres tressaillirent.

— Bonne soirée, Mr de Beauvoir. Je vous enverrai une invitation après Noël.

— Lady Héléna, miss Butler. Je vous souhaite une agréable soirée, répondit poliment de Beauvoir avant de prendre congé.

— Héléna ! s'exclama Minerva d'un air outré lorsqu'elles furent seules. Pourquoi avez-vous fait cela ? Je progressais !

— Oui, cela crevait les yeux, rétorqua Héléna d'un air sombre en escortant Minerva jusqu'à l'entrée pour qu'elles récupèrent leurs pelisses. Et pas juste les miens. Pour l'amour du ciel, Min, faites attention ! De quoi étiez-vous en train de parler ? Il vous regardait comme si vous étiez une crème glacée de chez *Gunter's* un jour de canicule.

Minerva rougit, surprise à la fois par les mots d'Héléna et les images qu'ils provoquèrent dans son esprit.

— Ne-ne vous en faites pas pour moi, répondit-elle, froissée.

— Eh bien si, répliqua Héléna. Et si vous voulez une invitation à venir dîner le même soir, vous allez tout me raconter.

— Oh, Héléna ! s'écria Minerva en lui agrippant la main. Vraiment ?

— Oui, vraiment, répondit-elle en secouant la tête. Même si je ne suis pas sûre de vous faire une faveur. Vous vous montrerez prudente, n'est-ce pas, Min ?

Minerva vit l'inquiétude qui brillait dans son regard et hocha la tête en tapotant la main de son amie.

— Je vous le promets. Je ne suis pas pressée d'anéantir ma réputation ; je compte bien prendre toutes les précautions nécessaires, mais… j'aurai peut-être besoin d'aide.

Héléna ricana.

— Oh, je le voyais venir. Eh bien, j'imagine que je ferais mieux de m'arranger pour que Robert vous invite à nouveau, mais si vous révélez à Prue que je suis impliquée dans tout cela, je ne vous adresserai plus jamais la parole. Elle est terrifiante lorsqu'elle est en colère.

— Je vous jure de tenir ma langue, et je promets de vous aider avec Mr Knight, acquiesça aussitôt Minerva.

Elles interrompirent leur conversation le temps de recevoir leurs pelisses et de faire leurs adieux. Une fois à l'abri dans le carrosse, elles purent poursuivre leur échange.

— Eh bien, comme votre mère et vous passez Noël avec nous, il me sera facile de vous proposer de rester. Oh, cela voudra-t-il dire que votre mère restera aussi ? demanda Héléna, horrifiée par l'idée. Cela risque de nous mettre des bâtons dans les roues.

Minerva secoua la tête, ravie.

— Non, elle retourne à Bath pour la nouvelle année. Elle voulait m'obliger à l'accompagner, mais elle sait que je n'en ai pas envie. C'est parfait !

— Hmmm, répondit Héléna, dubitative. Cela reste à voir. Bon, miss Butler, crachez le morceau. Quel plan abominable avez-vous concocté ? Je suis tout ouïe.

— Ah, dit Minerva en se mordant la lèvre, inquiète.

Comment faire pour expliquer cette expérience sans que cela ne paraisse complètement fou et absolument scandaleux ?

pré-commande ici: Une Expérience Osée

Plus d'Emma ?

Si vous avez aimé ce livre, n'hésitez pas à soutenir son auteure indépendante en écrivant un commentaire. *Merci !*

Pour rester informé des promotions, et des cadeaux (que je fais régulièrement), suivez-moi sur :
https://www.bookbub.com/authors/emma-v-leech

Pour en savoir plus, avoir des informations et des aperçus de mes prochains livres, rendez-vous sur mon site internet et inscrivez-vous à la newsletter.

http://www.emmavleech.com/

Venez rejoindre les fans sur ma page Facebook pour des nouvelles, des infos et des discussions passionnantes…

Emmas Book Club

Ou suivez-moi ici…

http://viewauthor.at/EmmaVLeechAmazon

Quelques mots sur moi !

J'ai commencé cette aventure incroyable en 2010 avec "The Key to Erebus", mais il m'a fallu deux ans pour rassembler le courage nécessaire pour le publier. Pour ceux qui l'ont déjà fait, vous savez que publier votre premier livre est une expérience affreusement effrayante ! J'ai toujours des papillons dans le ventre le matin de la sortie d'un nouveau titre, mais la terreur s'est finalement atténuée. Maintenant, je vis juste dans la crainte du jour où mes filles seront assez grandes pour lire mes livres.

L'horreur ! (pour elles comme pour moi je pense)

2017 est l'année de mes débuts dans le domaine de la romance historique et le monde de la Régence, et waouh, quelle année ! J'ai été ravie de constater l'engouement qu'ont eu ces livres, et j'ai hâte d'y ajouter de nouveaux titres. Que les lecteurs de romance paranormale se rassurent, il y a encore beaucoup de choses prévues de ce côté-là également. L'écriture est devenue une addiction pour moi, et dès que je termine un livre, je commence le suivant avec beaucoup d'enthousiasme, donc vous pouvez vous attendre à beaucoup de nouveaux romans !

Comme on peut le voir dans bon nombre de mes œuvres, je suis très influencée par la campagne française dans laquelle je vis.

Je suis installée dans le sud-ouest de ce pays depuis 1998. Je suis née et j'ai grandi en Angleterre. Mes trois superbes filles sont bilingues et mon mari Pat, moi-même ainsi que nos quatre chats sommes très heureux et conscients de la chance que nous avons de vivre dans un endroit si charmant.

CONTINUEZ LA LECTURE POUR DÉCOUVRIR MES AUTRES LIVRES DISPONIBLES EN FRANÇAIS !

Œuvres d'Emma V. Leech disponibles en français

Histoire indépendante

L'Amant Sous La Plume

Les séries

Les Audacieuses

Défier un Duc

Voler un Baiser

Enfreindre les Règles

Suivre son Cœur

Un Pari sur l'Amour

Danser avec le Diable

Un Hiver à Wildsyde

Une Expérience Osée

Les Polars de la Régence Anglaise

Mourir Pour un Duc

Envie de lire une histoire d'amour surprenante qui se déroule pendant la Régence ?

Mourir pour un Duc

Les Polars de la Régence Anglaise, Tome 1

Impérieux, guindé et moralement rigide, Bénédict Rutland – le beau et ténébreux comte de Rothay – a hérité de son titre trop jeune. Responsable d'une famille nombreuse que la frivolité de ses parents avait conduite à la ruine, il a passé sa jeunesse à rétablir la fortune familiale.

C'est aujourd'hui un homme dans la fleur de l'âge et aux finances solides, fiancé à une femme sévère, raisonnable et imperturbable qui jamais ne perturbera l'équilibre de sa vie, ou ne troublera ses émotions…

Mais c'est alors qu'arrive miss Skeffington-Fox.

Élevée uniquement par son libertin de beau-père, la demoiselle pimpante scandalise Bénédict en tous points.

Mais quand les membres de la famille devant hériter du duché commencent à mourir un à un à une vitesse alarmante, tous les doigts pointent vers Bénédict, et miss Skeffington-Fox pourrait bien être la seule en mesure de le sauver.

Comme si être accusé de meurtre n'était pas suffisant, miss Skeffington-Fox va complètement faire basculer le petit monde soigneusement ordonné de Lord Rothay. Bénédict doit à présent laver son nom, et résister à la tentation d'une demoiselle scandaleuse.

Remerciements

Je remercie, bien sûr, ma formidable éditrice Kezia Cole ainsi qu'Alison Wilson, native des Highlands, qui m'a beaucoup aidée pour les détails typiquement écossais !

À Victoria Cooper pour ton dur labeur, tes œuvres magnifiques, et, par-dessus tout, ta patience infinie !!! Merci beaucoup. Tu es incroyable !

À ma BFF, mon assistante personnelle, qui m'encourage et m'apporte du chocolat, Varsi Appel : pour ton soutien moral, pour m'avoir aidée à avoir confiance en moi, et pour avoir lu mes œuvres plus de fois que moi-même. Je t'aime fort !

Cela me fait toujours très plaisir de vous parler, donc n'hésitez pas à me contacter par mail ou par message :)

emmavleech@orange.fr

À mon mari Pat, et à ma famille… Pour s'être toujours montrés fiers de moi.